中外机智人物故事大观丛书

佛爷偷糌粑

中国东北西南少数民族
机智人物故事选

祁连休　冯志华　编选

河北出版传媒集团　河北教育出版社

图书在版编目（CIP）数据

佛爷偷糌粑 ：中国东北西南少数民族机智人物故事
选 ／ 祁连休，冯志华编选． —— 石家庄 ：河北教育出版
社，2014.6（2022.11重印）
（中外机智人物故事大观丛书）
ISBN 978-7-5545-1221-0

Ⅰ．①佛… Ⅱ．①祁… ②冯… Ⅲ．①民间故事－作
品集－中国 Ⅳ．①I277.3

中国版本图书馆CIP数据核字(2014)第128296号

书　　名	**佛爷偷糌粑**	
	——中国东北西南少数民族机智人物故事选	
作　　者	祁连休　冯志华	
策　　划	郝建国	
责任编辑	郝建东	
装帧设计	慈立群	
出版发行	河北出版传媒集团	
	河北教育出版社 http://www.hbep.com	
	（石家庄市联盟路705号，050061）	
印　　制	保定市铭泰达印刷有限公司	
开　　本	787mm×1092mm　　1/16	
印　　张	17.5	
字　　数	259千字	
版　　次	2014年7月第1版	
印　　次	2022年11月第2次印刷	
书　　号	ISBN 978-7-5545-1221-0	
定　　价	35.00元	

前　言

　　机智人物故事是世界各国民间故事中一个颇为引人注目的门类。这一门类的民间故事，是由一个特定的富有智慧的故事主人公贯穿起来的故事群的总称。这些故事群的主人公，有的有生活原型，有的并无生活原型，而是出自艺术虚构；有的属于劳动者型，包括奴隶型、农奴型、农夫型、村姑型、牧民型、渔民型、雇工型、仆役型、工匠型、矿工型、游民型等，有的属于非劳动者型，包括官吏型、文人型、才媛型、讼师型、艺人型、衙役型等。无论属于何种类型，这些故事群的主人公都机捷多谋，诙谐善谑，敢于傲视权贵，常以机智的手段调侃、播弄、惩治邪恶势力，扶危济困，并且嘲讽各种愚昧落后的现象，为民众津津乐道。这一类人物形象，往往在一个地区、一个民族、一个国家广为人知，成为民众心目中"智慧的化身"；有的甚至在全球传播，被誉为民间文学中的"世界的形象"。各国各民族的机智人物故事，尽管内容比较庞杂，瑕瑜并存，但大多数作品是积极的、健康的。它们大都以写实手法再现社会生活，富有喜剧色彩，蕴含着人民群众的幽默感，洋溢着笑的乐趣，具有一定的社会意义和美学价值。

　　中国的机智人物故事源远流长，蕴藏极其丰富。早在两千多年前的春秋时期，就出现过晏子这样的著名机智人物。晏子的趣闻逸事，至今仍然让人感到饶有兴味。此后的各个时期，也有不少机智人物故事流传。到了现当代，中国的机智人物故事更是层出不穷，迄今已在汉族和四十多个少数民族中发现了九百五六十个机智人物故事群。这些机智人物故事群，少则十数篇、数十篇，多则一二百篇、三四百篇，其中不乏影响较大的故事主人公，不乏精彩的、耐人寻味的篇什。从历史渊源的久远，从作品的数量和质量，从故事主人公艺术形象及其广泛的代表性诸方面来考察和衡量，中国的机智人物故事在世界范围内是不多见的。

除了中国以外，机智人物故事在亚洲、欧洲、非洲、美洲等地亦有流传。就地区而言，以亚洲较为突出；就国家而言，以土耳其、伊朗、阿富汗、印度、印度尼西亚、泰国、哈萨克斯坦、蒙古、日本、朝鲜、德国、保加利亚、罗马尼亚较为突出；就机智人物形象而言，以阿拉伯的朱哈、阿布·纳瓦斯，土耳其、伊朗、阿富汗和中亚细亚的霍加·纳斯列丁（毛拉·纳斯尔丁、纳斯尔丁·阿凡提），印度的比尔巴，印度尼西亚的卡巴延，泰国的西特诺猜，哈萨克斯坦的阿尔达尔·科塞，蒙古的巴岱、日本的吉四六，朝鲜的金先达，德国的厄伦史皮格尔，保加利亚的希特尔·彼得，罗马尼亚的帕卡拉等较为突出。

我们编选的"中外机智人物故事大观丛书"，旨在全面介绍世界各国的机智人物故事，借以引起读者对这一类民间故事的兴趣。此套丛书共有十册：《捉弄和珅——中国古代机智人物故事选》《奇怪的家具——中国汉族劳动者机智人物故事选》《智斗太守——中国汉族文人机智人物故事选》《反穿朝服见皇上——中国汉族官宦、讼师机智人物故事选》《国王有四条腿——中国西北少数民族机智人物故事选》《佛爷偷糌粑——中国东北西南少数民族机智人物故事选》《巧审"大善人"——中国云贵川少数民族机智人物故事选》《教国王的黄牛诵经——中近东、北非机智人物故事选》《巧断珍宝失窃案——亚洲机智人物故事选》《教皇中计——欧洲、美洲机智人物故事选》。本书即其中的一册。

倘若读者通过本书，通过这一套"中外机智人物故事大观丛书"，能够增进对于古今中外机智人物故事的了解，并且从中获得艺术欣赏的乐趣，我们将感到无比欣慰。

编　者
2012 年冬于北京

目　　录

巴拉根仓的故事

（蒙古族）

巴拉根仓是蒙古族著名的劳动者型机智人物形象，出自艺术虚构。他又称为"巴拉干桑""怕郎桑""巴楞僧格"等。这些称呼的词义是"机智者""富于智慧者""多谋善辩者"。其故事已采录的作品有二百多篇，包括单篇故事和成组故事两类。这些故事长期以来在大漠南北的蒙古族地区广为流布，家喻户晓，深受群众喜爱。

吹嘘打赌

赫赫的王爷从未向人低头认输过，可是跟巴拉根仓斗智，屡次交锋都吃败仗，实在憋气得不行。有一天，他又想出个置巴拉根仓于死地的绝招，便派人叫来巴拉根仓说："巴拉根仓，我们两个今天来一次吹嘘比赛。"

"遵命！"巴拉根仓说，"怎么个赌法？"

"这样吧，"王爷说，"谁要是听到对方吹嘘的话，说一声'不对'或'胡说'那就算输了，罚一百只羊。怎样？你敢跟我打这个赌吗？"

别看巴拉根仓连一只羊也没有，却一口答应道："行。"

王爷先开口吹嘘："前天夜里，我们这儿刮起大风。这风大得可怕，一搂粗的大树被连根拔掉，蒙古包般大的岩石被刮入山沟里。这还不算，我们家畜圈里的几百只羊，也都给卷到天上刮走了。风停后才发现，我那些羊群，全落在你家畜圈里了。"

说到这儿，王爷想："我看你巴拉根仓怎么回答吧？只要一声'是'，你就得还我几百只羊，说个'不'就算输，得罚一百只羊！"他捋着胡子，洋洋得意地说："是这样吧，啊？"

巴拉根仓听了王爷的吹嘘，冷静地回答说："是的。您说得完全对。"

"那好哇！你先把落到你家畜圈里的几百只羊送回来吧！"王爷威逼道。

"尊敬的王爷，您急什么呀？"巴拉根仓冷笑道："这回该轮到我吹嘘了。"

"好，好。你先说吧。"王爷无奈。

"前天夜里风刮得确实很厉害。早晨起来一看，不仅把我家的马桩子给刮断了，连我家南面的大山也给吹出了好多个豁口子。风停的时候，眼瞅着我家畜圈里落下好几百只羊哩！我这高兴呀……"

"对。"王爷忙插话，"那就是我那群被风卷走的羊。"

巴拉根仓没有理睬王爷的话，继续吹嘘："我以为老天爷恩赐了我巴拉根仓呢，刚要去打开畜圈，捉一只羊杀吃呢，可哪儿想到又起了大风。原来刮的是西北风，这回风向一转，刮起了东南风，这风比夜里刮得还凶猛，竟把落到我畜圈里的那几百只羊，连同我家的一百只，一起卷到天上去了。"

"啊！"王爷听到巴拉根仓的话，差一点喊出"胡说"。巴拉根仓继续说："这风把羊群吹到天上，刮呀，飞呀，旋哪，嘿！说也巧，又把这些羊送到您家的羊圈里了。是吧，王爷？"

"你这个骗子，完全是胡说八道！"王爷忍不住喊叫起来。

"对不起，您输了。"巴拉根仓抬腿走出王爷的屋，大摇大摆地走到羊圈里，数出一百只羊，赶回家去了。

朱荣嘎搜集　芒·牧林整理　敦若布翻译

种羊"难产"

常言道:"秃头牛爱顶架,绝望者好寻短。"昏庸的王爷跟巴拉根仓比智慧,每次都输,他气急败坏,越发妒忌起来,气得连觉都睡不好了。他挖空心思地想啊,想,终于想出个把巴拉根仓赶入深山老林,永远不让他再回草原的妙计。

王爷令手下人把所有的公种羊都挑出来,然后对巴拉根仓交代:"你不是多智善谋吗?交给你这群羊,你把它赶到后杭盖山里放牧,什么时候它们产了羔子,再来见我,不然不准你下山。"

"是。"巴拉根仓看了看种羊群,二话没说,便接受了王爷的旨令,赶着羊群到后杭盖山放牧去了。

王爷自以为得计,便安静地睡觉了。

哪成想,第二年春天,巴拉根仓突然下山来拜见王爷。王爷问:"是不是连羔子一起赶回来了?"

"抱歉,王爷。"巴拉根仓显出愁眉苦脸的样子回答说,"就只身一人回来了。"

"什么?"王爷一听巴拉根仓空着手回来了,暗想:这回轮到你巴拉根仓倒霉的时候了,便厉声问道:"羊群没有产羔,你胆敢下山,该当何罪?"

"咳!王爷。"巴拉根仓回答说,"不知是我巴拉根仓倒霉,还是王爷的命运不吉利?我也弄不清。一入春,王爷交给我的那群羊正要产羔,可又个个都难产,结果全给死光了。"

"混账,你骗人。"王爷一听说他的种羊全死光了,心痛地嚷道:"岂有此理,我给你的全是种羊,它们怎么会难产?"

"尊敬的王爷,"巴拉根仓不慌不忙地回答,"你既然要叫种羊产羔,它们难产有什么奇怪?"

王爷知道自己说走了嘴,无话可回答,便扭头钻入内室。

朱荣嘎搜集　芒·牧林整理　敦若布翻译

"黑猫"和"黄猫"

巴拉根仓的媳妇长得很漂亮，虽不算是盖世无双的绝代佳人，却也是个名扬四方的俊秀女子。常言说："花香招蜂蝶，人美惹风波。"巴拉根仓的媳妇只因长得美，引出了一段故事。

巴拉根仓家的北头，住着一位满脸大胡子的图斯拉格其①；南头，住着一位细长胡子的大喇嘛②。别看图斯拉格其和大喇嘛都是年过半百的老头子了，可是，这两个不要脸的老东西，却对巴拉根仓的媳妇起了坏心。不是今天这个跑来，花言巧语地卖弄风情，就是明天那个溜来，东拉西扯地纠缠不休。巴拉根仓的媳妇被这两个老东西缠得又讨厌又气愤。后来，她索性就把被两个老色鬼纠缠的事，告诉了巴拉根仓。巴拉根仓听罢，便给他老婆出了个惩治他们的好主意："如果肥头黑牲口③和偏头黄野种④再来纠缠，你就告诉他们……"如此这般地交代了半天。第二天早晨，巴拉根仓骑上马大摇大摆地进城去了。

细长胡子的大喇嘛，一听说巴拉根仓进了城，就坐不住了，他捻着稀稀拉拉的几根胡子，笑嘻嘻地窜到巴拉根仓家，又来纠缠巴拉根仓的年轻媳妇了。巴拉根仓的媳妇按照丈夫告诉的主意，说道："咳！住庙供佛的喇嘛爷，你简直成了离群的牤牛！好吧，就看你的福气了。今儿晚上在我家高粱地里见面吧。等天黑，你先到地南头等着我，我到了地北头像老猫似的叫一声'嘛呜！'你就学着猫崽回叫一声'咪哟'，如果，我不再继续叫，那就是我的丈夫回来了，只怨你自己没福气，你就赶紧溜回去吧！"

细长胡子的大喇嘛连连答应："是，是。"高兴得什么似的回去了。

---

① 图斯拉格其，蒙古语，旗王爷的协理。
② 大喇嘛，寺庙里职务最高的喇嘛。
③④ "黑牲口"、"黄野种"及"黑猫""黄猫"：蒙古人通常把喇嘛教称做"黄教"，而把未当喇嘛的一般男子叫做"哈拉昆"，即俗人的意思。这里所用的"黑""黄"二词，就是指图斯拉格其和大喇嘛二人。

没过一会儿满脸大胡子的图斯拉格其，也摇头晃脑地来逗弄巴拉根仓的年轻媳妇了。巴拉根仓的媳妇，同样按照丈夫告诉的办法，说道，"咿！坐在高桌上装模作样的诺彦原来你也是个发了情的野兽哩！好吧，就看你有没有福分了。今儿晚上在我家高粱地里相见吧。待天黑，我到地南头等你。你到了地北头，就学着公猫叫一声'嘛呜'，我就像母猫似的回叫一声'咪哟'，如果我不再继续叫，那只好怨你命不好，因为我丈夫回来了，请你回家去！"

大胡子图斯拉格其急忙答应："好，照办。"欢喜得什么似的回家了。

到了晚上，满天乌云，伸手不见掌，眼看就要下雨了。可是，这阴天的黑暗，对于偷偷摸摸干勾当的图斯拉格其和大喇嘛来讲，那可是个再好不过的良机哩！

天刚黑，大喇嘛就撅着他那细长胡子，像一条冬月里起群的公狗，一溜烟往巴拉根仓家高粱地跑去。

这时，图斯拉格其也扬着他那满脸大胡子，像屎壳郎似的轱辘着，奔向巴拉根仓家的高粱地。

不等这两个死不要脸的老东西赶到巴拉根仓家的高粱地，一阵闷雷，"哗、哗……"下起了瓢泼大雨。两个老东西为了达到多日的心愿，不用说下雨，就是下刀子也不回头了。不一会儿，细长胡子的大喇嘛来到高粱地南头，被雨淋得像一条落水狗，蹲在地头等待巴拉根仓媳妇到来。

这时候，大胡子图斯拉格其，也来到高粱地北头，像一条寻死尸的饿狼，用四肢爬着，扯开他那大嗓门儿学着老公猫哑声粗气地叫了一声"嘛呜！"

蹲在地南头竖着两个耳朵等候的大喇嘛，一听见大猫叫声，高兴地用四肢朝地往北头爬去，亮开他那诵经练就的响亮声调，尖声细气地叫了一声"咪哟！"

图斯拉格其一听到母猫的回声，心想："天神啊！我的心肝哟！今天你可算到我手里了。"便兴奋地连叫两声："嘛呜，嘛呜！"急忙顺着高粱地垄沟向前爬去。

大喇嘛听到"大猫"的两声叫，心想："佛爷啊！今晚上可把美人送到我怀里了。"便欢欢喜喜地连叫两声："咪哟，咪哟!"顺着高粱地垄沟，向"大猫"爬去。

两个老色鬼，在那哗哗淌水的垄沟里互相迎面爬着，爬着，刚看见彼此的身影了，就急不可耐地站起来向前冲去，一下子搂住对方，你啃我，我咬你，互相亲开嘴了，哪想到，图斯拉格其的大胡子让大喇嘛啃了一嘴乱毛，大喇嘛的细长胡子也扎进图斯拉格其鼻孔里，直打喷嚏。

"你、你……"

"你、你……"

二人大吃一惊，正要互相责问，"呼隆隆！咣!"一道闪电，照得田野雪亮，这一下两个老东西，彼此都认出来了：

"呸！你怎么跑到这儿来了？"

"啊嚏！你来这儿干什么？"

他俩正要吵闹时，巴拉根仓突然从高粱地里冲了出来，大喝一声："谁?"

一见来人了，"黑猫"和"黄猫"彼此分开撒腿就逃。

"喂！地里进贼了，捉贼呀！你们往哪儿跑!"巴拉根仓骑着大马，抡起马鞭边追边打，把"黑猫"和"黄猫"打个痛快，一齐都赶跑了。

桑巴拉讲述　芒·牧林记录整理　敦若布翻译

流传地区：乌兰浩特

珍贵的礼物

从前，有个专会对上溜须拍马，对下欺压勒索的白音。只因他勾结有权有势的诺彦，榨取百姓血汗发了财，人们给他起了个"哈胡拉其"①白彦的

---

① 哈胡拉其：蒙古语，意为受贿赂者。

绰号。一向刚直倔强、不怕白音、诺彦们的巴拉根仓，早就恨透了这个心怀邪念、行为不端的白音，他想来想去，终于找到了制服他的妙法子。

一天，巴拉根仓怀里揣了一些碎银子，褡裢里放了只大花猫，来到哈胡拉其白彦家。进屋请安说："白音家，听说您经常跟上边诺彦们走动，面子挺大的，我想麻烦麻烦您，不知行不行？"

哈胡拉其白音从来未见过巴拉根仓，便问："你叫什么名字？"

巴拉根仓回答："我叫照力古德①。"

"家在哪里？"

"不瞒自彦，我是个穷小子，根本没有家，只靠给白音、财主当长工、打短工餬口度日。听说您德高望重，肯为穷人办事，所以我来求您到官府衙门或者王爷府上说个情，给我找个佣人的差事，我一辈子忘不了您的好处。"

"说个情嘛，倒可以。"白音用眼角瞟了巴拉根仓一眼，继续说："可是你得知道，衙门和王府是不能空着手进的。"

巴拉根仓早看出哈胡拉其白音想要贿赂了，就从怀里掏出那些碎银子，奉送上去说："谢谢白音的关照，不过，因为我穷得实在可怜，只凑到了这点点银子，如果白音不嫌礼薄，我就心满意足了。"

哈胡拉其白音一见银子就乐了，忙收下来说，"给你们这些穷小子行行好，对我来说也算是积德呀！好啦，你的事我全包下来了。不过——你要知道，在官衙门当佣人，还必须有礼貌，懂规矩，不然被辞退了，也等于往我这中间人脸上抹黑，懂吗？"

巴拉根仓装作很恭维的样子问："那您说咋办好？要不，再找个师傅请教请教，怎么样？"

"这倒不必，我也可以教教你。"白音又瞅了瞅巴拉根仓，沉思了一下说："到王爷那儿说说你的事，也不能两手空着去呀！像哈达、布匹之类的薄礼又不好拿出手……"

"那还用说，"巴拉根仓早就料到白音要了银子是不会满足的，当下从褡

---

① 照力古德：蒙古语，意为故意的。

裆里抱出那只大花猫说："只怨我太穷了，想送一匹马吧，我没有；给一些碎银子吧，又觉得太小气了。只好把这奇世'活宝'奉送上去，以表我一片心意！"

白音瞅着这只花猫不解地问："它怎么成'活宝'了？"

巴拉根仓趁机把大花猫夸耀一番："您别看它身子小，本事可大哩！在屋里，它能逮耗子，守浩特能抓狼，打猎，捕狐狸、兔子。王爷不是很喜欢打猎吗？把这只猫送上去，他一定会高兴的。"

哈胡拉其边听边在心里盘算：如果把这只"宝猫"送给王爷，我肯定还能官升三级……越想越得意："行，行。这给我剥下这个故意跟我作对的东西的皮！"

于是，没容得哈胡拉其白音再为自己辩解一句，便被王爷手下的人拉下去，用黑皮鞭抽开了，打了个半死不活。真是"谄媚未成倒吃鞭笞"，这才叫哑巴吃黄连有苦难言啊。

珠荣阿搜集　芒·牧林整理　纳日苏翻译

洞里的糜子
（巧答哈盖诺彦之一）

一天，哈盖诺彦突然下了道紧急命令，叫巴拉根仓马上到台吉府去服劳役。

"尽管狗在那里叫，骆驼照样赶它的路！"巴拉根仓知道哈盖诺彦是贪得无厌的家伙，叫他去准没有好事，就没理他。隔了一天，没有动；第二天也没去，一连过了好几天。最后，他杀死两只大鹌鹑和一只大雁，剥下皮，拿着就去台吉府了。

"诺彦大人，巴拉根仓向您请安来了！"说着，把大雁皮子当做见面礼递上去。

哈盖诺彦正在为巴拉根仓迟迟不到而生气呢，又见他送上了个死大雁皮子，更是火上浇油，暴跳如雷，大怒道："巴拉根仓，你好大的胆子！为何敢抗本诺彦的命令？难道我向你要过大雁皮子吗？来人！把这个狡猾多端、欺富骗官的答兰胡达勒齐给我拉下去狠狠打，用胡木藤鞭抽断他的大腿筋！"

"请诺彦大人息怒。"巴拉根仓和和气气地说道，"我本想接到您的命令就来，可是，一看我那黑骒马肚子扁扁的，就想，尽管春荒时节枯草难寻，还是叫马儿啃点宿草①吃饱肚子。连夜赶来拜见您，就把马儿拴上绊子放了。到晚上我去捉抓那黑骒马，马却跑得无影无踪了。我跑哇，找哇，急出一身冷汗，才找到了黑骒马。可是，黑骒马老远看我，就甩着尾巴一个劲儿地躲，怎么也不让捉。它蹦啊跳呀，逃得很快，我使劲儿喊它，它却越跑越远。我有点奇怪：平时老老实实的马，今天为啥变得这么难捉？马在前面跑，我在后面紧迫，跑啊，追呀！正在这时候，黑骒马的前边出现了一些影影绰绰的东西。是什么呀？我趁着弯月的光凑到跟前时，只见'呼'地卷起一股白烟，两只乌鸦'嘞'的一声从我头顶飞了过去。再一看，黑骒马也不见了。'嗯'？就在眼前走着的带绊子马，刹那间怎么就没影了呢？我吓得浑身发软，累得两腿发沉，不过，捉马要紧那，好赶到府上服役报效呀。于是，又继续寻找黑骒马。这时，觉着刚才冒白烟的地方离我不远，便放慢脚步，尺把宽的地方都不放过，一草一木地仔细寻找。突然觉得脚下的土地忽闪一颤，我一条腿被陷进坑里，拔也拔不出来，越拔越陷，好像有什么东西在吸引着我。似乎脚下又有个软绵绵的东西浮游地在动。是什么东西？我伸手顺着大腿往下一摸，嘿！我摸到了黑骒马的脊梁骨，仔细一看周围的情形，原来我那可怜的瘦马掉进了深洞里，只露着个头呢！这个荒草野甸子哪儿来的洞呢？是野狼窝？还是一块旧坟坑呢？我越想越慌，心差一点要从嘴里跳出来。我心想：管它是什么洞呢，还是赶快把黑骒马从洞里拖出来要紧，好骑上去台吉府呀！于是，我使出全身力气想拔出自己的腿，可就是拔不出来。就这样拔呀，拉呀，拔呀……"

"住口！"哈盖诺彦听得不耐烦了，生气地打断巴拉根仓的话，"你这答

---

① 宿草：即隔年的枯草。

兰胡达勒齐，骗过我多次，今天还想再让我上当吗？"

"不，诺彦！"巴拉根仓心平气和地说，"这都是实情。我怎么无缘无故敢在台吉府说谎骗人呢！您还是叫我把话说完，信不信由你。唉！这趟出门，遇到事情确实多，可是收获也不少啊！"

哈盖诺彦一听收获不少，忙问："什么收获？"

巴拉根仓见诺彦动心了，就接着讲起那天夜里所遇到的奇闻：

"我拔了一阵腿，没能拔出来，感到奇怪，到底掉进什么洞了？我又伸手往下摸去，竟摸到了一些碎面状物。是砂子？不像，颗粒比砂子粗；是碎石头？也不像，既不硬，也没棱角。于是，抓上一把拿出来看，哎呀呀，原来坑里全是干花花一色儿没有碾的糜子！我心里一高兴，顿时觉得浑身是劲儿，身上的困乏也消了。我想弄清洞里有多少，就钻进坑里摸了摸，哟！向前摸呀，摸呀……前后左右全是糜子，摸了半天也没有摸到头。我又返回方才掉进坑里的洞口看，黑骒马正在那里'呵玻呵玻'吃着糜子呢。把马拖出去吧，谁料想黑骒马吃得大肚溜圆，站也站不起来了。

"'平素不备囊，得财无处装！'这么多的糜子，我可怎么处置？又怎么能把黑骒马拉出这坑呢？又一想，凭我巴拉根仓哪有这运气，是托诺彦的福，我才掉进这糜子坑里，应该把它献给您才对。"

哈盖诺彦越听越高兴，巴拉根仓喘口气又接着说："我爬着，爬着，费了很大气力才出了糜子洞。我跑到家拿来火铲，挖出黑骒马，然后，又用土把洞口埋住，在附近又堆了几个土包留做记号，才回家去。到家时，天已经快亮了。……"

"那么第二天你怎么没来？"哈盖诺彦没有好气地打断巴拉根仓的话，着急地问。

"唉！"巴拉根仓说，"谁知第二天又出了一件预想不到的事。"

"别啰唆，快讲！"

"你别急呀，诺彦大人。……"

巴拉根仓不慌不忙地接着讲述了第二天的遭遇。

鹌鹑和大雁

（巧答哈盖诺彦之二）

"人活着真不一定遇上什么怪事呢。"巴拉根仓接着讲述第二天的遭遇，"说起来，这事儿真叫人百思不解。因为追马掉入糜米坑，挖马，又埋洞口……整整忙活了一夜，又累又饿，困得眼皮都抬不起来了。可是，诺彦的命令要紧呀！我想烧点茶喝了赶紧上路吧。我把马拴好，进蒙古包一看，家里没有一点柴火。我又出来捡牛粪。这时，天刚蒙蒙亮，影影绰绰能看清路了。我爬丘岗，走豁谷，好不容易才捡满了一衣襟①干牛粪。回到蒙古包往火撑②跟前一倒，啊呀！不知怎么回事，只听得'扑哧，啪喳'一阵响，全飞起来了！这一飞不要紧，满屋腾起团团烟雾！"

"怎么全飞起来了？"哈盖诺彦听着，也感到奇怪。

"我也弄不清是怎么回事，那些东西在蒙古包里横冲直撞，弄得满屋子灰尘，眯得我两眼难睁，呛得气都喘不出来！我一着急，摸黑抄起火剪③就乱打了一气，可是什么也没有打着。过了不一会儿，那些东西都从天窗④和门缝飞掉了。有两个在'道特高'⑤上碰死了。我没有顾得上是什么东西，就揣在怀囊里⑥给诺彦送来了。"说着，巴拉根仓从怀囊里掏出两个毛茸茸的东西来，送给哈盖诺彦。

诺彦接过去，眯着他那对近视眼一看，原来是两只鹌鹑，心疼得连连叹息：

"多可惜呀，多可惜！一衣襟鹌鹑可真不少啊！可以肥肥地炖上一大锅。唉，你呀，一点也不细心沉着，把拾到手的好东西白白丢掉了！"

---

① 牧民常用其蒙古袍的前下摆儿装什物。"一衣襟干牛粪"，即兜满前襟下摆。
② 火撑子：蒙古包内做生火，烧饭用的铁制撑架。
③ 火剪：挟牛粪的剪型长钳。
④ 天窗：蒙古包顶上的透光、通风的圆形窗。
⑤ 道特高：蒙古语，蒙古包门上横额木上边的接缝处。
⑥ 怀囊：即蒙古袍系腰带后形成的空囊，人们常在里面装些零碎什物。

哈盖诺彦教训了一顿巴拉根仓。巴拉根仓见诺彦被他讲的"故事"吸引住了，气也不像刚才那样粗了，接着又说：

"谁说不是哩，我也后悔得要命啊！这时，天已经大亮了，得赶紧到诺彦府上报到应点呀！于是就不顾自己又累又饿，急忙背上猎枪，骑上黑骒马，启程了。

"来到洪格尔敖包①下的渡口，刚要过河，嘿！河对岸飞来一群大雁，这大雁多得遮天盖地，黑压压一大片。我心想，尽管我丢掉了拾来的鹌鹑，可不能丢掉这个机会，赶紧打一些大雁送给哈盖诺彦吧！于是，我摘下猎枪，装好火药和砂子，朝着大雁最密的地方一勾，没打响。扳开击火拴一看，原来接火孔被堵住了。我折一根苪茇，捅开火门，重新放进引火药……正在紧忙时，突然一群大雁紧贴着我头顶掠过去。我来不及打枪，就急中生智，嘴里喊道：'看哈盖诺彦的口福吧！'从口袋里抓上一把铁沙，朝雁群打去。

"说也奇怪，到底是诺彦大人有洪福呀！许多大雁被打死打伤，又都朝诺彦家的方向纷纷落地，铺了好大一片。我高兴得下马去捡大雁，一看，呵，每只大雁的脖子上都击中了一颗铁砂。

"得到这许多意外的收获，怎么能丢掉！捡呀，拾呀，从早到晚，我整整捡了一天。我想把射死的大雁驮来，可雁太多了，黑骒马驮不动！我因捡大雁，足足干了一天，又累又饿，实在是走不动了。那么多大雁，拿来吧，驮不动；丢在野甸上吧，又怕饿狼、金雕来吃掉，没办法，就在洪格尔敖包南坡上挖了个大坑埋住了。不过，我想最先捡到的这只大公雁，献给诺彦大人作为野味的'德吉②'，用活泉水洗净，剥下皮带来了。望请诺彦收留。"说着，把大雁皮呈上去。

哈盖诺彦听巴拉根仓说得有道理，接过大雁皮，又问："噢，第二天捡大雁耽搁了，那么第三天又为啥不来见我？"

----

① 洪格尔敖包：地名，敖包即在山或高处做路标或界标的堆子，也做山水神灵的住地来祭祀的地方。

② 德吉：蒙古语，蒙古族中有一种将食物中第一件东西（如饭之第一碗、酒之第一盅、猎物之首次所获物等）献给神，以示人的尊敬的风俗。

"唉！诺彦大人，"巴拉根仓低着头解释道，"我方才不是向诺彦说，一路上接二连三遇到稀奇古怪的事吗？"

"又遇上什么了？快点说！"哈盖诺彦不耐烦地问。

巴拉根仓又津津有味地讲述起他后来遇到的奇闻。

奇怪的刺猬

（巧答哈盖诺彦之三）

巴拉根仓接着讲起第三天的奇遇："那天黑夜，我只好在洪格尔敖包上吃着干炒米过夜了。独自一人躺在草原上，望着满天星斗，心想，'明天我该怎么把这些大雁送到诺彦府上呢？'想着想着，迷迷糊糊入睡了。

"第二天，天刚蒙蒙亮，我醒来就骑上黑骒马回家。到家放开马儿，又套上我那辆'吱吱呀呀'乱响的破牛车，准备上洪格尔敖包去把埋在地里的大雁拉到诺彦府上来，忽然又想起前一天夜里碰到的那一窝麋子。于是，我把牛车拴在蒙古包外桩子上，又去捉来黑骒马，没有鞴鞍就骑上，大颠、小跑地赶到麋子坑旁，一看，做记号的几个土堆都原封没动，埋住的洞口也不见有人动过的痕迹。我这才放了心，左左右右转了两圈就往回走。

"我翻过丘岭，驰过草滩，快要到家时，远远看见顺着大路前行的、从我家后边往西过去的一长串勒勒车。看样子，好像是移场搬家①的人们，车上装着蒙古包和干草。在这些重车后边很远，有一辆没人赶的空牛车，扬起烟尘，跑得可欢哩。我有点奇怪：这辆车怎么没人赶呢？走到自己蒙古包跟前一看，才知道，原来是我那头没有套过几次车的四岁犍牛，弄断了缰绳，跟着那队车后面跑去了。我急忙鞴上鞍，去追赶牛车。可是牛车已经走得无影无踪了。穿过西南大草滩，爬上南岗一看，什么也不见，又翻越南岗，跨过沙岭，登上峰顶，只见哈盖滩的边缘上有一长串牛车在慢慢蠕动。我那辆破车离前边不远的地方扔着，小犍牛都跟着搬家的车队走了。

---

① 移场搬家：指游牧者从一个草场迁往另一个草场。

"我快马加鞭向前追去，可是，越接近那一长串搬迁的勒勒车，越觉得不对劲儿。那个装干草、货物的车黑乎乎一团，分不清车辕和车架，看不明役畜和轱辘。这车怎么这么怪，到底是怎么回事？细一查看，走过路上连车辙都没留，套的牲口脚印周围全是水。再往前走，水印变成了泥泞，最后都成了一长条稀泥沟了。我的小犍牛被陷在泥泞里。当我快要走到小犍牛跟前的时候，那长串勒勒车最后的一辆，忽然调过头直奔小犍牛走来。我急忙催马冲到跟前一看，哪里是移场搬迁的勒勒车哟，原来是刚刚从冬眠洞里爬出来的一群刺猬在搬家哩。哦呀，这么大个儿的刺猬，不用说看见，我连听都没有听说过。不用讲个头有多大，身上的每根硬毛根就有马蹄子粗，尖刺像拉草用的缆棍。那路上的水印是怎么回事？原来是因为那天像火燎似的炎热，那群肥刺猬跑热了，流下的汗汇成了一道深深的泥沼沟。前头的刺猬看见我的小犍牛陷在泥泞里走不动了，回过头来咬住它的头就拖开了。小犍牛'哞，哞！'直叫，刺猬把它从泥泞里拖出来，叼上就走。我一看不妙，催马急上，轮起带三道银箍的铜尖'布鲁'①，照准刺猬的獠牙使劲猛打几下，也许刺猬被打痛了，"呼哧、哈哧"地躲避，把小犍牛放开了。我趁机拔出腰刀向它那对黑罐子似的眼睛直刺进去，那东西大概真痛了，像雷鸣般大吼一声，抖了抖脑袋，蜷缩着身子变成一团，滚动几下，便安静了。

　　"我顾不得那刺猬是死是活了，转身把昏倒在烂泥中的小犍牛拖了出来，牵着黑骠马，赶着牛，往家走去。人心里的想法牲口不知道，我急着要到诺彦府来，可是小犍牛偏偏和我找麻烦，它却慢慢腾腾地老半天才迈一步，一摇一晃，压根不着急！就这样慢慢赶着牛往回走，走着走着，日头落了西山，没办法当天晚上又露宿在沙窝子里。

　　"第二天早晨起来一看，哈盖滩变成了一片水地，那群刺猬不知都钻到什么地方去了，只有被我捅了几刀的那只刺猬还待在原地。这么一来，我就难住了。是把牛赶回家，还是去看看那窑糜子呢？那埋在洪格尔敖包上的那堆大雁又该如何处理呢？眼前这个趴在哈盖滩里的大刺猬又怎么办？我把这

---

　　① 布鲁：牧民狩猎的一种猎具，由弯形木制做，用它来抛击猎物。

些东西又怎么全送到诺彦府上来呢？若是忙乎着搬运糜子、大雁和刺猬，又不能如期到诺彦府上来。真是左右为难啊！我想，最要紧的还是不能丢掉这些东西，统统送到台吉府上来。于是我每天都要去各处看一趟，弄得我一点空闲也没有了。

"唉！穷人的难处比草木还多哪！一下得到了这么多的东西，事情就更难了。如果车子不坏，小犍牛不被刺猬咬伤，那我一定不分白天黑夜地把这些东西给诺彦拉来呀。现在要叫我拉来，没有两辆牛车是办不到了。诺彦大人，您生气也好，惩罚也好，我都心甘情愿。因为，诺彦每生一次气，我就会交一次好运。今年一开春，遵诺彦之命，来府的路上就遇上了这么多好事，就是因为去年冬天为丢马一事使诺彦生了气，挨了一顿打的缘故呀！今年过大年的时候，我曾找哈盖庙的'堪布①'喇嘛下卦，算过一次命，活佛说：'答兰胡达勒齐，虽说你生来就是个多灾多难的人，可是今年的运气好。你托诺彦的福，百事会顺利。假若你要让诺彦大人常生你的气，那就会空地拾宝，而且能够享受到得宝的福分。不过，享福要比空地拾宝困难得多。'所以我现在就请求诺彦，先借给我两辆牛车，等我把糜米、大雁和刺猬都运到府上来之后，再严厉处罚我好哩！"

巴拉根仓说罢低头站在一旁，静候诺彦的答复。

哈盖诺彦呢？听了巴拉根仓有声有色的叙述，想到糜子、大雁和特大的刺猬，心里早发痒了，便满口答应道："好吧！你先在这儿好好吃饱喝足，然后挑选两辆车，去把糜子、大雁和刺猬都拉到我府上来！"

"是，遵命！"

巴拉根仓在台吉府上，奶食啊，肥肉呀，饱饱美餐了一顿，就赶着哈盖诺彦的两辆车，回家去了。到了家，他又收拾收拾东西，赶车出远门了。

哈盖诺彦每天等着喝刺猬油，吃大雁肉，一直等了几个月，不用说糜米、大雁、刺猬，连巴拉根仓的影子也没见。气得诺彦咬牙切齿地直嚷嚷："等着吧，待巴拉根仓一来，我非狠狠惩罚他不可！"

---

① 堪布：藏语，喇嘛教寺院住持人的职称，有的身兼活佛。

至于巴拉根仓到哪儿去了？什么时候回来？能不能把东西拉回来？这些后事儿，只有等巴拉根仓回来自己去说明了。

危险的遭遇

（巧答哈盖诺彦之四）

几个月不见巴拉根仓了，上哪儿去了呢？原来，他用哈盖诺彦的两辆牛车，到"额吉淖尔"盐地①拉了一趟盐，换回一年的吃穿。他又套了两个沙斑鸡揣在怀里，路过哈盖庙时，捡了一个铜钗带在身上，来到诺彦家。

诺彦和可屯②见巴拉根仓两手空空地走进来，诺彦生气地问："答兰胡达勒齐，为什么才来？这几个月你赶我的牛车去哪儿了？听说你拉盐去了，是吗？"

"唉！"巴拉根仓直直地站在诺彦面前，叹口气，叙说起自己的遭遇来，"请诺彦大人息怒。就是因为诺彦大人福气大，声望高，托您的福，我才能够活着回来见您的面，提起这次所遭遇到的灾难，不用说拙嘴笨舌的巴拉根仓我，就是有鹦哥儿般巧语善言的'克勒穆尔齐③'也难说清啊！说真的，这次我是全凭着对诺彦的一片忠心，不顾生死地挣扎着，才闯过一道道难关的呢！"

哈盖诺彦听了巴拉根仓这一席夸奖他的话，气也就消了一大半，又猜想，巴拉根仓准是又得到什么更多的财宝了，不然，他为什么竟敢这么大模大样呢？想到这里，马上换上一副笑脸问："到底是怎么回事呀？这次你又碰上了些什么运气？快说！"

诺彦的可屯本来非常爱听巴拉根仓讲故事，她见诺彦满面笑容，也在一旁插嘴道："你说吧，巴拉根仓。说说你都受了些什么苦。别人都说你是爱

---

① 额吉淖尔盐地：额吉，蒙古语是母亲的意思。淖尔，蒙古语是湖的意思。
② 可屯：蒙古语，公主，贵族的夫人的尊称。
③ 克勒穆尔齐：蒙古语，善说能讲者的意思，通常专指口头翻译者或婚礼上唱赞词、说祝词的歌手。

说谎的'胡达勒齐,①我可从来没有相信过。"

"是的,还是夫人看得清楚!老天爷做证,我对诺彦一向如此,从未说过半句谎话。谈起来也真有点奇怪,诺彦给我的差事越多,遇到的怪事也越多。就拿昨天发生的一件小事来说吧!"巴拉根仓从怀囊里掏出两只沙斑鸡继续说,"我昨天后晌喝完茶,吃完饭,心里想:离家几个月了,托诺彦的恩德才平安归来,明天该拿什么礼物去见诺彦呢?正在苦思,忽见我阿爸在世时使过的一支鲍头长矛②挂在'哈那'头上,心里觉着实在可笑,那时候的人,拿这种笨东西,怎么能射死飞禽走兽呢?若是把它改成'布鲁'岂不使着更灵巧便当?想罢,我拿着父亲的鲍头长矛走出蒙古包,也没有个准目标,喊了一声'看哈盖诺彦的福气吧!'就猛劲儿抛了出去。只见那长矛飞出好远好远才落下来。跑去一看,什么也没有打着。我拾起来回到蒙古包里,又把它挂在'哈那'头上,钻进袍子里蒙头睡觉了。

"这一睡,一直睡到黎明时分,我突然梦见有两只刺猬在'唧唧喳喳'的斗架,把我给吵醒了。醒来一听,蒙古包'哈那'里有个什么东西正'唧唧喳喳'地叫着呢。赶忙点灯一瞧,原来在'哈那'头上挂着的那个鲍头长矛鸣孔里钻进两个沙斑鸡,正互相吵架哩。我一想,这可是我们诺彦的福气呀。一高兴,就顾不得睡觉了,急忙爬起来穿上衣服,捉住鲍头鸣孔里的两只沙斑鸡,揣进怀囊里,不等天亮就骑马上路,到府上叩见诺彦和可屯来了。"说着,巴拉根仓把两只沙斑鸡送到诺彦、可屯面前。

"嗬!这两个沙斑鸡可真肥啊!"可屯惊喜地接过沙斑鸡。

"那么这几个月你到底干了些什么呀?"哈盖诺彦又追问起来。

"诺彦大人,您先别着急,您就是不问,我也要禀报的。"巴拉根仓递交了两只沙斑鸡,接着说,"上次我把诺彦的两辆车赶回去,到家又把自己破勒勒车修好,一个人连夜赶着三辆牛车到糜子坑旁。我连挖带装,忙了大半夜,才装好三车米,正要掩埋糜子洞口,突然跑出一长串车队——也不知从

① 胡达勒齐:蒙古语,说谎者的意思。
② 鲍头长矛:一种簇头带鸣哨的箭或矛,狩猎用具,也称鸣镝。

哪儿来的那么多车，光赶车的人就有百儿八十个——来到眼前，扎下了营，几十个帐篷把我团团围在中间了。他们又不言不语地来到糜子的窨上，七手八脚把我绑在车的轱辘上，打开洞口，开始往他们车上装起糜子来。

"诺彦，可屯，你们想想，'见死尸的乌鸦怎么能不叫唤？获利发财之徒怎能不红眼？'我好话说了千千万，他们只顾抢糜子，根本不理睬我呀！人们常说我巴拉根仓智谋多端。说实在的，平素一般我都能想方设法对付得了。可是当时，百十号人中间我孤零零一个，一点辙都没有了，真是上天无路，入地无门！那些人兴高采烈地一股劲儿往车上装糜子，每辆车都装得满满。看他们议论的样子，洞里的糜子也许剩不太多了。不过我心里想，哪怕你留得再少，我也不嫌少，全送到诺彦府上。哪曾想，他们把洞底的一点糜子也刮出来喂牛了。他们可能怕以后犯案，把地洞填满石头，用土把洞口填得平平的，简直看不出一点痕迹来。然后，他们打开一坛坛酒，拿出大尾巴羊①的肥肉，高高兴兴地吃喝起来。

"我看他们将要启程了，心想该放我了吧？就偷偷听他们的谈话。有个家伙说，'把他捆好带走！'，另一个说：'就在这儿把他掐死算了！'另一个又说：'干脆就在这里活埋了他！'"

"这可怎么办？不赶紧想办法，糜子也丢了，命也送了，岂不全完！我从他们口音看出这是一伙乌珠穆沁人，就大声说，'老天和佛爷保佑！人要走红运，公牛也生犊，这话一点也不假呀。我们的诺彦可真有福啊！'

"他们大伙一听，都觉着很奇怪，就问：'你在说什么呀？'

"'这洞里的糜子本来也不是我的。'我回答说，'是我们台吉诺彦收藏几年的糜子。说是今年要往乌珠穆沁亲家运，先让我送上三车去，回头再叫他们派车来拉。这回你们给送过去，就用不着我费劲了。不过，杀死我这样一个给诺彦当差的人，你们也不会有好下场的！'

"他们听了我的话都有点发愣了。问：'你们台吉诺彦叫什么名字？跟西乌珠穆沁谁家是亲家？'

---

① 大尾巴羊：锡林郭勒的乌珠穆沁一带产的一种绵羊，其尾巴可达二十余斤重，由此得名。

"我说，'诺彦大人的名字我不敢出口，所以无法奉告。不过，我可以告诉你：我们旗里的人们都称他为哈盖诺彦，提起我们哈盖诺彦的亲家，就是西乌珠穆沁的大王本人！'"

正在倾心听着巴拉根仓叙述的可屯从旁插话道，"可不，乌珠穆沁王爷的公主不久就会成为我家的媳妇，你那样说不是假话！"

"是啊！"巴拉根仓接着讲道，"那些耍威风的家伙们，一听我这话，便你瞧我，我看你，接头咬耳，嘀嘀咕咕私语了一阵子，立即放开了我，并显出恭维的样子说：'我们就是西乌珠穆沁王府的拉盐车，趁这趟进城办完货返回的时候，顺便把你们诺彦送给我们王爷的米拉回去。刚才我们以为你是偷米贼呢！这么说，我们都是为诺彦和王爷效劳的当差哩。那你就跟我们一块儿走吧。'

"不等我回答，他们就连拉带推，把我塞进篷车里，又把我那三辆牛车夹在他们车队中间带走了。我就这样身不由己地让这些人们挟持着走去。车又重，牛又慢，三十里打尖，六十里过夜，越过高山广漠，涉过大江小河，穿过密林树海，跨过平坦草原，走呀，走！我也没心思计算日子，谁知道走了多少天？约莫着走了一两个月吧！忽然有一天，人们都说到西乌珠穆沁旗疆界了。可是，那些赶车的人们一进西乌珠穆沁旗界之后，今天十个一伙，明天五个一帮，沿路分道而行了，最后和我同行的最多也不过二三十辆车了。这剩下的人们非要把我送到王府见见他们的王爷不可。原来，这些人是真正王府的拉盐车。我一想，既然话已说出口，人也到了门口，见就见见吧！就跟着他们到了乌珠穆沁王爷府。

"人们把我引进一个高底台①八'哈那'蒙古包②里，向王爷介绍说：'他就是哈盖诺彦的特使！'

"我抬头一看，面前坐着一位又高又胖，满脸大胡子的人，便向前屈膝

---

① 高底台：上层人物或富口人家在蒙古包下面用石头或砖砌起的底座，高的约有二尺。
② 八："哈那"蒙古包：蒙古包的四周支架是由若干"哈那"拼接而成。一般牧人的蒙古包有五个"哈那"，"哈那"越多，蒙古包的容量越大。"八'哈那'蒙古包"即由八个"哈那"连接而成的大型蒙古包。

请安说：'我叫巴拉根仓，受哈盖诺彦之托，给大王运送糜子，并转达主人对您的问候。'

"乌珠穆沁王爷一听，乐得连连点头说：'扎！哈盖诺彦贵体可安康？诺彦夫人可健康？接到亲家送来的礼物，很高兴。你赶远路很辛苦，在府上好好儿歇息几天再走吧！'

"就这样，托诺彦的福，在王府享了几天清福，临走向王爷告别时，乌珠穆沁王爷吩咐手下人，给我装了三车'额吉盐'，又交给哈达、坐垫和靠背毯①、整羊②等礼品，并告诉说，'回去后向亲家转达我的问候，把礼物送上！'

"我谢别了乌珠穆沁大王，踏上了归途。想起这趟远行，心里倒也很高兴，觉着这倒是件合算的买卖：不仅保住了命，车也没丢，而且还把从野地里捡到的糜米替诺彦给他乡的王爷大人送了人情，张扬了哈盖诺彦的大名！这收获远比糜米大几十倍，几百倍呀！又一想，既然糜米没有了，就赶紧回去拉大刺猬吧！也顾不得路途遥远，劳累疲倦，不管黑夜白天，往回赶路，可是，初次出远门，人生地不熟，走了许多弯路，一个月的路程竟走了两个月。断粮缺食，一路走，一路讨吃，把给您带的礼物都换吃、借宿用了，好不容易昨天才赶到家。"

哈盖诺彦听了巴拉根仓的话，觉得讲得入情合理，也没有说别的，就问："那大刺猬怎么不拉来？"

"诺彦大人，"巴拉根仓回答说，"离家几个月，我怕诺彦着急，怪罪下人，想今天先来拜个礼：说也奇怪，又碰上了件怪事！"

"又怎么啦？"诺彦问。

"我来府时路经哈盖滩，想去看看那个大刺猬，到滩里一看，沼泽地上起了荒火！"

---

① 坐垫和靠背毯：指专做坐垫用的二尺见方的小地毯和做靠背面用的特制地毯。从前，蒙古族普遍作为互相赠送的贵重礼品之用。

② 整羊：把一只羊按着蒙古族的习俗，卸开其肢节（通常卸为四肢、胸骨、脊背、胸椎和脖骨共八块），煮热，互送为礼物之用。

"胡说！"诺彦打断巴拉根仓的话说，"你可真是个答兰胡达勒齐！水上怎么能着荒火！"

"请诺彦听我慢慢讲，"巴拉根仓安安稳稳地说，"我今天不光是看见水上起荒火这种怪事，还捡到了龙王的宝钗呢！"

"龙王的宝钗？在哪儿？"诺彦的可屯两只眼睛睁得滴溜圆，着急地说，"巴拉根仓——答兰胡达勒齐呀，把糜米送了人情，替诺彦传扬了名声，给你记一大功！再说，丢在滩上的刺猬和埋在洪格尔敖包顶的大雁，就算是全烂掉了，都没有关系！把今天捡到的龙王爷的宝钗你可带来了吧？"

"是的！"巴拉根仓又慢腾腾地讲了他今天遇到的奇闻怪事。

龙王的宝钗
（巧答哈盖诺彦之五）

巴拉根仓接着又给诺彦和可屯俩讲述了自己获得"龙王宝钗"的经过：

"事情是这样，我一清早骑马经过哈盖滩的时候，看见沼塘燃起了荒火，而且有的地方把滩里的水泡子都烤干了！谁听说过水面上着荒火呀？奇怪，真奇怪！我惊奇地走到跟前细看，果真，火源处一片烧焦了的土地，火势继续向前蔓延着。我顺着荒火的燃迹，穿过烟雾去看我那早先刺死的大刺猬，哦！刺猬的尸体不见了，可就在刺猬死的地方燃烧着一团大火。红火冒着黑烟，向四面八方扩散着。我过去也闻见过荒火烟子味，可眼前的荒火烟子味很特别，不是燃草烧木的味儿，完全是股燎毛烧骨的糊巴味！越靠近那团火，越是强烈的油腥味和燎毛味，呛得我连气都喘不上来。为了弄清真情，我强忍着呛咳，凑到跟前瞧，嘿！哪是水上起荒火哟！是那个死刺猬被烧而流出的油啊，还是因为烈日曝晒而烤出的油呢？不管怎么说，水上漂着几指厚的浮油，这油燃烧起来，就像一条条火龙被风卷着乱飞狂舞，形成了一片升腾的火海！我想绕过油火走过去，可不成！方圆几十里的哈盖滩整个变成了火海。我心想：这下大雁、刺猬全完了！

"我遇上这个晦气的油火，无精打采地向前走去。糊里糊涂地来到一个被野火烧枯的深水坑，突然眼前闪现出一对亮光，走到跟前一瞅，是一对光灿灿的铜钗在阳光下闪烁着光芒哩！我把那么多的大雁和特大的刺猬都丢掉了，一对破钗顶什么用？真想把它扔掉。又一想，我们诺彦福气大，也许是个什么宝贝呢？就捡起来向前走去。可是，越想越觉着纳闷：哈盖滩是荒原野甸，哪儿来的一对铜钗呢？这玩意儿也许是个古货呢，说不定还是个神佛的经具呢！倘若是山水之神或龙王的器物，直接送给我们诺彦吉利不吉利？我一路思谋来思谋去，也拿不定主意。不知不觉来到洪格尔敖包顶上了。于是，我把一个钗埋在敖包后，拿着另一个去见哈盖庙的活佛了。

"我本想，荒滩野地上捡的东西，也可能是驱鬼逐邪的器物，也许是着魔附妖的东西。弄不清好歹，就送给诺彦太冒险，是好物倒也没有什么，一旦是个邪物，岂不给诺彦带来灾难？这罪过我可担当不起呀！越想越觉得还是请活佛过目，判明好歹为妥。

"哈盖活佛一看见我那个铜钗吃惊地问，'你是从哪儿弄到这个钗的？'

"我着实地告诉了捡钗的经过。喇嘛爷听罢说，'哈，哈！你可是个有福气的人呀！这是世间绝无，天间仅有的龙王的宝钗啊！龙王本有这么一对宝钗，若是什么地方有这对宝钗，那里的人们就会消灾免难，除害灭病，停戈解甲，世间太平，安居乐业。如果有谁得到这对钗，世世代代兴旺富足；假如他是个门前没有守家狗，圈中没有牲畜的穷人，只要把它一摇，就能唤来一年四季的吃穿用物，还能把龙王的财宝唤来发财致富哩！'

"'谢谢活佛的指点。'我伸手就想拿回宝钗。

"'别着急，答兰胡达勒齐！'哈盖活佛见我要钗，又补充道：'你只听福，还没有听祸呢！这钗不能随便使用，要想呼唤龙王的财宝，除非穷得连一根牛毛都没有的时候，它才灵验。不然，自己富足又贪财图宝，用它呼唤龙王的财宝，不但得不到财物，还有遭受家败人亡的大祸。你把它留在我这儿……'

"我一听宝贝要落空就急了，连忙哀求道：'哈盖活佛呀，您知道我巴拉根仓是个流浪草原的穷汉，快把宝钗给我！……'

"'哈哈哈……'哈盖活佛见我急的样子，大笑道，'看你，一听说发财

就神魂颠倒了。其实，你这单钗没有那么大威力！'

"'啊！是……'我有点愣住了。活佛又说：'龙王的宝钗原是一对呀。一对钗在一块儿才神力无边。'

"'啊，原来如此。'我心想，我先把每个单钗的威力弄清再说，就问活佛：'活佛，那么这对钗如果单个使用，它们有什么威力？我这一只有什么威力？'

"活佛不知道我捡到一对钗，就看了看手里的钗说：'这两个钗，一个是能呼唤龙王的财宝，另一个则是能调山水之神，求雨灭灾！'

"'那么我捡到的这一个是哪一种啊？'

"活佛又拐弯抹角地说：'你捡的这个钗是后一种，不但把它放在一个俗人家里，发挥不了它的威力，而且万一丢失了或弄坏了，怪可惜的，倒不如放在庙上好。像我这样修身养性的圣人，为世间万物积德，求雨灭灾，岂不更好？另一个才是真正呼财唤宝的钗，可惜你没有把它带来！'

"我一听连留给诺彦的这只钗他也要讨走，就赶紧撒谎说：'哈盖活佛呀，您的最深厚知己朋友——哈盖诺彦了解我的为人，我可从来不敢在大人物面前撒谎，我只捡到这么一个钗，那一只真的没有得到！'"

"别怕，巴拉根仓！"诺彦的可屯擦了擦汗说："对不安好心的人就不该把胸怀敞开，在撒谎者面前撒谎没有罪！哈盖活佛是假正经，他在我面前就常骗弄人。哼！就不能告诉他还有另一只钗！"

"可屯说得对！对埋在洪格尔敖包顶的那只钗，我没有透一点风！不过哈盖活佛倒说了一些真话，他说：'按理，龙王的一对宝钗不该相隔很远。若是在百里相距之内，它们就有走到一起的本领。要是把两个钗都找到并放在一起，那对唤宝呼雨，除灾灭患，积德行善，都有好处啊！现在只找到了一个，这也没有什么，另一个应该收藏在有福气的人手里。'"

哈盖诺彦听得肝脏都跳动起来，急忙说："巴拉根仓，你赶快骑我的马去，把埋在敖包顶上的那只宝钗取回来！"

"是！大人，为诺彦效劳，我巴拉根仓从没怠慢过，这您是知道的。"巴拉根仓说，"不过我有一件事，请求诺彦包涵：您可千万不能向别人透露这只钗的事，对活佛更要永远保密！活佛要是得知我把另一只宝钗送给了您，不仅对我生命有危险，就是对诺彦也不利呀！"

"放心好哩！巴拉根仓，"哈盖诺彦发誓道，"这些事情上我的嘴比庙上那些金佛银佛还闭得严紧哩！"

"我还要提醒诺彦大人一句，"巴拉根仓又一本正经地说："这宝钗可千万不能随便拿出来使唤啊，哈盖活佛说的话，向来是很灵的呀，万一……"

"快去吧，别啰唆！"哈盖诺彦有点不耐烦了。

"巴拉根仓，"诺彦的可屯又插话，"你的忠诚，诺彦和我什么时候都会记着就是了！快去快回！"

"谢谢诺彦和可屯的恩情！"巴拉根仓出来，骑上哈盖诺彦的大马走了。

这次，巴拉根仓真的没有延误多少功夫，就跑到沙窝子里，用细沙把旧铜钗擦得明亮，返回来交给了哈盖诺彦。

诺彦和可屯接过黄澄澄的钗，像得到无价之宝，高兴得立即设宴款待了巴拉根仓。在饮酒吃肉的中间，哈盖诺彦对他说："你忠心为本诺彦效劳，可谓劳苦功高！从此，永远免除你当差和交税的义务！"说罢，又奖给了巴拉根仓许多牛羊和绸缎等物。

巴拉根仓就这样"立"下功劳，临别时很有礼貌地说："再见吧！聪明过人、智慧超众的诺彦大人和可屯，以后有什么事要办，请吩咐！我愿为你们忠心效劳！"说罢，驮着奖品，赶着牛羊回家去了。

以上五则甘珠尔　芒·牧林搜集　陈清漳　芒·牧林翻译整理

流传地区：昭乌达　察哈尔

金貂尾巴
（惩罚宝尔勒代白音之一）

巴拉根仓探望亲戚回来，路上碰见一个放牧的孩子哭得很伤心。他下马一问，原来是宝尔勒代白音说他放羊时糟蹋了他家的牧场，就把孩子骑的马抢走了。巴拉根仓把孩子送到家里，悄悄对他说："别着急，孩子，三天头上我给你送一匹马来。"说完就走了。

巴拉根仓知道宝尔勒代是个一毛不拔、爱钱如命、爱贪小便宜的吝啬鬼。他就找了个机会，在一条荒僻的山湾小路上等着宝尔勒代。黄昏的时候，老吝啬鬼骑着一匹快马远远飞驰而来。眼看近了，巴拉根仓故意着急地摆起手来，示意他停止前进。绕别的路走。

宝尔勒代正往前走，忽然看见一人蹲在草坡上，那么着急地向他摆手，不由得惹动他好奇心。他跳下马来，蹑手蹑脚地走到巴拉根仓面前。

"哎呀！你这个人怎么这样讨厌！"巴拉根仓压着声音生气地说，"让你别走了，你非要来，险些让你把我这一千两银子给吓跑了！"

宝尔勒代刚要发脾气，可是听说有一千两银子，一肚子气马上就没有了。仔细一看，这人守着一个小洞，手里捏着一条金黄色的毛茸茸的东西。他凑近小声地问："喂！你手里拿的是什么呀？"

"你没有看见？这是一只贵重的金貂，王爷要给皇上送礼，出千两银子的高价都收买不到。佛爷保佑，算让我碰上了一只。我追它跑，它一钻洞就叫我捏住了尾巴。我正发愁怎么把它拉出来呢！"

宝尔勒代财迷转向，一听是只金貂，乐得心都要跳出来了。高兴地喊："快使劲把它拉出来！"

"轻一点，你这个人疯啦！"巴拉根仓说，"谁不知道拉呀，就是怕把尾巴扯断了，那样就连一个钱也不值了，说不定让王爷知道，一生气还要杀头哩！喂！喂，朋友，你愿意帮我忙吗？"

"行，行。"老吝啬鬼说，"常言说'外财不散，见面一半'，要是当场挖出来，咱们两个可得对半分。"

"啊呀！你这个人比宝尔勒代白音还厉害。我巴拉根仓连他都不放在眼里，今儿算碰上你这个硬对头了。"

"哈哈哈……你就是巴拉根仓呀？认识认识吧，吹牛大王，我就是宝尔勒代。今儿这一千两银子，就算你给我的见面礼吧。"

"怎么？你就是宝尔勒代？"巴拉根仓装做吃惊的样子说，"该死，该死，怎么就偏让我碰上你这个雁过拔翎的财迷鬼了呢!"

"认输了吧?"老家伙得意地说,"告诉你吧,巴拉根仓,我喝的酒比你喝的奶茶都多得多。"

"好,好,我认倒霉!那你快骑马到前面屯子里借把锹来。"

宝尔勒代骑上马,刚走两步,心想:巴拉根仓这小子诡计多端,他一定是把我打发走,自己把金貂挖出来,好独吞这一千两银子。想到这里,他掉转马头,对巴拉根仓说:"还是你去吧,我在这儿守着。"

"看你这人多心多疑的!"巴拉根仓生气地说,"我一个步行人,走到什么时候才能回来?"

"骑我的马去。"

"好吧,你可知道我巴拉根仓爱捉弄人,我骑上你的马,可就不回来了。"

"哈哈哈……你小子别跟我耍心眼!我宁可再添上三匹马换你这只金貂,你愿意吗?"

"好吧,对你这老奸巨猾的人真没办法。"巴拉根仓无可奈何地说,"来,你可千万不要着急把尾巴扯断了。一定等我取锹回来再挖,不然就白费功了。"说完,他骑上马背,抖动缰绳,一溜烟向着那放羊孩子的村屯飞去。

老啬啬鬼宝尔勒代,在荒无人烟的草滩野坡里,一直捏着那条"金貂"尾巴在等着。天慢慢地黑下来了。他又饿又冷,又怕又累。不知什么时候,他困乏得实在支持不住了,就蒙蒙眬眬地睡过去。忽然,两手一动,把尾巴扯出洞来,他吓得从梦中惊醒,以为把金貂尾巴扯断了,放跑了金貂,就像疯子一样用两手扒起土来。扒到天亮,也不见金貂的影子。再仔细一看,哪里是什么金貂尾巴呀!原来是一只涂了颜色的耗子尾巴。他知道受了骗,又急又气,两眼一阵发黑,昏倒在地上。

宝　驴

（惩罚宝尔勒代白音之二）

宝尔勒代白音自从在"金貂尾巴"事儿上赌输后，连气带病整整躺了一个月。他一想起这件事，就气得浑身打哆嗦。他暗自咬牙说："你好狠哪，巴拉根仓！我要不把你治死，算我宝尔勒代白活一场。"他虽然发这么大狠，可他深知巴拉根仓的厉害，来硬的是不行的。于是，他就想了个软办法。他假装和好，请巴拉根仓来家吃饭，想灌醉酒悄悄弄死他。

第二天，宝尔勒代派管家，拿着大红帖子去请巴拉根仓。

"巴拉根仓巴格希①在家吗？"

"在家。"巴拉根仓见是管家，惊讶地说："哎呀，什么大事，烦劳管家亲自上门吩咐呀？"

"老白音想请你吃饭哩！怕你不肯赏光，就派我亲自请你来了。"管家说着把请帖递上。

"不敢，不敢。我正要登门去给宝尔勒代白音请安呢！"

巴拉根仓骑上早已打扮好的瘦驴，跟管家来到白音家里。

宝尔勒代迎出门去，亲热地说："老朋友啊，我算服你了！上次那匹马算白送给你，咱们和好吧！"

"什么？"巴拉根仓哪儿能吃这一套，生气地说，"你抢了我的金貂，独吞了一千两银子，我还正要找你算账哩！要不是怕王爷生气治我的罪，早告你去了。"

"算啦，"老家伙心里恨得咬牙，表面仍做笑脸说，"不提过去的事了，这叫'不打不相识'啊。管家，快摆酒，今儿非喝个大醉不可。"

宝尔勒代把巴拉根仓让到上座，巴拉根仓对满桌酒肉正眼都不瞅，满腹心事一个劲儿地往窗外看。宝尔勒代存心灌醉巴拉根仓，好害死他，一见他

---

　①　巴格希：蒙古语，意为老师，先生；有时对有文化的长辈也以此相称。

饭不动筷，酒不沾唇，对自己的殷勤招待冷冷淡淡，真是又急又气。看看窗外，除了巴拉根仓那头瘦驴外，什么都没有。忍不住问道："老弟，酒不喝，饭不吃，直个劲儿看什么呀？是瞧不起我宝尔勒代吗？"

巴拉根仓摆摆手说："等一等，等一等。"又过了一会儿，突然大声喊起来："我的驴要拉粪了！"喊着就跑了出去。

宝尔勒代吓了一跳，莫名其妙地也跟了出去。见巴拉根仓跑到驴子跟前，从粪里一下拣出个金元宝。他直瞪着大眼，惊得半天说不出话。

"老朋友，明白了吧？"巴拉根仓凑到宝尔勒代耳边，悄声说，"不是知己，我怎能把这个秘密告诉你。这是一头宝驴，每天拉一个银元宝，如喂好草好料，还能得到金元宝。今天因为到你这儿来做客，好草好料喂了它一顿，你看，"把金元宝在宝尔勒代眼前一晃，"沉甸甸的！唉，我要有你家那样多草料，该多好。"

"老弟，这是真的吗？"宝尔勒代问。

"这不是你亲眼看见的吗？……好，好，不说这个了，还是喝酒去。"巴拉根仓拉着老家伙就走。

"哎，老弟，要是好草好料喂着，真的每天都得一个金元宝吗？"宝尔勒代又问。

"哎呀呀，咱们讲好了不谈这事儿，你怎么还问哪？我把秘密告诉你，是看你够朋友。你可不能跟外人乱说呀！"巴拉根仓郑重地说。

"不会，不会，你放心好了！"

"老白音的为人，我哪能不信哪！我是怕下边人听见，传到王爷和诺彦耳朵里就不好办了。来，我敬白音三碗酒！"

宝尔勒代是个见财眼红的人。这时他一心想把宝驴弄到手，其他什么事都忘净了。刚才还想灌醉巴拉根仓呢，现在自己却被灌得迷迷糊糊。

"老弟呀，能不能把驴卖给我呀？"

"那可不行！"巴拉根仓着急地说，"我全家就指望这驴过日子呢！"

宝尔勒代再三要买，巴拉根仓急得脸红脖子粗，总不答应。最后宝尔勒代威胁说："再不答应，我就去告诉王爷了！让你一个钱也得不到手！"

巴拉根仓一听，痛哭流涕地说："你呀，宝尔勒代，你算把我坑苦了！……"

"别哭嘛，老弟！"宝尔勒代紧逼着说，"我出一千两银子，五十匹好马，这还不够你一家生活？"

"钱再多，一花就光，这驴可是金银长流的活宝贝，多少钱我也不乐意卖呀！"

"哎，我日子过好了，还能亏待你吗！"

"唉，"巴拉根仓一脸愁苦，"你们有钱人真狠，像饿狼一样，什么都想吞到自己肚子里。没法子啊，胳膊扭不过大腿，卖给你吧。"

"这才叫够朋友！"老财迷高兴了，忙吩咐管家，把银两马匹预备好，亲手交给巴拉根仓。

临走，巴拉根仓又对宝尔勒代说："实话告诉你吧，我这是一匹神驴，如果你真心诚意，早晚烧香磕头，它一天能给你拉两个金元宝。"说完，长叹一声，把毛驴亲了亲就走了。

宝尔勒代把驴牵到自己屋里，想叫别人喂，又怕丢失了金元宝，就让老婆每天喂驴。他一早一晚，天天给驴烧香磕头。过了一个多月，毛驴除了拉粪以外，别的什么也没有。老家伙仍不死心，照样烧香磕头。又等了很长时间，实在有点着急了。这天，驴刚翘尾巴要拉屎，他凑上前去想看一看，没想到驴子喂肥了，脾气也大了，一蹶子把他踢昏过去。他老婆叫来管家，指着驴大骂："天天好草好料喂着，烧香磕头供着，不拉元宝不说，还把老爷踢昏过去了。快打死它！把它肚里的金元宝都掏出来！"

驴子被杀死了，宝尔勒代两口子一个元宝也没有得到。

活 命 棒
（惩罚宝尔勒代白音之三）

巴拉根仓知道宝尔勒代白音两次失败，定不甘心。他就和媳妇合计了一个办法，等待着恶人的反扑。

这天中午，宝尔勒代果然骑着大马，带领随从，耀武扬威地来了。他闯进大院，刚要发作，只见巴拉根仓的媳妇披头散发，一把将巴拉根仓推到门外，哭骂着说："你个没骨头的败家子儿，说话不牢的烂舌头！你给我把那宝驴要回来！"

"哎呀，我的好人！"巴拉根仓哀求说，"亏已经吃了，就忍了吧！你天天这样闹，叫我多难受啊！再说那宝驴早让白音活活打死了，唉！"

"哎哟，你们这些该死的强盗啊，不还我的宝驴，我就与你们拼了！……"她大哭起来。

"巴拉根仓！"宝尔勒代喊了一声。

"哎呀，"巴拉根仓回过身来吃惊地说，"是老白音来了！你们看，正和老婆吵架呢，也不能招待诸位了，请老白音不要见怪！"

宝尔勒代气呼呼地说，"我正要找你！"

巴拉根仓问："找我有急事儿？"

"打官司！"宝尔勒代几乎喊起来。

"打官司？"巴拉根仓纳闷儿地说，"什么事儿打官司？"

"你小子别装傻！你用破瘦驴骗了我的银子马匹不说，还差一点儿把我踢死。今天可不能饶了你。"

"用不着打官司。刚才我们两口子打架你们都见了，她天天要那宝驴，我正愁没法办哩。你快把破瘦驴还我，你的东西我原物交还，这不就完事啦。"

"你那破瘦驴一钱不值，早让我剥皮吃肉了。"

"宝尔勒代老狗！你也欺人太甚了！"巴拉根仓两眼冒火，咬牙切齿地说，"亲眼见它拉个金元宝的是你，死逼活逼让我卖的也是你。我明知道吃亏也得忍，谁让我穷呢。为这宝驴，我都舍不得献给王爷——我有罪，老婆每天还跟我拼死拼活地闹。你说宝贝不灵，就该原封不动还给我。现在你还上门欺侮人。走！打官司去！我还要告你，你欺上压下，仗势抢夺别人的宝贝。走！"巴拉根仓越说越气，拉住宝尔勒代就往外走。

"你不能走！先把宝驴还我。"媳妇上去使劲抓住巴拉根仓。

"滚开!"巴拉根仓大怒。

"还我的宝驴!"她死拉住不放。

"好,还你的驴。"巴拉根仓把媳妇一把推倒在地,在腰间掏出一根红木棒,凶狠地举起来要打。

"救命呀!"媳妇猛力跑进屋里。

巴拉根仓随后追进屋里,只听"咔咔"两声棒响,接着一声女人的尖叫,再就没有声音了。

宝尔勒代听着声音不对,进屋一看,巴拉根仓媳妇满头血污,脸色刷白,躺在地上被打死了。

"走吧,宝尔勒代白音,打官司去!"巴拉根仓擦着棒上的血,脸色非常难看。

老家伙心里正在七上八下,思谋驴已打死,巴拉根仓又那么理直气壮,自己确实有点词穷理亏。这时一见巴拉根仓打死了老婆,胆气马上就壮了,他大声喝道:"好大胆的巴拉根仓,竟敢无法无天打死人!一案未了又添一案。来,快把他捆起来送官府。"

"你们干什么?"巴拉根仓嚷道,"我们两口子的事儿用不着你们来管!"

"这可犯到我手里了吧?巴拉根仓!"宝尔勒代冷笑着说,"我打死你的毛驴算我没理,可这杀人得偿命吧?"

"噢,你说我媳妇的死呀?这还不是常事!我每次出门都是先把她打死,回来再把她治活。这有什么稀罕?"巴拉根仓不慌不忙地说。

"胡说!你小子能骗得了我一个人,还能骗得了大伙的眼睛?明明你两棒子打得她头破血流,断气死了,还想抵赖!"宝尔勒代说。

"那还不好办!我既然敢打死她,就能治活她!"巴拉根仓斩钉截铁地说。

"这次你就是吹破大天,也没人相信你了!"

"我巴拉根仓什么时候骗过人?不信我把她治活给你们看看!"

"好,松开他!"宝尔勒代吩咐随从,"让他把死人救活!"

巴拉根仓用木棒,在媳妇头上左画三圈,右画三圈,嘴里嘟嘟囔囔地说："活命棒，活命棒，还回她的魂，治好她的伤，晚上送你三炷香。"刚想用木棒点动四肢，停下说："老白音哪，能治活，可是我不愿治活她了。因为我要和你去打官司，虽说一定赢你，可这来来回回谁知道什么时候能完？她活着跟我受穷不说，还担这份惊怕，不如死了倒干净。"

"别来这套软硬花招。"宝尔勒代说，"鬼才相信你骗人胡说。"

"你怎么这样不识货，你以为这是普通的木棒？这是神仙用的'活命棒'，它不仅能把死人治活，那宝驴有病也非它医治才能好哩。"

宝尔勒代一听"活命棒"能治宝驴的病，心里十分后悔。他生气地说："你为什么不早说？"

"早说让你把我两件宝贝都抢去？"

"该死，该死。"老家伙急得抓耳挠腮，"巴拉根仓，我把你当成知己，可是你对老哥却耍心眼。……"

"谁知道你把宝驴剥了皮吃了肉呢。"

"你快把她救活，这木棒要真是宝贝，我也不与你打官司了。"

巴拉根仓见老家伙又动了心，就像刚才一样叨叨念念说了三遍，然后在老婆额头、四肢、胸口各点一下，叫声"起来"！本来媳妇死是假的，血也是用羊血做的假，听丈夫一叫，就"哎哟"一声，睁开眼睛，像久别重逢似的向丈夫说："好人，你可回来了。官司打赢了吗？你每次出门总要这样折磨我，让我苦等你，以后再也不放你出去了！"

宝尔勒代一看活命棒真是件宝贝，就把巴拉根仓拉到院里，悄悄地说："老弟，这件宝贝一定得再卖给老哥，要多少钱我都依你。"

"不行！这场官司非要打不可！我正想顺便把这活命棒献给王爷哩！"

宝尔勒代哪肯放过这件"无价之宝"呀！他死乞白赖地说啥也要买。他把银子、马匹连同金鞍子都交出来了。最后，巴拉根仓才说："你这人真像黏虫一样，沾住就没完。可是宝贝一到你手就成废物。你要是再把这件宝贝弄坏，我可要到王爷那儿告你了！"

宝尔勒代得了活命棒，什么都不管了，高高兴兴地回到家里。门口正碰见老婆子出来迎接。他心想：何不试验这活命棒，让老婆喜欢喜欢呢？

待老婆走近，还没来得及说话呢，宝尔勒代就举起木棒，朝着头顶"咔嚓"一下打下去，把老婆打死在地上。可是，他把宝贝木棒摔得碎烂，也没能把老婆救活。

打猎之功
（惩罚宝尔勒代白音之四）

宝尔勒代白音几次想捉弄巴拉根仓，结果都是自己搬石头砸了自己的脚。他真是又恨又怕，干着急没办法。于是就跑到老朋友好尔勒代诺颜那里告了巴拉根仓。

好尔勒代诺颜派人把巴拉根仓抓来，问道："你为什么像狐狸一样地骗宝尔勒代白音？"

巴拉根仓看看白音和诺颜，一句话也不说。好尔勒代又问："你为什么像饿狼一样地欺侮宝尔勒代白音？"

巴拉根仓仍不回答。好尔勒代气得嘴歪眼斜，拍案大叫："你为什么像蠢牛一样地不回答长官的问话？"

"唉！诺颜老爷，先别发火。"巴拉根仓不慌不忙地说，"你哪儿晓得我心里的苦楚呀！我知道你和白音是老朋友，我要当着这么多差人的面驳你的话，对你老人家也显得不够尊敬呀！你要是不怕脸上过不去，我就实话实说。"

本来诺颜有许多见不得人的丑事，听巴拉根仓一说，心想：这小子还不错，倒能为我着想。于是把差人都打发出去，返回来温和地说道："这下没人啦，你说吧。"

"诺颜老爷，狐狸和小鸡在一起，小鸡总是被狐狸吃掉；我要有狐狸的本事，为什么宝尔勒代白音那样富？我这样穷？他那样肥？我这样瘦？"

好尔勒代无话可答。巴拉根仓又说："诺颜老爷，常言说：'再好的摔跤手，也敌不过人多；再好的骏马，也吃不消千条鞭子打。'宝尔勒代白音的财富堆成山，打手赛牛毛，别说我像恶狼，就是有猛虎的威力，能欺侮得了宝尔勒代白音吗？"

巴拉根仓见诺彦被问得张口结舌。又继续说："我知道白音告我的状是为了那几件宝贝。可是这能怪我吗？我本来是想献给诺彦和王爷的，可是白音死乞白赖地硬逼着要，他也不把用法问个明白，一件一件都叫他糟蹋了。诺彦若不信，就让他把宝贝拿来，我可以当场试验，要是不灵，挨打受罪我心甘情愿！"

宝尔勒代白音因为把"宝贝"全毁了，无话可说。

好尔勒代诺彦因为自己没得到"宝贝"，对白音也不满意，但又碍着老朋友的面子，判处巴拉根仓三个月苦役，让他立功赎罪。

一次，诺彦邀白音一块去打猎。巴拉根仓一路烧水做饭伺候他们。

到了深山里，诺彦射了几只野鸡，交给巴拉根仓炖上。巴拉根仓把毛退净，塞满一肚子鸡粪，煮熟了才把鸡粪掏出来。诺彦和白音回来一吃，满嘴都是粪味，就问巴拉根仓："喂，巴拉根仓！鸡肉为什么这么臭啊？"

"你不知道，诺彦老爷，野鸡的老家在昆仑山高峰，那里寸草不长，它们只能吃自己拉的粪，所以浑身都是臭味。"

诺彦一听，气得小黑胡子上下乱动。他就跟宝尔勒代白音说，"这家伙真可恶！不把他治死，将来必是个大祸害！"他们俩商量了个主意，把巴拉根仓倒绑起双手，背后贴上"巴拉根仓有罪，应该饿死！谁要是给他吃的，与他同罪！"几个大字的条幅，假惺惺地对巴拉根仓说："你走吧！这儿用不着你了！"

巴拉根仓在路上很纳闷儿，背上写的是什么字儿呢？这两个家伙一定没安好心！于是他找了块潮湿地，把背上的字蹭了下去。他又往前走了不远，碰见个熟识的老牧人。

"喂！巴拉根仓，怎么叫人家绑上啦？"

"唉！不仅绑上，背后还有字哩。可惜我不小心，在路上睡觉时被蹭擦掉了。"

"什么字？"

巴拉根仓把事情前后，一五一十都告诉了老朋友。牧人听了说："我把你松开，快逃命吧。这些有钱有势的人不好惹。"

"别，别。"巴拉根仓说，"要走也不能这么走，你帮我再在背上写几个字，我就有办法了。"

"写什么呢？"

"你就写：'巴拉根仓打猎有功，应该重赏；倒绑二臂，以试其心。'"

他背着重新写好的字，来到好尔勒代诺颜家，到门口就喊："来人，快看住狗。"

"你怎么被绑上了？"家人出来说，"一定没干好事，惹诺颜老爷生了气。"

"我也不知道，快领我见太太去，她看见字就知道了。"

巴拉根仓见了太太，哭着央求说："太太饶命吧！太太饶命吧！"

诺颜老婆一看他背后的字，笑着说："别害怕，巴拉根仓。你打猎立了大功，应该重赏。老爷怕你淘气，才故意绑起你来。"

"哎哟哟，诺颜老爷真会开玩笑，吓得我差一点儿丢掉魂！"

诺颜老婆让家人挑选了两匹快马，装了好多银子，送给了巴拉根仓。

江中的喜讯

（惩罚宝尔勒代白音之五）

好尔勒代白音和宝尔勒代打猎回来，知道又叫巴拉根仓捉弄了，两个老家伙可真火了，非要亲手把巴拉根仓治死不可。他们来到巴拉根仓家，二话不说，就把巴拉根仓抓起来装进口袋里。

"巴拉根仓啊，今天我们俩可要亲手把你扔到江里去，你有本事就施展吧！"他俩把袋口一扎，一前一后抬起杠子，怒冲冲地朝江边走去。

天热火燎，道也很难走。两个老家伙没出娘肚子就叫人伺候惯了，哪能干这种活儿？他们一歪一斜，累得浑身冒臭汗，像热天的狗一样直喘气。正好不远处有个屯子，他俩想去吃点饭喝点水休息休息，但又怕别人知道了口袋里装着个大活人。怎么办呢？两个家伙找到一棵树，把口袋挂在树上就走了。

巴拉根仓憋得可难受了。他心想，难道真让这两个坏蛋把我害死不成？说起来也真巧，正愁没办法的时候，忽听树下有人嘟囔说，"嗯，这是什么玩意儿呢？灵雀窝？没这么大，牛犊袋？谁把它挂在这儿呢？……"

巴拉根仓顺着小缝往树下一看，嗬，原来是好尔代勒诺彦的父亲——那个秃头、烂眼的宝尔泰老头。他灵机一动，高声长叹说："唉！为医治秃头、瞎眼、瘸子腿，进这种仙袋三天了。神仙对我说过，三天后就会来个大福大贵的人，把你放出来。还说，他要是有病，一定给他治好。现在三天已满，那个大福大贵的人在哪儿呢？唉，难道神仙也骗人吗？"

老家伙听了很高兴，寻思神仙一定是指的自己，便忙不迭地问："你是什么人？"

"啊呀，有福气的人果然来了！快把我放出来，你要是有病我给治，这是神仙的旨意。"

"你的秃头、烂眼、瘸腿真治好了吗？"

"你把我放出来就知道了，过去我是有名的十不全。"

老家伙解开口袋一看，呀！哪有一点十不全的影子！是一个强壮的青年。

"老头儿，我真没想到自己能变成这样，恐怕连我老婆也不敢认了，这真是神仙袋的好处啊！"巴拉根仓高兴地跪在地上，望着长空。

"小伙子，神仙让你帮那有福气的人治病，你怎么不管了？"

"哎呀，看我一高兴，差一点儿把这事儿给忘了！像你这样大福大贵的人，不仅病能治好，还能长生不老呢！"

"那……那快点儿把我装进去吧！"

"可有一样你必须做到，进了口袋无论听到什么声音，受到什么折磨，都不准出声。一出声音就不灵验了。这是神仙的旨意。受得了就进去，受不了就算了！"

老家伙一心想长生不老呢，什么都答应了。

巴拉根仓把他装进口袋，按原样挂在树上，就赶着诺彦家的牛羊回家了。

好尔勒代和宝尔勒代回来一看，口袋原封未动，一摸，人也在里边。他俩抬起口袋，走一步打一棒，往江走去。

老头被打得实在吃不消了，听声音又像是自己的儿子，便嘶哑地喊道："别打了，我是你老爹啊！"

"好小子，临死还骂人，还想占便宜！"两人打得更起劲了，越喊越打。最后打得不出声时，才扔到大江里。

诺彦和白音寻思，这回可把一个大害除掉了，非常高兴。他俩一路上有说有笑。这个说："他还有个漂亮媳妇呢！"那个说："他家一定还有值钱的宝贝。"两人说着，来到巴拉根仓家门口。

"感谢二位的功德，我正准备请你们吃饭喝酒哩！"

两个坏蛋一看，巴拉根仓正在宰羊呢，门口还有一两千只牛羊在吃草，惊得两个家伙半天说不出话来。

"两位老爷看什么？快进屋喝茶吧！"

"你……你怎么又回来了？"宝尔勒代战战兢兢地问。

"哎，别提了！你们往江里扔我的时候，真把我折磨苦了。可是一到江里，就好像有人架着我走，等我睁眼一看，哈哈，原来是一座大宫殿，你们两家的祖先正分家呢。我爷爷是你们家的牧工，见我去了就笑着说：'你来得正好，孩子！今天是老主人分家的头一天，上边吩咐了，不论死的活的，见面都有一份。'我一听就转悲为喜了，你们看，这就是我赶回来的牛羊。"

"他们分完了没有？"诺彦和白音着急地问，"我们去还能赶得上吗？"

"你们不说，我差一点儿忘了一件大事儿，回来时有两个总管让我捎信给你们，说是金银要分三天，今儿是头一天。我打算吃过饭再去一趟，好多金银财宝都没有分哩！"

"那你就领我们去一趟吧！"

"当然可以。我能得点儿东西，还不是二位的好处和老爷家的恩赐吗！不过，人多了每人得带上个小旗帜，先进去的人如果摇旗帜，意思是还让去人，小旗如果不动，就是说不让再多去人了。"

他们仁拿着小旗，一块来到江边。宝尔勒代和好尔勒代望着深绿的江水，浪涛滚滚，你推我让的，谁也不敢先跳下去。巴拉根仓见状生气地喊道：“快跳啊！再迟了我就不管了啊！”

宝尔勒代白音是个有名的老财迷，见财就贪，见便宜就占，而且总是要抢先，所以他争先跳了下去。只见小旗往上一摆，一个旋涡再也不露影了。

“快跳啊！诺彦老爷！白音用旗帜向你招呼呢！”

好尔勒代诺彦恐怕宝尔勒代白音先去一步把好东西都给抢走，所以他急忙把眼睛一闭，头一扎，“扑通”一声，跟着跳了下去。

巴拉根仓站在江岸哈哈大笑，“好啊，兔崽子们，你们也有这一天！”

以上五则陈清漳　赛西搜集整理

阿尔格奇的故事

（蒙古族）

．．．．．．．．．．．．．．．．

　　阿尔格奇是蒙古族的一位劳动者型机智人物，出自艺术虚构。他的故事幽默诙谐，洋溢着草原的泥土气息，主要流布于新疆维吾尔自治区北部、西北部的蒙古族聚居区。

．．．．．．．．．．．．．．．．

混合抓饭

　　春季的一天，阿尔格奇骑着小白马从贝子老爷衙门前走过，老爷见后叫住了他："喂，阿尔格奇，今天我衙门里没人做饭，你会做吗？"

　　"会，会。"阿尔格奇答道。

　　"你会做什么饭呢？"

　　"大米小米混合抓饭是我最拿手的。"

　　"那就做你最拿手的饭吧！"贝子老爷说。

　　阿尔格奇进了老爷的厨房。他把牛肉切成拳头大小放进锅里，再加上小米。过了一会儿小米烧开了，他又加上大米。

　　贝子老爷肚子饿了，走进厨房问："饭做好没有？"

　　阿尔格奇将先下锅的小米盛出一点递给老爷："老爷，您尝尝。"

　　老爷尝了尝说："饭熟了，盛出来吧。"

　　阿尔格奇将后放的大米盛出一碗，递给了老爷。老爷一尝皱眉道："怎么小米烂了，大米还硬着呢？"

阿尔格奇不慌不忙地回答道："地里的小米也是比大米先成熟啊。"

老爷出去了。阿尔格奇又往饭锅里添了一些小米。过了一会儿，老爷进来问："现在饭好了吧？"

阿尔格奇盛出一碗"混合抓饭"递给老爷："老爷，请吃吧！"

老爷吃了一口，惊讶地问道："刚才尝时小米烂了，大米不熟；现在却是小米不熟，大米烂了。这是怎么回事？"

"这是再好不过的饭了，小米和大米正在一个锅里比赛呢。"阿尔格奇道。

就这样，阿尔格奇一天没让老爷吃上熟饭，贝子最后吃了些生小米饭，拉起肚子来了。

狗虱子也能吃胖

阿尔格奇经常身穿山羊皮袄，骑着小白马，走乡串户为人占卜算卦。

一天，阿尔格奇在路上与贝子老爷及其两名随从相遇了。阿尔格奇立即滚鞍下马，躬身施礼道："白骨头大官驾到时，黑骨头如不让路，可吃罪不起。"

贝子老爷生气地问："你的骨头为什么是黑的呢？"

阿尔格奇又鞠了一躬道："因为我不能像老爷那样得到佛赐的福，所以骨头是黑的，而老爷您的骨头是白的。"

贝子老爷又问："你骑着马到哪儿去呢？"

"我是算卦的人，我在走乡串户为人算卦。"

贝子老爷道："那你就跟我走吧，这样你就能吃上肥羊肉。"

"好吧。连跟着老爷走的狗虱子都能吃胖呢，我当然去。"

贝子老爷怒道："你怎么胡说八道？"

"老爷，我想说的是：我要是跟老爷走，不仅自己会吃胖，连我衣服上的狗虱子也会吃胖呢。"阿尔格奇斜睨着贝子的两个随从说。

以上二则阿·太白整理

阿尔格奇和汗

从前有个部落汗王，听说云游世界的阿尔格奇能言善辩，便命人去召他进宫。汗事先召集众位大臣，自己高坐在汗位上，等待阿尔格奇到来。

阿尔格奇奉召急忙来到汗的宫殿，拜见汗王。汗先将他从头打量到脚，这才赐坐。他又命人将一张桌面鼓起的石桌抬到阿尔格奇面前，用一只底部是球形的碗向他献茶。随后，他又亲手给阿尔格奇递去鼻烟壶。

这是故意刁难阿尔格奇。对汗王亲手递给的鼻烟壶，不接是不行的；要接，就得把球形底碗放在鼓起的桌面上，这样碗就会滚落下来，惹得大臣们发笑，那也是失礼的；而如果一只手端着茶碗，只用另一只手去接汗王的鼻烟壶，那就会犯对汗王不恭之罪。

面对这种刁难，阿尔格奇不慌不忙。他退下右手腕上的念珠，绕成三圈放在石桌上当碗座，将球形底碗稳稳地放在上面，然后双手恭恭敬敬地接过了汗王递来的鼻烟壶，舒畅地吸了起来。众大臣见状，都十分钦佩阿尔格奇的聪明机智，交相点头称赞。

可是，汗王对自己没能窘住阿尔格奇却感到不甘心，便说："阿尔格奇，你为什么用碗将神圣的佛球压在下面呢？"

阿尔格奇坦然地微笑着，从座位上站起身来说："禀汗王，这并不是喇嘛们用的佛珠，而只是牧民们在丢失牲畜时做标记的念珠啊。"

"你这套本领是从哪里学来的？"汗王又问。

"百姓对客人总是先敬鼻烟，然后敬茶。而汗王您却先赐茶，然后赐鼻烟壶。这怎么能叫我不钦佩呢？尽管茶碗的底很怪，但它盛的却是您所赐的福分；尽管桌子是鼓起的，但我怎能让茶碗从上面掉下，将您赐给的福分洒掉呢？"

汗王无言以对，不能不称赞阿尔格奇聪明能干，并赐给他许多礼物。

玛·加斯莱搜集　王清翻译

合用一副后鞴的两头毛驴

一天，专横的汗和老婆一道来到果园，并排坐在一条木椅上吃苹果，打发仆役去召阿尔格奇来给他们讲故事。阿尔格奇闻讯，故意耽搁了一会儿，才来到汗的面前。

汗见阿尔格奇来迟了，问道："我命令你前来给我们讲故事，你为何迟迟不来？"

阿尔格奇回答说，"我的汗啊，小人本应从速前来，只因小人不慎将合戴一副后鞴的公驴和母驴丢了，为了寻找他们，才耽误了时间，乞求我汗恕罪。"

"阿尔格奇，你不要扯弥天大谎了！两头毛驴怎能合戴一副后鞴呢？"汗取笑说。

阿尔格奇反问道，"我的汗啊，您和汗后两人既然能够合坐在一条椅子上，公驴和母驴为什么不能合戴一副后鞴呢？"

汗转脸对老婆说："此话有理。"

这时，旁边一名好奉承的官吏，急步来到汗的面前，双膝跪下道："禀告我汗，阿尔格奇狗胆包天，竟敢藐视我汗和汗后，将您和汗后比作公驴和母驴呢。"

汗逼问阿尔格奇道："是这样吗？"

阿尔格奇毫无惧色，不慌不忙地说："我的汗啊，您要是自个儿把自己看成毛驴，那小人说的正是它们，如若不是这样，那就是这位大臣有意侮辱您和汗后为毛驴呢。"

汗勃然大怒道："我根本不是毛驴。这可恶的大臣竟敢如此放肆，将我侮辱为毛驴！"说罢，赐给阿尔格奇六棱皮鞭，命令阿尔格奇将那大臣猛抽了一百二十七鞭。汗又撤了那大臣的职务，罚他去干苦工。

泥菩萨吃肉

云游四方的阿尔格奇，一天晚上来到守护寺庙的喇嘛家过夜。虔诚的喇嘛第二天一早就起了床，他先煮好早茶，灌进壶里，又煮了一锅肉。两人一起喝过早茶后，喇嘛对阿尔格奇说："我到小铺去买点东西，你看着家等我回来。你肯帮这个忙吗？"

"可以，可以。"阿尔格奇满口答应。喇嘛走时又叮咛道："锅里的肉煮好了，你先给菩萨供上一些，然后自己尽管往饱里吃。"

喇嘛走后，阿尔格奇先吃了肉，又把泥塑的菩萨一个不剩地全打碎了。

喇嘛回来见菩萨全碎了，顿时变了脸色。他质问阿尔格奇："谁把菩萨打碎了？"

阿尔格奇见喇嘛气得扭歪了脸，不动声色地回答道："这些菩萨为了抢肉吃，便相互厮打起来。他们自己把自己打碎了。"

喇嘛急了，说道："你别瞎扯，泥做的菩萨怎么会打架呢？"

阿尔格奇盯着喇嘛反问道："那么，泥做的菩萨又怎么会吃肉呢？"

以上二则斯·阿拉搜集　王清翻译

爱吹牛的诺彦

艾勒①里的人们，都夸赞阿尔格奇能言善辩，才华出众，以吹牛闻名的库布得克诺彦听后，大为不悦地说："阿尔格奇哪里能赶得上我！你们不要胡言乱语，我嘴上贴块皮子，照样能说赢他。"说着就去找阿尔格奇。

刚到阿尔格奇家蒙古包门前，只见阿尔格奇迎面走了出来。爱吹牛的库布得克匆忙之中找不到要说的话，只好搭讪着问道："阿尔格奇，你今天干

---

① 艾勒：牧村、居民点。

什么了？"

阿尔格奇捋着细细的黑胡子，背起手，微微一笑说："我在蒙古包里种了点麦子出来。"

爱吹牛的库布得克听后一阵暗喜，心想这回说赢阿尔格奇的时机到了，便又问道："你把麦子种在哪里了？"

阿尔格奇道："种在锅灶旁边了。"

"你把麦子种在锅灶旁边，拉犁的牛要是把屎拉到锅里，你们没饭吃，不就饿死了吗！"库布得克说完，手捋胡须，洋洋自得。

"不，牛屎拉不到锅里。我用皮子把他的屁股眼儿贴住了。"阿尔格奇说。

爱吹牛的库布得克一听急了，张嘴大喊道："咳，你说什么？"这一喊不要紧，嘴上贴的皮子掉在地上。

阿尔格奇一见忙说："您先别进屋，让我先进去把锅盖好了，您再进来。"阿尔格奇走进屋里打了个转身出来时，那位爱吹牛的诺彦头也不回地溜走了。

智斗喇冉巴

从前有个喇嘛在土尔扈特部落的资助下，到召庙学习了念经，又在拉萨的土尔扈特朝圣办事处的资助下，考上了喇冉巴①学位。

喇冉巴回到家乡以后，贪图人家的献礼，到处给人诵经，渐渐成了一个巨富喇嘛。

一天，喇冉巴差人把阿尔格奇叫去后，对他说：

"喂！小伙子！都说你是个能言善辩的人，你敢和我斗智吗？要是你输了，你得把孟可海边的公母两只青蛙给我抓来。"

阿尔格奇说："行。不过我有一个条件，就是要把喇嘛教的主持喇嘛、

———————————

① 喇冉巴：喇嘛教中的高级学位。

比丘及千户长、副千户长等都请来，然后我们俩才能斗智。"

喇冉巴说："行。就这样办吧。"

两人在约定的日子，请来了主持喇嘛、比丘和千户长、副千户长等人，开始斗智。

喇冉巴盘腿坐在上首，手捻珊瑚佛珠，闭目问道：

"我为什么有这么大的福分呢？你为什么这样穷呢？"

"因为妖怪们活得太好，您才能到处诵经，过上这样富裕的生活。因为您念的经没有效验，所以我才这样穷。"阿尔格奇答道。嘻嘻哈哈坐在那里的主持喇嘛、比丘和千户长、副千户长等人听后，都大笑起来。

喇冉巴急了，拍着桌子道："喂！谁说我念的经没有效验？你要说个明白！"

阿尔格奇不紧不慢地回答道："在念经的仪式上，您不是常这样说：'为了所有的百姓，宗喀巴创立的喇嘛教的教徒们，只能念经，不能收献礼；见了献礼要用袖子推走，不能用手接。早晨违背了这个教规的教徒，晚上就将受到惩罚。'要是您说的这些教规有效验的话，您早该进地狱了，我早该升天堂了。"

俗话说："一头牛角挨打，千头牛角酸疼。"众主持喇嘛、比丘们的脸"刷"地一下子红到脖根。无言以对的喇冉巴骑上马溜了，而千户长和副千户长们却满意地直夸："讲得对，讲得好！"并加封阿尔格奇为协理政、教事务的名誉扎兰。

以上两则特·贾木查整理　王清翻译

制服吝啬的巴音

从前，有一个巴音①，十分吝啬。不管谁到他家里去，都休想喝上一

①　巴音：蒙语财主、富翁。

口水。

有一天，阿尔格奇来到这个巴音家门前，悄悄往屋里一看，只见巴音正在美滋滋地嚼着肥肠，他老婆啃着羊头，他女儿吃着羊肉汤泡油果子，便径直走了进去。这时，正吃得津津有味的巴音一家人，看到来了客人，慌忙将所吃的食物藏在衣襟下面，装作在一块儿闲聊天的样子。阿尔格奇进来后，他们好像才发现似的，虚情假意地寒暄让坐。阿尔格奇也不客气，一屁股就坐在了巴音身边，巴音为了赶快将阿尔格奇打发走，便没话找话地问道："阿尔格奇，今天你在路上看到什么新鲜事啦?"

阿尔格奇灵机一动，接过话题，风趣地答道："巴音老爷，要说我今天在路上看到的新鲜事，那可多啦! 像你的牛羊一样数不清。不过其中最有意思也最惊险的却是这么件事: 今天一清早，我在路上走着走着，突然发现路旁有一条蛇，粗细就像放在您衣襟下面的肥肠一样，我连忙拾起一块和大娘搁在衣襟下的羊头那么大的石头，使劲朝蛇头砸下去，当场就把那条蛇砸得像掖在姑娘衣襟下的油果子一样，一块一块的，那条蛇流了像那碗羊肉汤那么多的血。没过多久，它就死了。真是托老天爷的福，要不然，我还真够危险的。"

吝啬的巴音听阿尔格奇这么一说，知道自己刚才的举动都没逃过阿尔格奇的眼睛，禁不住窘红了脸。巴音为了不使自己做的丑事被宣扬出去，只得忍着心痛，把肥肠、羊头和油果子端出来，并盛了一大碗羊肉汤，将阿尔格奇好好地招待了一番。

事后，这件丑事还是被宣扬出去了。人们都齐声赞扬聪明机智的阿尔格奇干得好。

还　肉

有一天傍晚，阿尔格奇来到一个十分小气的巴音家里。因天快要黑了，便在巴音家里住了下来。可是吝啬的巴音没有给阿尔格奇端晚饭。阿尔格奇饿得肚子咕咕直叫，难受得睡不着觉，只好睁着双眼，躺在那里，翻来覆去的。巴音家的人也是一会儿进来，一会儿出去，一刻也不在屋子里待。忽然，阿尔格奇发现大锅煮了满满的一锅肉。可是小气的巴音就是不揭锅。原来巴音怕阿尔格奇吃他煮的肉，想等阿尔格奇睡着后再端出来吃。阿尔格奇也猜出了十之八九，心里十分生气，不由得暗暗骂道："你这个一毛不拔的吝啬鬼，想让我空肚子过夜，那好，走着瞧吧！"

阿尔格奇趁巴音不在跟前的机会，迅速把锅里的肉全捞出来，急急忙忙地吃了几大块，再把剩下的肉全部装在自己的褡裢里，然后将烂皮裤、破鞋子割成一块块的，又悄悄地放进锅中，便躺回原处，打着呼噜，装做酣睡不醒的样子。这时，巴音蹑手蹑脚地走了进来，以为阿尔格奇已经睡熟了，便叫来了全家老少，准备趁此机会吃晚饭。他们怕惊醒阿尔格奇，连灯也没点，就黑灯瞎火地捞出了锅里的"肉"，狼吞虎咽地吃起来。可是，一吃，觉得肉太硬，根本咬不动。饿了一下午的巴音气得一个劲地骂他老婆无能："一晚上连个肉也煮不熟……"他老婆一方面觉得挺委屈，一方面也不相信，就把"肉"拿到炉子下面的火光处查看。这一看，才发现刚才吃的肉都是些又脏又硬的烂羊皮和破皮靴块。这一下，气得巴音几乎昏死过去。但又无可奈何，只好哑巴吃黄连，有苦往自己肚子里咽。

第二天一早，阿尔格奇骑着马，高高兴兴地离开了巴音家。

"你的马死掉了"

由于阿尔格奇处处惩治、捉弄巴音和贪官污吏，时时帮助穷苦百姓，因此，所有的巴音和贪官污吏都对他恨之入骨。

有一次，阿尔格奇出外办事，来到一个巴音家里住了一夜。狠毒的巴音想利用夜里，害死阿尔格奇的乘马，出出气，解解恨，便悄悄地对管家做了安排。满肚子坏水的管家那种进进出出、鬼鬼祟祟的样子引起了阿尔格奇的注意。他猜出巴音和管家可能要在他的马身上搞鬼，就趁人们入睡的时候，神不知鬼不觉地走出屋外，来到草滩上，把巴音的马和自己的马相互调了个位置，并在巴音的栗色玉顶马的白点上抹了一把黑泥，同时也在自己的枣骝马的前额上抹了一把草木灰。然后，回到屋里放心地睡下了。

时至三更，夜深人静。管家遵照巴音的吩咐，悄悄地溜到阿尔格奇拴马的草滩，把马勒死了。

第二天早晨，巴音一早起来就大喊大叫：

"阿尔格奇，阿尔格奇！快去看呀，你的马死掉了！"

阿尔格奇醒来后，不慌不忙地穿好衣服，满不在乎地说道：

"如果是真正的玉顶马，那不是我的。抹了草木灰的白额马才是我的。好吧，我们一道去看看。"巴音和阿尔格奇一块儿来到草滩上一看，死掉的马果然不是阿尔格奇的枣骝马，而是他自己那匹最心爱的栗色玉顶马。巴音顿时傻了眼，好半天说不出话来。

为民除害

从前，有个王爷的儿子，仗着父亲的势力，坑害百姓，敲诈勒索，奸污妇女，无恶不作。穷苦百姓怨声载道，但又拿他没办法。这件事让阿尔格奇知道了，为了替民除害，他暗地杀死了这个横行霸道、罪孽深重的王子。然后，换上了王子的衣服，装作王子的样子，深更半夜到了王府里。王爷一家得知儿子这么晚才回来，气得不得了，便在屋里痛骂起来：

"你这个不孝的混账东西，深更半夜地走东家，串西家，尽给我丢人。我们家的门风都让你败坏了。像你这样活着，还不如死了好！"

阿尔格奇装做被骂急了的样子，顶了一句："死还不容易，谁还愿意在你这个家里待！"

阿尔格奇这一还嘴不要紧，犹如火上浇油，王爷更是气上加气，厉声骂道："混账东西，你给我滚，我没你这个儿子！……"

阿尔格奇装做气呼呼的样子，离开了王府。他到野外后，把王子的衣服又给王子穿上，再把他背到王府跟前，用毡房天窗的毛绳勒住他的脖子，把他吊了起来。

第二天，人们奔走相告，说王子昨夜上吊自尽了。从此，世上又少了一个欺压穷苦百姓的祸害。

巴克西认输

从前，打一位巴克西①身边有三千学生，自以为了不起把谁都不放在眼里。在待人接物上，他十分傲慢。

有一天，这位巴克西坐着马车出远门。阿尔格奇远远看到巴克西的车来了，便有意在大路中间堆满了碎木乱石。巴克西的马车走近后，看到这个情景，觉得有损自己的体面，便蛮横地责问道："你太不像话了，大路上堆这么多破木乱石干什么？"

阿尔格奇接过话头回答道："巴克西大人，我在建造房屋。"

"快把你的这些烂玩意儿搬得远远的，给我马上把路腾开！"

阿尔格奇不慌不忙地说道："尊贵的巴克西大人，您是个知识渊博，懂道理的人。请问，到底房屋给马车让路呢，还是马车应该寻路绕道走呢？"

巴克西一听，觉得此人非同一般，便改口道："你这个人太聪明了。我问你几个问题。"

"请说吧！"

"什么样的树没有根？什么样的山上没有野兽？什么水里没有鱼？"

阿尔格奇不假思索地答道："画中的树没有根，火烧的山上没有野兽，井里的水中没有鱼。"他回答完巴克西的提问后，说道："尊敬的巴克西，我也问您一个问题：天上的星星有多少颗？"

巴克西被问住了，便狡辩道："你不要问我遥远的东西，要问就问近处的东西吧？"

"那好，您的眼睫毛有多少根？"

巴克西又被问住了。但他还不服气，反问道："你说有多少根？"

阿尔格奇捏着自己的一撮头发说："和它一样多，不信您数数吧！"

---

① 巴克西：蒙语先生。

傲慢的巴克西终于傻了眼，不得不认输了。

雪 布 格

有一个巴音的小女儿，名叫雪布格。这个姑娘和她的哥哥姐姐不一样，她有一副善良的心肠，经常背着家里人周济穷人，并且偷偷地爱上了阿尔格奇。阿尔格奇也爱上了这个与众不同的姑娘。但是巴音根本不同意这桩亲事，因为巴音既恼恨阿尔格奇经常和自己作对，又嫌阿尔格奇贫穷。雪布格知道了父亲的态度后，很苦恼，就偷偷来找阿尔格奇。阿尔格奇被姑娘的真心所感动，就边劝慰姑娘边说："雪布格，你不要着急，我自有办法。"

有一天，阿尔格奇因故在这个巴音家住了一宿。次日清早，巴音要去查看畜群，骑着马出发了。当他刚走出艾勒不多远时，阿尔格奇追上去说道："巴音大人，我的马肚带断了，我想借用你家的雪布格缝补一下，可是大娘不给我借，所以我特意赶来求你。"

巴音被阿尔格奇缠得难以脱身，最后只好答应道："可以，可以。"

阿尔格奇见巴音答应了，心中暗自高兴，就冲着巴音又说道："尊贵的巴音大人，既然你同意借给我雪布格，那么等我走到您的毡房前时，你就向大娘喊一声：'把雪布格给阿尔格奇'好吗？"

巴音急于赶路，也只好答应了。

阿尔格奇一阵风似的跑到巴音毡房门前时，巴音的喊声也到了：

"喂！老婆子，你把雪布格给他，让他走算了。"巴音说完，头也不回地匆匆走了。阿尔格奇等巴音走远了，便对巴音的老婆说道："大娘，刚才巴音大人让您把雪布格姑娘给我，你听见了吧？我们现在要上路，你马上让她跟我走吧。"

巴音的老婆没办法，只得哭哭啼啼地把女儿叫出来。雪布格出来后，跟着阿尔格奇高高兴兴地离开了家。

用种马的奶子酿制的马奶酒

有一天，阿尔格奇正在野外拾牛粪。碰巧一个巴音骑马走了过来。那个巴音想捉弄一下阿尔格奇，便问道："阿尔格奇，你现在拾了多少块牛粪了？"

阿尔格奇没有直接回答巴音的问话，却反问了一句："巴音老爷，您从家里走到这儿，请问你的马共迈了多少步啊？"

阿尔格奇这一问，把那个巴音问了个大张嘴，半天没说出一句话来。他心里想，原想捉弄一下这个穷小子开开心，没想到弄巧成拙，反而被这小子问住了，这口气不出还行！巴音想到这里，贼眼珠一转，岔开话头，说道："阿尔格奇，明天我要到你家去喝用种马的奶子酿制的马奶酒，你一定要给我准备好！"

巴音总以为这一下难住了阿尔格奇，没想到阿尔格奇满口答应了下来。巴音心想，好，到时拿不出用种马奶子酿制的马奶酒，我再治你。

阿尔格奇回到家里，父亲知道了这件事，十分担心，责怪阿尔格奇不该得罪巴音。阿尔格奇劝父亲不要害怕，说他自有办法。

第二天，巴音果然来了。阿尔格奇远远看见巴音向自己家里走来，便进了毡房，让父亲盖上被子躺下，装出十分难受的样子。这一切安排妥当后，阿尔格奇便出门迎候巴音。

巴音下马后，便问阿尔格奇："种马的奶酒酿制好了没有！"

"还没顾得上。"

巴音一听阿尔格奇的话，勃然大怒，嚷道："你昨天亲口答应的，今天为什么没有准备？你想欺骗我吗？"

阿尔格奇不慌不忙地说道："老爷息怒，我怎敢欺骗老爷。只因我父亲的肚子从昨天晚上一直痛到现在，马上就要生孩子了。由于我忙着照料我父亲，所以种马的马奶酒没顾得上酿制，还请老爷多加原谅！"

巴音听了，愈加气得不行，指着阿尔格奇的鼻子，骂道：

"你这个混账小子，竟敢如此煽我，世上哪有男人生孩子的事儿！……"

"是呀，巴音老爷，这下你算说对了！"阿尔格奇笑嘻嘻地接过巴音的话头："既然男人不能生孩子，那么天下哪有种马产奶子的事呢？"

巴音被阿尔格奇问得无话可答，只得灰溜溜地溜出了阿尔格奇的毡房。

狼皮包着狼心

有个诺音[①]，穿着用狼皮缝的高贵皮袄。他见了阿尔格奇，奚落道："破衣服里面还能裹个好人？"

阿尔格奇接过他的话说道：

"是呵，狼皮不错，却包着一颗狠毒的黑心！"诺音听了，无言以对，只得灰溜溜地走了。

以上九则苏·道尔吉搜集

关巴　任国勇翻译整理

巧胜摔跤名手

过去，每逢旧历八月份，人们便要举行祭地仪式。在举行祭地仪式的同时，各部落还要进行摔跤和赛马比赛。但是在每年的摔跤比赛中，没有一个人能摔过可汗的摔跤大力士。所以，一到摔跤比赛时，可汗的摔跤大力士便穿上华丽的摔跤服，披大黄绸子披褂，一人在前，十人在后，前呼后拥，耀武扬威地绕着场子喊道："谁敢与可汗手下举世无双的大力士较量？！"一般绕场三周，向来没人敢于应战。这样，可汗每次都奖给大力士一匹骆驼、一匹好马、十两白银和很多珍宝。然后，再由各部落选派的摔跤手们互相较量，表演一番。

---

① 诺音：蒙语官吏。

这一年，阿尔格奇十九岁。由于家里贫苦，他不得不给巴依当奴仆。

一年一度的祭地仪式又来到了。可汗的大力士又耀武扬威地出现在摔跤场上。阿尔格奇看着大力士不可一世的样子，便想打打他的傲气和威风，就在人群中应了一声："我敢同他较量！"

可汗的大力士听到有人应声，便脱掉黄绸披褡，双手叉腰，气势汹汹地说道："哼，这个家伙活得不耐烦了吧？快让他出来，我要让他尝尝我的厉害！"那些随从们也跟着大喊大叫，让阿尔格奇快快出来。

在场的贫苦百姓，看着阿尔格奇那瘦弱的身体，都为他捏一把汗。有的好心人劝道："哎呀，你这个不懂事的小鬼，真不知深浅。俗话说：'想死的老鼠，才去玩弄猫的尾巴。'你这样做不是自讨苦吃？上场后赶紧趁大力士还没抓住你的身躯时，就装作摔倒在地下算啦。不然的话，他一下就会把你摔成肉饼的。"

阿尔格奇劝人们别替他担心，接着便拨开人群，昂首挺胸地走进了摔跤场。大力士一看，真有人敢同他对敌，便摆出了架势，像个发疯的公骆驼，浑身颤抖，把牙咬得哆哆直响。转眼间又拿出个雄鹰的架势，伸开双臂，一蹦一蹦，活像要把阿尔格奇一口吞掉，一把捏死似的。而紧跟在大力士身后的阿尔格奇，犹如一只小鸡。人们都为阿尔格奇担着心。

不料，机智的阿尔格奇突然乘大力士傲气十足的炫耀自己时，从背后猛窜上一步，钻入大力士的胯裆之间，猛地一挺身子，站了起来，把大力士顶了个四脚朝天，摔在地上。顷刻间，场子上掌声如雷，喊声震天。人们一拥而上，把阿尔格奇举到头顶上，离开了摔跤场。

倒在摔跤场上的大力士，在人们的呼喊声中，羞得面红耳赤，恨不得钻进地下躲起来。当他好不容易爬起来时，可汗的大臣气呼呼地走过来，抬手给了他几耳光。

姆·加斯来搜集　王清翻译

蘑菇结不结果

都统老爷的衙门里来了两位能言善辩的外国使者，让都统和下面的官吏都受了辱。于是，都统发出告示说："凡我庶民不拘何人，有能辩胜二位外国使臣者，可获得骆驼与大元宝等奖赏。"

阿尔格奇得知后，便骑上黑瘦牛犊，穿上破旧皮袄，来到了都统衙门。把门的见了连忙往外轰他："去去去！不自量力的东西！你想来丢全部落的脸吗？快滚开！"就在这时，都统老爷出来了，他一见阿尔格奇，就用手帕捂住鼻子问道："喂！站住！你是谁？"

"啊！我是手持五尺棒周游阿尔泰，手持二尺半棒云游世界的阿尔格奇，我是为同那两个外国使者辩论而来到您的衙门的。"

"噢！我听说过，听说过。可是，你能赢了那两个外国使者吗？"

"当然能赢！我最多提两个问题，也许只提一个问题就能赢他们。"阿尔格奇说。

"好吧！那你就脱了破皮袄，换上好衣服进衙门吧。"

阿尔格奇说："不必换衣服了，老爷。要是您都统老爷的百姓，一个穿破皮袄的化缘者，能赢了两个摆臭架子的外国使者，那您脸上有多光彩啊！"

都统老爷点头称是："对！这话有道理，有道理。"说罢，便领着阿尔格奇进了衙门，向两位外国使者作了介绍。

那两个外国使者压根没把他放在眼里，还是嘴叼烟卷，神气活现地用轻蔑的口吻问都统："要和我们斗智的大辩才就是这一位吗？"

阿尔格奇接过他们的话头说："两位摆架子的外国使者先生！从你们坐在炕上的架势看，像是两个大烟鬼；从你们瞧不起百姓的样子看，像是王公的使者。你们俩要真是智者，能回答我一个小小的问题吗？"

两个使者一上来就受到对方的嘲弄，又羞又恼，他们气急败坏地回答道："当然可以！"

"那么我要问了，你们仔细听着。"阿尔格奇微笑着说，"请问：蘑菇结不结果?"

　　两个使者不知如何回答才好。说它不结果吧,那它是怎样长出来的呢?说它结果吧,那它结的又是什么呢?他们面面相觑,惶惶不安,慌忙答道:"不知道,不知道!"

　　满屋子的人哄堂大笑起来。两个使者羞得无地自容,匆匆溜走了。

　　都统老爷高兴极了,除奖给阿尔格奇骆驼和五十两大元宝外,还封他为部落名誉扎兰①。

　　　　　　　　　　　　　以上两则特·贾木堂整理　王清翻译

---

　　①　扎兰:部落首领之一。

阿古登巴的故事

（藏族）

○·······○

　　阿古登巴是藏族的一个著名的机智人物形象，出自艺术虚构。"阿古登巴"是藏语的译音。"阿古"是对长辈的称呼，通常译作叔叔，"登巴"意为滑稽。"阿古登巴"意为"滑稽的叔叔"。对这个人物，也有称为"阿古顿巴"的，意即"导师叔叔"。另外，四川藏区也有称之为"登巴俄勇"的，"俄勇"意为舅舅。他的故事，内容丰富，反映的社会生活面很广，非常诙谐风趣，在西藏及四川、青海、云南、甘肃藏族聚居区广泛流传，几乎达到家喻户晓的程度。

○·······○

鞭打国王

　　好久好久以前，有一个国王，残暴成性。他把穷苦的老百姓剥削压迫苦了，所有的百姓，不论男女老少，差不多都挨过国王的鞭打。

　　阿古登巴为这件事，心里非常气愤。他对周围的乡亲们说："这样的国王，我们应该打死他！"有的人听了这话却害怕起来了，说："天哪，你说的什么话！穷百姓怎么敢打国王？"但是，不少人都愿意照着阿古登巴的话做。

　　阿古登巴说："这事大家不忙声张，让我们慢慢商量吧。"人们说："你就拿出主意来吧，我们愿意跟着你干。"

他们商量了一阵儿，就让阿古登巴带着几十个后生到雪山深处，找了个石洞。他们把石洞布置成一个经堂，每个人都穿上袈裟，又让一人装成大活佛，高坐在中央。一切都弄妥了，阿古登巴才装扮成僧人模样，独自去找国王。

国王问："阿卡①，你来干什么呀？"

阿古登巴说："来给王爷算命！"

国王虽然是个杀人不眨眼的屠户，但他每天都拜佛求神，想求得长寿。他对算命打卦，一向都很相信。这时，他对阿古登巴说："好哇！你算算我命中有多大福气。"

阿古登巴点头称是，接着盘腿打坐，捻着佛珠，哇哇地念起来。不多一会儿，他忽然严肃地对国王说道："国王呀！你要是不降罪给我，我才敢说下面的话。"

国王急忙说："什么事使你吞吞吐吐？是国家不平安，还是我王宫有灾？我不降罪给你，你快说吧！"

阿古登巴故意合掌施了一礼，说："不是国家不平安，不是王宫有灾难，是王爷你的寿限到了。"

"啊！"国王吓得脸色惨白，全身颤抖。

旁边的大臣忙上前问阿古登巴："僧人啊！你说国王寿限已满，难道没有办法延长？"

阿古登巴摇摇头，又数数佛珠，说："办法是有，就看国王能不能忍受？"

国王立刻问："只要能延长我的老命，我什么都能忍受，快说！"

"雪山深处有一洞，洞里的喇嘛都成了神；只要挨上他们一仙棍，国王你就能再活一年整。"阿古登巴念经似的说着，国王的脸上笑开了，他要立刻去求神佛打他一百棍，好再活一百年。

阿古登巴又说："国王去求神，只能去一人，人多神佛不高兴，还要降

---

① 阿卡：意即僧人。

灾病。"

国王一听，急忙将国内大事，托大臣管理，自己一人跟着阿古登巴来到雪山。

阿古登巴把国王领到石洞，正在念经的后生们立刻用绳捆住了国王。

阿古登巴脱掉袈裟，指着国王问："你认得我吗？"

国王惊慌地问："你不是前次从王宫逃跑的阿古登巴吗？"

"一点也不错！"阿古登巴说，"你毒打全国无辜百姓，今日让你也尝尝挨打的滋味。"

国王吓成一团，叩头求饶："放了我吧，登巴叔叔，登巴老爷爷！回去后我赏你金银，赠你牛羊。"

"不！"阿古登巴提起皮鞭，摇摇头说，"狼放走了还要吃人，放走了你，受苦的是百姓。到天堂里去吧！"他说完，扬起皮鞋，喊声："打！"

众人立刻用皮鞭、木桩、石头打死了这个作恶多端的国王。

以后，国王长久不回宫，大臣武将四处寻找。但谁也不说，因为百姓都痛恨国王。

李黎搜集整理

国王的座位

有一次国王和登巴叔叔讨论人死后的归宿。登巴叔叔说："人死了都有自己的座位，有的人在天堂，有的人在地狱。"

国王问："什么人的座位在天堂？"

登巴叔叔说："好人的座位在天堂。"

国王问："什么人的座位在地狱？"

登巴叔叔说："坏人的座位在地狱。"

国王又问："那么，你看我的座位在哪里？"

登巴叔叔说："依我看你的座位应该在天上，因为你自己常说自己是好人。可是我听说天上的座位已经摆满了，放不下你的座位了。"

国王说："那怎么办呢？"

登巴叔叔笑着说："你就到地狱里去吧，那儿和你的情况相同的人还不少呢！"

陈拓整理

流传地区：西藏

登巴叔叔和小王子

有一天，登巴叔叔来到一个宫寨，听到寨里的人说，小王子明天要去看他的未婚妻。登巴叔叔知道小王子是个财迷，就想骗他一下，当时就问清了小王子要走的道路。

到了第二天早晨，登巴叔叔拿了个猪尿泡，把它吹胀后坠上个小石子，放在不很深的河中间。然后，他坐在河边的草坪上，手里拿着嘛哩珠①，眯缝着眼睛，嘴里念起嘛哩②来。过了不久，小王子果然身佩宝剑，骑着白马，像一股风似的来到了河边，在登巴叔叔面前下了马。他听见登巴叔叔嘴里在念嘛哩，感到有些奇怪，忙问："登巴，你不去讨吃，怎么这样早就坐下来念嘛哩？"

登巴叔叔故意装作惊讶的样子回答："啊！小王爷，我再也不去讨吃的了。现时，我就要得到一件世界上罕见的宝贝！"

小王子听说他要得到一件稀罕的宝贝，顿时就起了贪心，很感兴趣地问："是什么样的宝贝呀？在什么地方？"

这时，太阳刚露出红脸，河里的猪尿泡在水面上漂浮，阳光照在猪尿泡上面，发出灿烂的光彩。

"看，那不是宝贝！"登巴叔叔用手指着河里的猪尿泡说。

小王子远远看见河里一个东西，五颜六色的，以为真的是什么宝贝，就

---

① 嘛哩珠：佛珠。

② 嘛哩：佛经。

问登巴叔叔怎么不去取来。登巴叔叔告诉他，说河神托梦，要一个有福气的人，共享这个宝贝，所以，一个人取不来。贪婪的小王子听了，很高兴，故意问登巴叔叔："我可是有福气的人？"

"怎么不是！小王爷生来就有福气，河神托梦也说，只有您才是有福气的人！"

小王子听登巴叔叔这样夸他，非常得意。向来吝啬的小王子，今天忽然慷慨起来了。他把带在路上吃的酥油、糌粑、青稞酒和风干肉①拿出来招待登巴叔叔。

他们一面吃，一面谈着宝贝的事。小王子问登巴叔叔："宝贝只有一个，取到以后该给谁呢？"登巴叔叔说："您待我这样好，我当然取来送给您！"小王子乐得不行，直给登巴叔叔倒酒。登巴叔叔接着说，"您有了这宝贝，要穿有穿，要吃有吃，要世界上任何东西都行，譬如辉煌的宫殿呀，千里马呀，美女呀……无所不有。您想要什么的话，只要对宝贝说一声，就可得到。至于我，随便小王爷给一点就得了！"小王子听说宝贝有这么多好处，便对登巴叔叔说："我要是得了这个宝贝，我情愿把全部财产送给你。"

两个人就这样把条件说好了。

登巴叔叔吃饱了，站起身来，对小王子说："现在我要去取宝贝了，请暂时把您的衣服脱给我穿一下，因为我的衣服又脏又烂，河神说近不得宝贝。"

小王子得宝心切，就把衣服脱给了登巴叔叔穿上。

登巴叔叔穿上了小王子的氆氇②衫，佩上小王子的宝剑，骑上小王子的白马，就向河里走去。走到河中间，他用宝剑将猪尿泡挑起，向小王子甩来，笑着说："我的小王爷！宝贝来罗！"

小王子拿起一看，见是个刚划破的猪尿泡，一点不放光彩。他知道受了骗，便抬起头来向登巴叔叔喊道："登巴！你为什么骗我呀？"

---

① 酥油：从牛奶或羊奶里提炼出来的脂肪。糌（zān 簪）粑：青稞麦炒熟后磨成的面，藏民的主食。风干肉：用风吹干的牛肉，生食。

② 氆氇（pǔ，lu）：藏族地区出产的一种羊毛织品，可以做床毯、衣服等。

"高贵的小王爷，我不骗，您怎么会给我吃的、穿的和马骑呢？"

"你小心着，以后我要捉住你，非把你打死不可！"小王子气得面红耳赤，说话的声音都有些颤抖。

"请您放心，高贵的小王爷！等您结婚的时候，我还要请您吃屎呢！"登巴叔叔说罢，就快马加鞭，向着河对岸的羊肠小道飞驰而去了。

贪婪的小王子受了骗，心里很不痛快，拖着两只沉重的脚，叹着气往回走。走到离宫寨不远，他才想起，自己是去看未婚妻的。但是，他穿了一身登巴叔叔留给他的破烂衣裳，什么也没有，咋个好意思去呢？没有办法，只好怏怏地走回家去。

没有过好久，小王子就结婚了。结婚这天，从各处来了很多客人。小王子怕登巴叔叔混进宫寨，就派了侍从在周围巡查。不料登巴叔叔却扮成个觉母①，早已进入宫寨去了。

到了半夜，客人都睡了，只有小王子家里的仆人还在忙，有的烧茶，有的看守院子。但是，由于忙了一天，实在支持不了，都疲倦得打起瞌睡来。

登巴叔叔趁四下里无人，便跑到楼梯脚下屙了一堆屎。在靠近的墙壁上，钉了一些针，在梯子的每一格上，又放了一块圆石头。这一切准备好以后，他才去睡了。他刚刚睡下，就听见新房里有脚步声，登巴叔叔知道小王子到厕所去了，乘机跑进新房里去，把小王子的衣服、宝剑和他妻子的金银首饰一齐抱了出来。小王子回到房里，忽然发现他挂在墙壁上的衣服不见了，宝剑也没有了，便急忙把妻子摇醒问话，但他妻子说不知道。这时，他又发现金银首饰也不在了，小王子便大喊捉贼。

小王子一面喊，一面往楼下跑。不料一脚踩在圆石头上，从楼梯上乒乒乓乓滚了下来。等他爬起来一看，脚下有一团被月光照得明晃晃的东西。他想，这一定是他妻子的首饰，贼子搞慌了掉在这里的，于是便用手去抓。一抓，那东西是稀的，糊了个满手；拿到鼻子上一嗅，才知道抓了一把稀屎。他急忙一面甩，一面往墙上拍。谁知他正好打在针上，针把手指刺痛了。痛

---

① 觉母：女修行人，如内地的尼姑。

得不行，又赶快把手送到嘴上去吹。谁知又用力过猛，把屎糊到嘴上去了。

登巴叔叔趁着一阵混乱，早跑到门外去了。这时，他站在门外的石凳上，大喊："高贵的小王爷！屎的味道怎么样，是甜的吧?"

小王子听见登巴叔叔在取笑他，知道又上当了，大喊："捉住他！快——快——捉——住——"

可是，登巴叔叔早已跑得无影无踪了。

罗生搜集整理

搜集地点：四川甘孜麻舒乡

九　克　税

阿古登巴种了德庆宗①政府九克地，秋收以后，宗政府派人来催阿古登巴缴税。阿古登巴想了想，便拿着哈达去见宗本。他把哈达献上，对宗本说："地刚租一年，天老爷不长眼睛，夏天禾苗正长的时候遇到天旱，秋天结穗的时候下了冰雹。这九克青稞税，今年缴不起，明年再缴吧。"

宗本听了很生气，说："缴不起税就别再种地！"

阿古登巴动了几下眼珠，便有了主意，笑着说："实在没有青稞，倒有不用斗量的卓②，不知行不行?"

宗本心想：没有青稞缴卓当然可以，不用斗量用秤称也一样。宗本高兴地不住点头说："可以，可以，后天一定得缴上来。"

"拉勒斯③!"阿古登巴恭恭敬敬地退出了宗政府。

三天后，阿古登巴交卓的时候了，他背上鼓，敲着跳着来到宗政府。宗里的官吏和宗本以及附近的差民，不知道阿古登巴为什么这样高兴，都聚集

---

① 宗：相当于县。宗本，相当于县长。

② 卓：译音，小麦。

③ 拉勒斯：藏族口语，意即好的、是的。

在宗政府门前看他跳卓①。阿古登巴跳了几圈后，问宗本道："我的卓好不好？"

宗本跷起大拇指说："很好，很好！"

阿古登巴说："请打个收条吧。"

宗本听说要打收条，感到很奇怪，问道："打什么收条？你的卓很好就行啦，大家都看见的，还有什么差错？"

"拉勒斯！"阿古登巴伸了伸舌头②，唱着山歌回家去了。

第二天，宗本派人催税。阿古登巴说："这事只有见到宗本才能说清楚。"

他又来到宗政府，宗本问他为什么不按时把卓交来。阿古登巴回答说："我已经按时交过了呀！"

宗本暴跳起来，叫人拿来了刑具，凶狠地对阿古登巴说："你要要滑头，就给你上刑！"

阿古登巴躬了躬腰说："没说三句话之前，请不要掌嘴；没走三步路之前，请不要抽脚筋。昨天我来缴卓的时候，大家都在场，宗本老爷还夸奖我的卓很好。原来我就说过，我拿不用斗量的卓代替青稞。宗本老爷答应了以后我才缴的。为什么说话就不算数了呢？"

宗本呆呆地瞪着两只眼睛，说不出话来。

单超　吴光旭整理

搜集地点：西藏彭波沙当区

摔　跤

从前，在我们多仓部落里有个百户名叫尖落。他有十二头牦牛的力气，

---

① 卓：锅庄舞，和上文小麦的"卓"音同义异。
② 伸舌头：过去藏民尊敬或害怕对方的表示。

很会摔跤，曾经摔死过很多人；没有摔死的，都照他立的规矩，当了他的娃子①，一辈子替他放羊受苦。

每逢什么节日，他就摆下场子②，把成群的骏马、牦牛、肥羊和毛皮摆在场子前面，经杆③上挂一张檄文，上写几行大字：

"凡有能摔倒百户尖落的勇士，赠送骏马十匹，牦牛十头，肥羊五十只，外加毛皮若干，百户摔倒勇士，只要他做三年工。"

虽然都知道百户的恶毒，但穷苦的牧人，为了维持生活，有的只好豁出命来和他摔跤，结果好些人都成了他的娃子。原来说好只做三年工，可是百户偏把这三年娃子吃的穿的都累成账，连睡觉的地方也收钱。结果账越滚越多，一辈子都还不清，那些人也就当一辈子的娃子啦！百户尖落就这样越来越富了。

这年赛马会上，他又摆开了场子。照例挂起檄文，招引四方勇士来和他摔跤。可这一次等了半天，也不见有人进场子和他摔跤。

忽然，人们看到一个面貌俊秀的牧人，骑一头满身挂铜铃铛的小牦牛向着场子走来了。大家惊讶地闪开一条道，让他进去。这牧人既没有离老远就下牛给百户施礼，也没有照规矩给百户献哈达。他好像根本没见到百户一样，径直走到场子中央。

百户尖落气极了，他坐在锦垫④上，怒气冲冲地问道："哎！没有长好翅膀的小鸟，敢和大鹰比赛；没有臂力的娃子，敢和我较量！你是什么人？"

牧人跳下牛背，说："看不起的小鸟，常常比大鹰飞得高；看不起的小娃子，常常比大人走得快。没有豹子胆，就不敢到你门前来。"

百户脸一红，跳起来，脱了皮袄，露出一身横肉，走到场子中央，说："能摔过我吗？"

牧人点点头："让我试试看吧！"

---

① 娃子：即奴隶。
② 场子：即摔跤、比武的地方。
③ 经杆：挂有经幡的杆子。
④ 锦垫：氆氇做的软垫。

百户傲慢地说："摔倒我，这些牛羊、马匹全给你；摔不倒我，你就得给我当一辈子娃子。"

牧人摇摇头："不！百户啊！我不要牛羊，也不要马……"

"那要什么？草地吗？金子吗？"

"不！"

"哪？"

"我输了，甘心当一辈子娃子。"

"当然啰！这是旧规矩。"

"我赢了呢，你就做我的奴仆。"

百户一怔，心里说：世上还有这样大胆的人！哼！看你瘦得像癞皮狗，我定会摔死你的。他点点头，说："好！"

牧人说："空口说空话的事我不干。要在众人面前写下字据。"

"写就写，这有什么难头！"

"还要在千户面前写下字据。"

"那才好了！"百户说着，就对着众人写了字据，又带牧人到千户家写了字据。

摔跤开始了。

百户咬牙切齿，在场子中间摆开了架势，好像一拳就要把牧人打碎似的。在场外观看的人都替牧人捏着一把汗。

可是只见牧人不慌不忙，上前抱住百户的腰，两人扭着，推着。百户猛一摔，想摔倒牧人，但牧人却像铁塔一样纹丝不动。牧人用手轻轻一推，百户跌出几十步外，倒在地上不动了。

众人立刻欢呼起来，把条条哈达抛向牧人身上，牧人连连向大家躬身施礼。然后，他把百户像提小水桶那样提起来，说："走吧！我的奴仆！"

百户想挣扎，挣扎不脱，他只得求饶道："放了我吧，勇士！你要多少牛羊、草地，我都给你。"

"不！"牧人坚决地说，"我们藏族没有扯谎的规矩，走吧！"他骑上他的小牦牛，回头厉声对百户说："如果不遵守字据，不好好跟着我走，我一拳就把你打成肉丸子!"

百户没法,只得跟在牦牛后头,背着牧人的皮袋,像小狗一样跑去。

有人高声问牧人:"勇士啊!从开天辟地到现在,只有你的本领最大了,愿你留下尊姓大名吧!"

牧人回过头来,谦虚地说:"多谢朋友们的好意。我叫阿古登巴。"

"阿——阿古登巴!"有人高呼起来。

"阿古登巴,我们民族的大力士!"

人们敬佩地望着阿古登巴的背影,有人跑到阿古登巴的身旁说:"留在我们部落里吧!"

阿古登巴笑着说,"不啦!谢谢你们,我还有很多事要去做呀!"

李黎搜集整理

骏马变黄牛

土司出门,从来不肯在人群面前步行,就是百十来步远的路,他也要骑上他那一匹金鞍银辔全身披挂的骏马。

有一次,土司要到拉萨去,事先就吩咐登巴叔叔去备好马匹鞍辔,准备好了在路上吃的酥油、奶饼、牛羊肉干。临走的时候,才叫登巴叔叔跟着一道走。

登巴叔叔紧跟着土司骑的马的马尾后面,整整跑了一天,腿也跑酸了,靴底也磨破了,路上的小石子,直往靴里面钻,把肉皮都擦伤了几道口。

天色渐渐黑了,当天晚上,他们借宿在途中的一户小头人家里。这个地方很偏僻,村上人户少,土司临睡以前,叮咛登巴叔叔:"这个地方小偷不少,晚上睡觉要惊醒些。今天晚上,你把马牵到门口,把马拴牢,你就同它一块儿睡,好好地把大门守住。"

到了半夜,土司醒来,推开窗子,向下面喊:"登巴,登巴,你睡着了没有?"

登巴叔叔跑了一天，很疲乏。土司叫了几声，才把他叫醒。他懵懵懂懂地说，"老爷，马还站着哩。"

"狗东西，我是问你睡着了没有？"

"还没有睡着啦。"

"没有睡着，你在想啥子？"

登巴叔叔随口说道："我在想，世界上像豌豆一样大的那么多丸药，不晓得是哪个人做的？那么多丸药，一个人要做多久才做得出来哟！"

土司心想：登巴这回出门，跟着马跑了一天也不嫌累，晚上还这样忠心看马守门。于是，土司便放心地睡了。

不久，土司又醒来，推开窗子问登巴叔叔："登巴，你睡着了没有？你在想啥子？"

登巴叔叔又被土司叫醒了，答道："我还没有睡呵，老爷。我在想，世界上这样多的树上都有刺，不晓得是哪个人把它削尖了的呵？这样多的刺，一个人要削多久才削得尖呵！"

土司听了哈哈大笑，就说道："登巴，你咋个这样蠢呵！尽说些没头没脑逗人好笑的话。树上的刺是它自己长出来的，不是人削的。快点睡了，不过要惊醒些，把马看好，明天还要赶路哩。"

登巴叔叔猛然一想：土司为啥这样爱马？一夜惊惊惶惶地睡不安宁，我看十有九成土司是怕走路？于是，登巴叔叔就索性起来，把马牵到隔壁一户穷人家的圈里，向主人掉换了一条黄牛，把牛牵回来拴好，就靠着门假装睡了。

不久，土司又醒了，推窗又问："喂，登巴，你睡了没有？还在想啥子？"

登巴叔叔听了，非常机灵地答道："唉！我在想，像老爷这样又高大又善跑的好坐骑，世界上一定是少见的，这样好的坐骑，不晓得是哪个人给它安了角呵！"

土司知道他还没有睡，还在看马守门，也就懒得回答他那些问题，丢心大胆地睡了。

登巴叔叔说着说着天就亮了。

土司忙着赶路，看见天已亮了，慌慌张张地下楼走到门口，见登巴叔叔还在打瞌睡，赶忙把他叫醒。可是，土司回头一看，马没有了，却拴了一条黄牛在那里，急忙问道，"登巴，老爷的马呢？"

登巴叔叔慌慌张张爬起来，四处一看："哎！当真马没有了呵。"他揉了揉眼睛，再到拴马的地方仔细一看："嘿！果然马长了角哩。"接着，他又欢欢喜喜地向土司说："老爷，天要亮的时候，我向老爷禀报，没见老爷有何吩咐，也就放心地睡了。看来，老爷这回出门，定是大福降临，不然，怎么会有人半夜里来给老爷的马安上角哩！"

土司明知他的坐骑被人掉换了，有苦说不出，只好自认倒霉。可是，还去不去拉萨呢？这里到拉萨只有一小半路程了，去呢？没有马了，只有步行而去，土司连马也没得骑的，别人会讥笑的，有失土司的面子；不去呢？也要步行，还要多走些路，一时难住了！最后，他决定了，宁肯悄悄走路回去，也不能让别人讥笑。于是，土司便吩咐登巴叔叔将马鞍马垫驮在黄牛背上，慢吞吞地赶着黄牛回家去。

阿果仁钦讲述　德珠翻译　王余整理
流传地区：四川藏区

只要一口袋

阿古登巴听说俄洛官寨的土司要招长工，就去了。他对土司说："土司，让我给你干活吧，我一顿只吃一碗糌粑，一年只扛走一口袋糌粑当工钱。"土司一听只要这么少的代价，请这么强壮的一个长工，当然答应了。

吃饭了，土司老婆故意给他一个小碗，大家都看着他：这么大个汉子，吃这么一点能饱吗？谁知他不慌不忙地接过碗来，倒上茶，然后放糌粑面，稀了，再加糌粑。又干了，再加茶。如此反复几次，阿古登巴就捏成很大的一块糌粑了，再大的肚子也填得饱。土司一家看着心疼，但又无话可说，只好自认倒霉。

饭吃完了，土司对他说："我把羊儿喂大了，它还要让我剪毛。你吃了我这么多糌粑，该给我多干点活才对！来，你和这头牛把寨子西面那块地犁完吧！"

这不是故意出难题！一头牛能耕地吗①？何况又耕这么一大片土地。阿古登巴一边赶着牛一边想着，突然想出一个好主意。他把牛赶到树林里拴在树上，用刀割下牛的尾巴。然后把它插在田里。准备停当，他就朝寨子喊："不好啦！喂，快来人呀！牛钻到地里去了，快来呀！"

人们从四面跑来，阿古登巴双手扯住牛尾巴，做出十分吃力的样子。土司一见连忙跑上去，抱住阿古登巴的腰杆一起扯；扯不动，土司的老婆来了；还扯不动，土司的儿子女儿都来了。一下，牛尾巴扯出来了，大家后仰倒成一串。阿古登巴提着牛尾巴，生气地抱怨说："看你们啦！为什么使这么大的劲，把牛的尾巴都扯断了。"

"跑啦，一定到地那面去了。"

"一定惹了喇嘛庙啦！"

"一定——"大家乱七八糟地猜测着。

土司气得没法，只好拿着一条牛尾巴回去。这天夜里阿古登巴悄悄跑到树林里，把那头无尾牛赶回家去了。

过了几个月了，一天早上，土司饭也没给阿古登巴吃，就叫他去秒地，阿古登巴说："我饭都没吃，秒啥子地呵！"土司只好叫他去背油楂子②，他又说有刺。土司急了："你这人简直是个魔鬼，说吃一碗糌粑，结果吃了那么多，叫你耕田，你让牛钻地。好，好！我自认倒霉，你滚吧！"

"什么？滚？没那么简单嘛，工钱拿来！"阿古登巴不慌不忙地说。

土司想快点把阿古登巴打发走，而且觉得一口袋糌粑也不多，就答应了。阿古登巴跑回家去拿了一条大口袋。土司装呵，装呵，就是装不满。土

---

① 过去藏区都是用两头牛耕田，把绳子套在两头牛的角上；由于绳子套在牛头上，所以一头牛拉不动。

② 油楂子：是山上一种细树枝，用来铺地板。

司想，反正他扛不回去。装满这大口袋以后，土司说："你扛吧，从这里扛回你家，不许歇一口气，一歇气就全还给我。"

"好吧！"阿古登巴连想也没想就答应了。

他吃力地背着口袋，艰难地迈着步子走着。土司在后面指着说："看吧！走不出寨子他就要歇气了。"

阿古登巴背着这沉重的口袋，好容易才走到山脚下，他放下口袋就往回走，对土司说，"阿叔，麻烦你了，我回去啦！"

"谁叫你歇气的！"土司说。

"不是我歇气，而是我走的时候，忘了跟阿叔你告别啦。"

说着，说着，阿古登巴就往外走，气已经歇够了，他又背着口袋爬山。爬到山顶，他背不动了，转身又跑下山来，到了土司家。

土司问："你为什么又歇气啦！"

"哪儿是在歇气嘛，我是回来拿靴子的，我把它忘在马房里了。"说完，他进去拿了那双烂靴子，出来走了。

他又扛着口袋向山下走，下山的路更难走，走在半山实在走不动了，他又放下口袋往土司家里跑去，对土司的儿子说："阿哥，以后你们请长工时，再请我吧！"

"谁还请你！"土司气得拍桌子，"你为什么要歇气咧！这口袋糌粑是我的了。"

"什么？你的！我根本没歇气。我是回来讲生意，找饭碗的。"说完，阿古登巴就走了，他扛着糌粑口袋走下山去，山脚下就到了他的家。

何群英　胡学富　王慎维搜集整理

搜集地点：四川康定县

杀　神　牛

一天，登巴俄勇路过一个寨子，看见两个疲弱的人在地里做活，累得气都快断了，也不休息一下；太阳当顶了，也不熬茶捏糌粑。他感到奇怪，经问明后才知道，这两人是地主的奴隶。地主有规矩，奴隶每天只准吃一顿糌粑，要做牦牛一样多的活。登巴俄勇很生气，就在这个寨子住下了。

傍晚，登巴俄勇悄悄地从地主的牛群里牵走一头牛，在牛耳上串了两条经布，就到地主家去借宿，声称是某大土官的管家，给寺院送神牛的。地主有些怀疑，但见牛耳朵上有经布，只好殷勤地接待他。临睡时，登巴俄勇郑重地对地主说："请你找个可靠的地方，把神牛安放好，要有个一差二错，千百两银子也赔不起啊！"最后还说，只要能使神牛安全过夜，愿出三十两银子作借宿费。

地主一听三十两银子，笑得脸上的肥肉直抖，很有把握地说："你放心，我这屋子，老鼠也钻不进来的。"

地主说完，掌着酥油灯，同登巴俄勇一道，小心翼翼地把神牛牵进一间空屋里。

半夜人都睡熟了。登巴俄勇爬起来，用毛绳把神牛勒死，剁成几块，丢一只牛腿在奴隶睡的牛圈里，并且在那两个奴隶的嘴上手上涂满牛血，然后又安然睡了。

第二天，天还没有大亮，登巴俄勇就跑到牛尸旁边，大喊大叫起来："不得了啦！神牛被人杀了！"地主被吵醒了，赶出来一看，立刻惊呆了。

登巴俄勇一把抓住地主："你说老鼠都钻不进来，大土官的神牛怎么被杀了呢？"一面说一面拉地主循血迹找去，找到牛圈里，一眼便看见那只牛腿和嘴上手上糊满牛血的奴隶。他暴跳如雷："好哇！你敢支使你的奴隶杀神牛吃！走，我们去见大土官去！"

地主气得红眼儿直翻，大骂奴隶道："好大的胆子！你们竟敢杀土官的神牛，你们要造反了！"忙又转身对登巴俄勇赔笑说："看在菩萨面上，我赔你三头牛好了。"

登巴俄勇说："三头？三百头也不行！"

地主无法，狠狠地说："那我不管了，谁杀牛谁抵命。凶手在这里，要宰要杀由你。"

登巴俄勇说：“你不管谁管？”

地主说：“野牛闯下的祸事，老虎是没有责任的。”

两人争了一阵，议定地主赔十头牛，并把那两个奴隶交给登巴俄勇处置。登巴俄勇装作勉强答应的样子，又大骂一通，才带着两个奴隶，牵着牛走了。

他们走出寨子，登巴俄勇才对那两个奴隶说：“这十头牛，你们一人分五头。快走吧，趁早离开这里。”两个奴隶早已吓坏了，弄不清楚是怎么一回事。登巴俄勇又说：“从今天起，你们就不是奴隶了，是自由的人了。”两人才恍然大悟，谢过登巴俄勇，然后各自牵着牛，远走他方去了。

双耀　汝涵　占禾搜集
流传地区：四川藏区

宰　小　牛

阿古登巴从城里回来，看见妻子和三个小孩儿在哭。他问明原因，原来是他家的一头小牛被老爷如措德哇牵走了。

他说了声“别哭”，便取下大儿子的破氆氇衫，摘下小儿子的旧毡帽，一直走进如措德哇家的后院，逮着自家的小牛，给它裹上衣衫，戴上帽子抱了出来。

走到街上，正撞着如措德哇，他赶紧上前打招呼：“老爷，我儿子病了，刚到藏医那里看了看。”

如措德哇见他抱孩子的模样有点怪，用鞭杆在氆氇衫上敲了敲，牛犊痛了，“哞哞”地哼着，他没有听出来，还以为是孩子哼呢。阿古登巴说，“老爷，孩子叫妈，我得走啦！”说完就走了。

阿古登巴抱回小牛，知道保不住，便把小牛杀了。先炖上牛头，让三个儿子好好吃一顿。孩子们几个月没尝过肉味，嘴馋得不行，围着汉阳锅不走。正当开锅的时候，如措德哇找牛到了门口，小儿子指着牛头，拍着小手喊："看啰，看啰！牛嘴里吐水啦！牛嘴里吐水啦！"阿古登巴看到后，急了，便随手拿起木勺，在大儿子头上敲了一下，故意骂道："结！牛嘴！不要吐口水。"又在二儿子，三儿子头上敲了几下，说："马嘴！羊嘴！快拿木碗来，阿爸给你们盛霍麻糊糊吃。"这时，他才装出看见如措德哇的样子，找出个破木碗来，要给走进家的如措德哇盛霍麻糊糊吃。如措德哇看到后，用袖子捂住鼻子，气冲冲地走了。

第二天，如措德哇找不到小牛，想来想去想起阿古登巴小儿子讲过"牛嘴吐水"的话来，心想："是不是阿古登巴宰了小牛，吃了肉啦？"便把小家伙叫进府来，很和气地问他说："小鬼！昨天吃肉没有？"

"吃了，吃了！"小家伙转动着黑眼睛说："吃了牛肉，喝了肉汤，肚子都快撑破啦！"

"后来呢？"如措德哇一边赏给他两块奶渣一边问道。

"后来，阿爸叫我捡牛粪，我就醒过来啦！"

"呸！原来你是在做梦！"如措德哇叫了起来。

"对，对！做梦，做梦！"小家伙流着口水回答。

"滚！"如措德哇在他的屁股上踢了一脚，同时夺过那两块奶渣，把他赶出去了。

平措讲述　廖东凡　次多吉　次卓戈搜集翻译　廖东凡整理

佛爷偷糌粑

阿古登巴家里的糌粑吃光了。他邻居是一户财主，家里的糌粑堆得像山一样高，可是一点也不肯借给阿古登巴。因为阿古登巴太穷了，怕不但捞不到利息，就连老本也要不回来。于是，阿古登巴就想了一个对付财主的好办法。

一天夜里，阿古登巴燃起一堆树叶，火光熊熊，把财主家的院子也给照亮了。财主不知道怎么回事儿，便走到阿古登巴家里问道："深更半夜，你点火做什么?"阿古登巴回答道:"听说拉萨的糌粑很贵,我想炒几克①青稞,磨几袋糌粑到拉萨做一次生意。"

财主听他这么一说,动心了,就对阿古登巴说:"很好,我和你一块去吧!"

第二天,财主装了两口袋糌粑,用牦牛驮着,阿古登巴没有糌粑,装了两口袋树叶,用毛驴驮着。财主在前面赶着牦牛,阿古登巴在后面赶着毛驴,一同向拉萨走去。

走到半路,天黑了,阿古登巴和财主住在一座小庙里。夜间,财主睡得很甜。阿古登巴悄悄爬起,把自己口袋里的树叶倒出来喂了毛驴,把财主口袋里的糌粑装进自己的口袋,又把财主的两条空口袋放在佛像的两只手上,抓了一把糌粑抹在佛像嘴边,自己才躺下来睡觉。

天亮以后,财主起来发现糌粑口袋没有了,就叫阿古登巴一起去找。最后,在经堂里佛像面前找到了两条空空的糌粑口袋。阿古登巴说:"世间上人们好久不敬佛爷了。大概是佛爷饿得没办法,才把你的糌粑给吃光了吧!"

财主拿着空糌粑袋,呆呆地对阿古登巴说:"你自己去好了,我要回去啦。"

阿古登巴说:"你既然要回去,那我一个人也不想去拉萨了。"

洛旦讲述　耿予方记译
搜集地点:西藏工布江达阿沛村

打　赌

春天,冰雪融化了,青草从泥土中探出头来,给草原换上了新装,放牧人开始忙碌起来,草原上出现了一队队牛、马、羊群。

这时节,只有牧主才更加清闲了。他每天喝得饱饱的,养得胖胖的,无

---

① 克:藏语容量单位,一克相当于二十八斤。

事可做，就和管家下六子棋、聊天。

这天，他正和管家坐在帐篷里下棋，忽然远远地来了个戴阔边帽的人。管家扯扯他的衣袖说："看，那就是阿古登巴。"

牧主听见这个名字，眼睛里立刻射出仇恨的光芒，一股怒气直冲上脑门顶。他永远忘不了去年冬天那件事：不管他到哪家帐篷去收账，都碰到一鼻子灰。穷牧民们和往年全然不同，态度强硬不说，舌头也变得伶俐起来。他们不是拖欠，就是干脆不还。当时还不知是啥道理，后来一打听，才知道就是这位阿古登巴从中挑唆的。今天阿古登巴自己找上门来了，真可算是仇人相见，分外眼红。牧主心想：非给他点苦头尝尝不可。骏马最好用绳套，仇人最好借别人的手揍他一顿。他盘算停当，向管家使了个眼色，管家便把阿古登巴招呼了进来。

"请坐，阿古登巴。"牧主强装笑脸招呼他。

阿古登巴不客气地在火炉边坐下来，用拳头托着下巴，细眯起眼盯着牧主，问道："牧主老爷，有什么见教？"

"嘿，嘿！今天请你来，想和你打个赌。"

"好啊，打什么赌？"

"别人都说你胆大心细。你若是敢到铁棒寺去歇宿一夜，我输两头牦牛给你。"

"铁棒寺？"阿古登巴两个眼珠转了转，忽然笑嘻嘻立起身来，"好，我们一言为定！"

"一言为定。"牧主狡猾地笑着，送他出了帐篷。

等阿古登巴走远了，牧主和管家都开心地大笑起来。因为人人都知道，铁棒寺的喇嘛是非常凶恶的，要不是念经的日子，谁走进庙门都要重重挨打的。阿古登巴此去当然也难免了。牧主决定第二天打早去看结果。

这时，阿古登巴正哼着山歌，向铁棒寺走去。

阿古登巴走到庙前，大摇大摆地走了进去，迎面就碰见庙内最凶恶的喇嘛——铁棒喇嘛。他一见生人进庙，立即竖起两道横眉，挥起手中的铁棒，大吼一声："站住！不是烧香的日子，你进庙干什么？"

"我奉我家主人的差遣，有要紧事找你们大喇嘛。"阿古登巴装出很神气的样子。

"有什么事？对我说吧。"

"好，事情是这样的，我家主人去年向老佛许了愿，今年果然人畜两旺。他叫我通知你们，明天要送三十头牦牛来捐给庙上，孝敬老佛。"

"三十头牦牛！"铁棒喇嘛喜欢得嘴也合不拢了。

"是啊！"接着，阿古登巴又添油加醋地说了一通，说是牧主如何富有，如何虔诚，将来还准备捐款修庙等，说得铁棒喇嘛心花怒放，忙把他请进庙去，打上最好的酥油茶来招待，又领他到最好的房间里去歇息。

第二天一早，天还没亮，阿古登巴就爬起来了。这时，全庙的喇嘛正睡得吹呼打鼾。他悄悄打开庙门，顺手捆了三个茶包子背上，顺着来路走了。

走不多远就碰见来看动静的牧主，牧主见他不但没有挨打，还喜气洋洋地背了三个茶包子转来，又惊讶又羡慕，连忙问道："你这茶包子哪来的呀？"

"铁棒寺施的。"

"真的吗？"爱财如命的牧主马上追问，"你看我去行吗？"

"当然行！寺院正在赶会，大喇嘛最爱听山歌，谁唱一支山歌他们就施一个茶包子。你看，我唱了三支，就背得满头大汗。"

"哈！山歌我会唱的可不少呀！"牧主急忙要骑驴子走。

"不过，还有一点。"阿古登巴挡住他道，"寺院只是施穷人，不施富人。你看你骑着毛驴，穿着皮袄，一定会被他们赶出来的。"

"怎么办呢？"牧主着急起来，他一眼看见阿古登巴身上的破毡衣，忙说："我们换换吧！"

"这怎么行。"阿古登巴故意刁难他说："我这毡衣穿了三辈人啦，可暖和哩。"

"茶包子到手，马上就还你呀！"牧主几乎在哀求了。

"好，好，好！"阿古登巴故作大方的样子说，"我在这里等你，快去快来。"

牧主连连点头，慌忙换了衣服，又把毛驴交给阿古登巴代为看管，匆匆向铁棒寺奔去了。他喘呼呼奔到庙前，天才麻麻亮。他一进庙门，就高声唱起山歌来。喇嘛们全被惊醒了。铁棒喇嘛领着喇嘛们出来一看，只见庙门大开着，茶包子少了三个，一个穿破毡的人在门口疯疯癫癫地唱山歌，铁棒喇嘛气得暴跳如雷，举起铁棒大吼着向牧主扑去。

"打！打你这个骗子手！"

喇嘛们也举起家伙，一窝蜂地拥上去，围住牧主痛打起来，打得他血迹斑斑，遍体鳞伤。

这时，阿古登巴正穿着皮袄，赶着驮茶包子的毛驴向家里走去。他还对人说："明天我还要去找牧主，要那两只打赌的牦牛哩。"

蒋亚雄整理

流传地区：四川藏区

拉 牛 尾

有一个贪婪吝啬的财主，别人的东西，他什么都想要；他自己的东西，一点儿也舍不得拿出来。他家养着一头很凶的牦牛，把别人家的牲畜都碰死了许多。阿古登巴知道后，就想了个法子要治治他。

一天，阿古登巴赶着一头驴子来到财主家，对他说："老爷，借你家的厩关关我家的驴子。"财主见有利可图，就笑嘻嘻地说："行啊行啊，你只管关吧。"阿古登巴又说："我这驴子凶得很，你别把牦牛关拢它，要不然，它会把牛碰死的。"财主满口答应："可以可以。"

到了晚上，财主把牦牛关进厩里，边关边说："嘿，看你的驴子厉害还是我的牦牛厉害。到明天，这死了的驴子就属于我了。"

半夜，阿古登巴悄悄来到厩里，把牦牛拉出去杀了，牛肉分给大家，然后把牛尾巴插到山上的岩石缝里。

第二天一早，财主到厩里一看，牦牛不在了。他赶忙叫上全家人，同阿古登巴一起到处去找。找到山上，看见岩石上的牛尾巴，阿古登巴大声叫了起来："哎呀，我叫你别把牛关拢我的驴子。你看，驴子把它吓跑了，跑到岩石里去了，大家快来拉吧！"人们用力一拉，只拉出一根牛尾巴。阿古登巴叹叹气说："唉，没有办法，没有办法，牛是拉不出来了。"财主只好垂头丧气地走了回来。

天神收宝

有一个财主，大量搜刮人民的财产，积攒了很多金银。有一天，阿古登巴来到财主家，对他说："天神即将降临这个地方，我们要把所有的金银财宝拿出来，摆到对面上供奉，天神看了，就会赐给我们吉祥富贵。"

贪心的财主想得到更多的财产，就叫阿古登巴把他的金银都搬到山上去。阿古登巴在搬运途中，把金银都分给了穷人，然后又搬一块一块的冰摆到对面山上。第二天一早，冰块在太阳光下闪闪发光。阿古登巴对财主说："你看老爷的金银铺满了整座山，放出了五彩的光芒，天神见了一定会高兴的。"财主满意地笑了。

下午，阿古登巴对财主说："我们快去把金银背回来吧，天神已经看过了。"财主叫上全家人来到山上，只见一汪汪的水，不见金银。阿古登巴想了想说："这一定是你的虔诚感动了天神，所以天神把金银收去了。不要紧，天神会赐给你更多的金银财宝的。"财主听了无话可说，他还在等待着天神的恩赐呢！

以上由齐耀祖翻译　郑孝儒　侯开伦记录　秦家华整理
流传地区：云南迪庆州

卖磨刀石

从前，在拉萨地方有个富人叫楚固多玛，他家有很多金银财宝，有很多磨刀石，但他还不满足，想用他的磨刀石去换更多的银子。

有一天，阿古登巴拿了一些银子到他家里去说："楚固多玛大人，这两天街上买磨刀石的人很多。你看，我只卖了一些碎的磨刀石，就得了这么多的银子。"

楚固多玛听了，很眼红，心里想："如果都能卖掉，不就得到比他多得多的银子吗？"于是他对阿古登巴说："那么我的这些也有人买吗？"

阿古登巴回答道："有！现在磨刀石实在行时，价钱也很好，大的卖一两银子，小的还是卖一两银子，你去卖吧，我还有事情哩。"说完便走了。

楚固多玛自言自语地说："大小一个价钱，把我的这些磨刀石都打成小块的，不就会卖更多的银子吗？"于是，他就叫了几个佣人把磨刀石统统打成碎块。

第二天，楚固多玛到街上去卖磨刀石。很多人围拢来一看，见到一些不成材的碎石块，便一哄而散，没一个人来买。

楚固多玛知道上了当，要找阿古登巴出气，叫他赔偿损失。楚固多玛找到阿古登巴，大骂道："你这个贼，害得我好苦，我不能饶恕你……"说着便要打阿古登巴。

阿古登巴说："这与我有何相干。"楚固多玛说："放屁！我叫你到法庭去。"阿古登巴说："好吧！"

他们到衙门去时，天已黑了。阿古登巴和楚固多玛分别被关在两间房子里。晚上，阿古登巴把脖子上挂的一串钱拿下来，在地上拉来拉去。

楚固多玛想着如何打赢这场官司，久久不能入睡。突然，他听到隔壁阿古登巴的房间里不断传出钱的响声，就想道：啊呀！阿古登巴运了一夜钱，不知给当官的使了多少贿，这官司恐怕打不赢了。他越想越害怕，就早早溜了。第二天，阿古登巴也就被放了出来。

祁得俊整理

流传地区：西藏

贪心的商人

有个大商人，为人心黑手狠，十分贪财，经常倒弄一些假货到拉萨的市场上去欺哄众人，牟取暴利。阿古登巴知道了，心中忿忿不平，便拿定主意要好好惩治他一下。

一天早上，阿古登巴提着一个瓦罐，走到那个贪心的商人每次去拉萨都要经过的路上，在路旁的草坡上挖了一个洞，烧起干牛粪来。他把瓦罐盛满水，搁上茶叶，稳稳当当地坐在火上。不一会儿工夫，茶就烧开了。这时，阿古登巴把早准备好的一块又薄又大的石板，盖在火塘上，四周掩上土，再把瓦罐放在石板中间，让茶水继续开着。一切都妥了，他才取出糌粑，坐在旁边吃喝起来。

正在这时，那个大商人骑着马来了。他看见阿古登巴在路旁喝茶，觉得有些饥渴，便翻身下马，向阿古登巴走去。阿古登巴见他来了，忙起身打招呼："你好，尊贵的客人，快下马喝碗茶，歇歇再走吧！"

商人凑到跟前，刚要动手倒茶，一下愣住了。他看见没有生火，瓦罐里的茶却"咕嘟咕嘟"地开着，惊奇地问道："这是怎么回事？伙计，这玩艺儿是从哪儿买来的？"

阿古登巴假装没听明白，反问道："买什么？你说啥？"

商人说："我说的是你的茶罐，没生火怎么就把茶烧开了。你到底是从哪儿买来的？快卖给我吧，我出高价向你买！"

阿古登巴慢慢悠悠地回答说："唔，这宝罐嘛，走到哪儿也买不着。你别小看它，这是祖上留下来的宝物，都传了不知多少辈儿啦！"

"伙计，真的不用生火就能熬茶吗？"

"当然啰！要不，还算啥传家宝？"

"卖给我吧，我给你五十两银子。"

"你不要和我开玩笑，祖祖辈辈传下来的宝罐，哪儿能卖？"

"好啦，好啦，把我随身带的这些货物也加上，总该卖了吧？"

"请你不要缠住我，时间不早了，我该走啦。"

"这样吧，把我骑的这匹最心爱的马也添上，快卖给我吧！"

那个大商人不让阿古登巴再开口，便把银子、货物，连同他骑的那匹高头大马一块交给阿古登巴，然后，拎着瓦罐就走。

阿古登巴眼看商人走得远远的了，才喊道，"哎！等一等！你记住，使用这个宝罐的时候，每次都要先念'嘛哩'，然后再用木棍敲打三下，才能把茶水烧开，假如还不开，就多敲几下，一定要诚心啊……"

那个贪心的商人以为发横财的好时机到了，匆匆忙忙地赶到拉萨大街上，在最热闹的地方大声叫卖："宝罐，宝罐，大家快来买不用火就能熬茶的宝罐啊！"

霎时，人们蜂拥而上，把他团团围住，都挤着来看稀奇。商人看见四周的人愈来愈多，十分得意，便盘腿坐在地上，把装上茶叶和水的瓦罐摆在面前，暗暗地念起"嘛哩"来。念完经，就用木棍轻轻敲了瓦罐三下。过了一会儿，茶水没有开，他又敲了三下。可是，茶水依然没有开。这时，他看见众人开始骚动起来，心里不免有点发慌，赶忙说道："诸位别笑，是我敲得太轻啦！"说着，就拿起木棍使劲敲打瓦罐。"哗啦"一声，"宝罐"被他敲得稀巴烂，茶水流个满地。众人见此情景，都忍不住捧腹大笑，一哄而散。那个贪心的商人，变得狼狈不堪。过了好久，他才恍然大悟，自己上当啦。于是，他急忙跑回去找阿古登巴。

再说，阿古登巴把大商人的马匹和金银，分给了穷哥儿们以后，也来到拉萨城附近转悠。当他大老远瞧见那个大商人冲他走来时，便不慌不忙地走进甘丹寺①。这个时候，寺里的喇嘛正在佛堂里坐着念经，他们的靴子都脱下来放在门外边。阿古登巴见了这堆喇嘛的靴子，就从腰间抽出小刀，躲在佛堂外边，装着在割靴底的样子。大商人远远瞧见阿古登巴进甘丹寺了，也朝寺里跑来。等他赶到阿古登巴身边，只见阿古登巴抱着喇嘛的长靴，埋头正割得起劲哩。

---

① 甘丹寺以及后面提到的色拉寺，哲蚌寺，都是黄教寺庙，在拉萨郊区，是著名的拉萨三大寺。

大商人气咻咻地说："哼！你卖给老爷的是什么宝罐！快把金银和马匹还给我，别以为老爷找不着你！"

阿古登巴惊讶地问道："宝罐怎么啦？是你强要我卖的呀！你要金银、马匹吗？好，快把宝罐还给我。"

大商人一听要还宝罐，就觉得理亏，知道阿古登巴也不是好惹的，就换了一副嘴脸说："宝罐老爷我不小心打碎啦，那些金银就算赔给你了。那匹马是老爷的心肝宝贝，你得赶快还我。"

"你的马，还在我家里拴着哩。"

"那好，我们一块牵马去。"

"不行啊，我这会有要事在身。你不是看见我正忙着割靴底吗？这是大喇嘛交给我的差使。我要是擅自离开，会挨揍的！"

"这么办吧，你去牵马，老爷我来替你割。"

大商人从腰间抽出刀子去割靴底，阿古登巴趁此机会溜走了。

过了一会儿，喇嘛们念完经从佛堂里出来，一看靴底全给割下来了，十分恼怒，轰上去把那个大商人美美地揍了一顿。喇嘛们问他："是谁叫你割的？"

"那，那，那个人给我牵马去了，我替他割的。"

"哼，还要撒谎！佛爷饶不了你！"说完就连打带推，把那个大商人给撵出去了。

阿古登巴又往色拉寺走去。他看见通往佛堂的甬道口铺着许多石头，喇嘛们正在里面念经。他就找了一根杠子，装着要把石头撬起来的样子。这时，大商人又找来了，一见阿古登巴正在撬石头，便说道："好家伙，老爷替你割靴底，甘丹寺的喇嘛揍了老爷一顿。得了吧，快把马还给我！"

阿古登巴满不在乎地说："谁不给你牵马去，可眼下没那份功夫啊！你瞧，这么多石头，管家喇嘛要我统统给他撬起来，要是慢了一点，就得处罚。"

"老爷我来撬吧，你快去牵马！"

阿古登巴又走了。没多大功夫，喇嘛出来看见甬道上的石头被大商人撬得乱七八糟的，非常气愤，抓住他劈头盖脑就是一阵猛打。那个大商人好容易才逃出色拉寺。

阿古登巴又到了哲蚌寺。进去一看，寺里的喇嘛正在念经。他到院里找来一根木棒，拿到佛堂门口等着。当大商人到这里来找他时，他就举起木棒，好像要打里边出来的人似的。大商人又要阿古登巴还马，阿古登巴说："唉，哪能走得开啊。你看，铁棒喇嘛给我派了这个差使，叫我拿着木棒守候在这里，谁要跑出来就打谁，我可不敢擅自离开这里。"

"好，好，好，老爷来替你看守，你快些去牵马吧！"

阿古登巴把木棒递给大商人以后，就走了。大商人果真举着木棒，站在佛堂门口守着。喇嘛们念完经出来，走在前面的那个先伸出头来，"啪"的一声，立刻给打倒在地上。佛堂里的喇嘛蜂拥而上，抓住大商人，你一拳，我一脚，狠狠地收拾了一通。大商人被喇嘛们打得屁滚尿流，好久才逃了出来。

阿古登巴来到拉萨最繁华的八角街上，站在高大的旗杆下，假装在那里看守旗杆的样子。大商人逃出哲蚌寺以后，又在八角街上找到了阿古登巴。他一把拽住阿古登巴，咬牙切齿地骂道："骗子！老爷为了这匹马，已经替你挨了三顿打啦。你不赶快把马还给我，老爷饶不了你！"

"哎呀，真是泼天冤枉！我怎么知道你为啥挨揍呢？现刻我有一个非常重要的差使，要在这里看守旗杆，根本没空给你牵马去！"

"别噜苏啦，老爷我来替你守。那匹马你不赶快还来，小心你的狗命！"

"这样也好。啊！告诉你，这根旗杆快倒了，只要你瞧见它在摇动，就赶紧叫大家。记住，这是大喇嘛给的差使，你可不能打马虎眼啊！"

大商人站在旗杆下面，一直呆呆地望着。时间长了，他的眼睛就有些发花啦。忽然，他看见天上的白云在飘动，以为旗杆在摇晃，就发疯似的大叫起来："快来人啦，快来人啦！旗杆要倒啦！"

街上的行人跑来了，庙里的大喇嘛带着一帮人跑来了。众人一看，旗杆是好好的。大喇嘛当他存心捣蛋，说最不吉利的话，十分气愤，让大家把他抓起来，七手八脚地往死里揍。

当那个贪心的大商人正在八角街上挨揍的时候，阿古登巴已经离开拉萨城，到别的地方去了。

王文成　祁连休搜集　祁连休整理
搜集地点：西藏林芝县邦纳乡

死　鸽　子

有母子俩，阿妈得了重病，儿子请喇嘛打卦卜一卜吉凶。喇嘛胡乱打了一卦，硬说卦很好，只要念几天经驱走病魔，病就可以转危为安。儿子信以为真，东拼西凑地借了许多银圆、酥油和青稞，作为给喇嘛念经的报酬。可是，正当喇嘛念得起劲儿的时候，阿妈断了气。儿子非常悲痛，便责问喇嘛。喇嘛很为难，忽见窗外有几只白鸽子在飞翔，于是灵机一动，回答说："阿妈已经变成鸽子飞上天了。"儿子听了急忙对天叩头，喇嘛就这样骗走了财物。

这件事被登巴俄勇知道后，心里非常气愤。他也到庙上去请喇嘛，说是母亲死了要念经。喇嘛欣然答应了。走在路上，喇嘛知道登巴俄勇是一个爱说笑话的人，就对他说："说个笑话给我听吧。"登巴俄勇说："母亲死在家里，我哪有心说笑话呵！"

到了家里，喇嘛就问道："你母亲在哪里呢？"登巴俄勇悲伤地指着一件皮袄盖着的东西说："就在这里！"喇嘛掀开皮袄一看，只有一只死鸽子，便吃惊地责问他。

登巴俄勇说："哦！我母亲变成鸽子飞上天了。"喇嘛气得面红耳赤，窘了半天说不出话来。登巴俄勇又在一旁逗笑着说："你刚才不是要我说笑话么？这是多好的一个笑话呀。"弄得喇嘛啼笑皆非，怏怏地离开了登巴俄勇的家。

双耀　汝涵　占禾搜集
流传地区：四川藏区

砸　锅

在阿古登巴住的地方，有个很大的寺庙，喇嘛多，势力大，养着很多恶狗，经常放出来伤人。邻近的老百姓惹不起，提起这个寺庙就头痛。

有一天，阿古登巴请寺庙的喇嘛们到他家里去念经，说好了只管一顿酥油茶。喇嘛们知道阿古登巴榨不出油水，能管顿酥油茶喝就是破费了，也就答应了他的请求。阿古登巴家里没有大锅烧水，就把寺庙里的大铁锅也借了去。

喇嘛们念了一早晨经，念得口干舌燥，嗓子眼儿直冒烟，瞧了瞧太阳都到了晌午，还不见阿古登巴招待他们喝茶。有的喇嘛实在等不及了，跑去问阿古登巴。只见他蹲在庭院里烧火，一个劲儿往火里添牛粪，大铁锅里的水哗哗地开得翻滚。

喇嘛在一旁等了一会儿，阿古登巴像没事人似的，不理不睬。喇嘛忍不住问阿古登巴："天都晌午了，该请我们喝茶了。"

阿古登巴慢条斯理地说："再等一等，等我的三个朋友来了，马上请你们喝茶。"

又等了一会儿，喇嘛实在饿得难忍，问："你的朋友什么时候来？"

阿古登巴说："快了，他们住得很远，我望望去。"说着，爬上房顶，朝着山上眺望。喇嘛也顺着阿古登巴的视线往山上瞅，只见山上空荡荡的连个人影也没有。

喇嘛说："不用等了，我们喝茶吧。"

阿古登巴这时却焦急起来，说："看样子是不来了，他们不来，我怎能请你们喝茶呢。"

喇嘛很奇怪，问："你那三个朋友是谁？叫什么？"

阿古登巴说："一个叫酥油，一个叫茶叶，一个叫盐巴。"

喇嘛知道受骗了，气狠狠地说："连酥油、茶叶、盐巴都没有，还喝什么茶呀。"

阿古登巴很抱歉，说："对不起，先喝点开水吧，等念完经，我请你们吃'果由雪尼'①。"

喇嘛们心想：没喝着茶，吃一顿"果由雪尼"也好。也就不再争吵，喝了点开水，又念起经来。

太阳落山，经场散了。喇嘛们收拾停当，高高兴兴地等着吃"果由雪尼"。只见阿古登巴端着一碗酸奶子，挟着一副铙钹，笑嘻嘻地跑来，不住嘴地念叨着："辛苦了，辛苦了。"一边说着，一边在每个喇嘛的头上倒上一滴酸奶子，又在每个喇嘛耳边轻轻敲了几下钹。

喇嘛们知道又是受骗了，气得直翻白眼，说不出话来，只好各自回庙。

在途中，喇嘛们越想越气，大伙儿商量，等明天阿古登巴到寺庙来送铁锅，一定要狠狠地整治他一下，出出气。

第二天，阿古登巴起了个大早，借了把斧子把铁锅凿了许多大大小小的窟窿，然后把铁锅扣在头上顶着，慢腾腾地向寺庙走去。

喇嘛们一清早就摆好阵势，在庙门前等着，瞅见阿古登巴快走近庙门，"啪"的一声把庙门关了个严紧，放出四只像牛犊子大小的恶狗来。这四只恶狗一夜没喂，一看见阿古登巴，眼都红了，"忽喇"一声扑了上去，把阿古登巴团团围住。阿古登巴却不慌不忙，往地上一趴，恰好把他扣在铁锅里面，严丝合缝。四只恶狗围着铁锅乱转，汪汪地狂吠，它们干着急，没处下嘴。

过了一会儿，喇嘛们只听见狗叫，听不见阿古登巴的声音，心想：这下子可把阿古登巴整治苦了，还说不定被恶狗咬死了。赶紧开了庙门，斥退恶狗，只见一个破铁锅扣在地上，却不见阿古登巴的踪影。喇嘛们正在纳闷，铁锅晃晃悠悠地升了起来。阿古登巴从里面钻出来，掸了掸身上的土，指着铁锅惋惜地说："唉，这么好的铁锅叫狗咬了这么些窟窿，再也不能用了。"

喇嘛们气得肚子滚圆，直眉瞪眼，说不出一句话来，只好瞧着阿古登巴

① 果由雪尼："果"是头，"雪"是酸奶子，意为头上滴酸奶子。喇嘛们不解，以为是一种珍贵的食物。

扬长走了。

陈石峻搜集整理

流传地区：四川藏区

升天的秘密

一天，阿古登巴从彭波地区回来，半路上看见不少人牵着牛，背着东西，拿着哈达，扶老携幼地向喇嘛寺走去。起初，他以为可能是寺里举办庙会。再一打听，说是庙里的大喇嘛"佛法无边"，能度人上天。阿古登巴听了，感到有些蹊跷，心想：西藏成千上万的喇嘛，终日念经祈祷，到他们圆寂时，没见一个能升上天堂。这些俗人，送点财礼难道就能上天？一定是大喇嘛从中捣鬼！于是决定去打听个仔细。

第二天一早，阿古登巴也到了庙里，向大喇嘛献上哈达和牛粪，恳求说："高贵的大喇嘛，我阿古登巴不愿受这人间的苦难，求佛爷度我升天吧！"

大喇嘛说："佛法无边，只要诚心都能得到垂怜，你愿意依顺佛法，弃掉俗念，我就超度你吧！"

"是，是！"阿古登巴佯装感激地答应着。

大喇嘛把阿古登巴领到楼上一间黑屋里，里面空荡荡的，除中央放着一个薄薄的垫子外，其余什么也没有。

大喇嘛指着垫子说："你在这上面盘膝静坐，净心思过，千万千万……不要乱动。等你心净意诚了，我就来超度你。"说完走出门去，将房门关上，并上了锁。

等大喇嘛走后，阿古登巴从垫子上站了起来，仔细在屋子里查来看去，并没有发现什么秘密。他用心细想，大喇嘛说了几遍"千万"不要乱动这句话，莫非这垫子下面有什么机关不成？他用手在垫子四周的地上一摸，碰着一圈突出的棱边。这一下可把阿古登巴高兴坏了，他急忙将垫子搬开，发现下面有块活动的四方形木板，他用手去掀，没有掀动。后来，他在那突出的棱边上踩了一脚，木板立即翻了过去，接着板下冲出一股难闻的腥臭味。他仔细一看，原来下面是个深洞。这时，阿古登巴心里有了底。

天快黑时，大喇嘛进来说："现在该度你升天了，赶快坐好!"

"是，是!"阿古登巴答应着，一面假装认真地改变姿势。大喇嘛也帮助矫正，弄了半天，还是没有坐正。大喇嘛气恼地说："别人都说你聪明，我看你简直是个笨蛋!"

"请大喇嘛息怒，俗话说得好，口说就像易散的水泡，实干才是金子的水滴。我坐不好，请您做个样子，叫我学学好吗?"

大喇嘛被他一激，果真盘膝坐到垫子上去了。他刚闭上双目，阿古登巴便把脚伸到垫子下面，往那凸突的东西上用力一踩。顿时坐垫猛陷，大喇嘛就像一块巨石落进了木板下面的深坑。楼下的喇嘛听见响声，以为是"升天"的人掉下来了，他们像过去一样——不分青红皂白地一顿乱石，将大喇嘛砸成了肉酱。

这时，阿古登巴在寺里高声喊叫："大喇嘛升天了，大喇嘛升天了! 快来看吧!"

祈求超度的人们都围拢来，阿古登巴把他们领到那间黑屋里，指着地上的翻板说："这下面就是你们要想去的'天堂'。你们看看吧!"接着，他又把大喇嘛超度的秘密和他自作自受的下场讲了一遍。人们听后，又气又恨，再也不相信"升天"的鬼话了。

洛桑次仁讲述　单超　吴光旭搜集整理

搜集地点：西藏彭波沙当区

仙　柱

很久很久以前，拉萨八角街上，竖立着一根顶天石柱。据说，这是一根仙柱，能够驱妖避邪，保佑地方上不发生战争，不流行疾病，人民幸福安宁。地方政府还特别制定了一项法令：凡百姓路过石柱，一律得远远避开，不准碰着石柱，违反的人轻则罚款，重则处刑。那些守卫石柱的布洛色①便趁机敲诈勒索，明明别人没有碰着石柱，却硬说是碰着了，于是，罚款处刑，搞得百姓一点儿也不安宁。

登巴叔叔知道了这情形，便打定主意，要为大伙儿出口气。

一天，登巴叔叔牵了一匹马从街上过，看见一个布洛色正守卫在石柱前。登巴叔叔故意要和他为难，就飞快地跑到石柱前，把马拴在石柱上，双手抱紧柱子，向天空张望，那个布洛色看见他这种举动，真是怒不可遏，抽出皮鞭，厉声喝道："你这狗东西在干什么？难道你不明白：这是违抗法令的吗？"

登巴叔叔战战兢兢地答道："天呵！不知要出什么事了。刚才我看见仙柱摇摇摆摆的，就像要倒下来的样儿，所以赶快来抱着它，您倒还说我违抗法令！"

说着，登巴叔叔把柱子抱得更紧，不断向天空张望。仙柱要真的倒下来了，还得了吗！那个布洛色吓慌了，忙把登巴叔叔一推，说道，"让我来抱着，你快去喊那些百姓来，帮忙把仙柱撑住，可不能让它倒了。"

于是，那个布洛色双手抱紧石柱，仰头望着天空，眼睛也不敢眨一下。这时，微微吹来一点儿风，片片云彩从柱顶飘过，那个布洛色两眼望花了，以为真的是石柱向自己迎面倒来，放开石柱就往一边跑，还尖声叫道："快来呀，快来呀！仙柱快要倒了。"

恰巧，登巴叔叔和附近的百姓也赶了来。他们看见那个布洛色的张皇样儿，一齐拍手大笑，把那个布洛色羞的愣眉愣眼，那股耀武扬威的气势，一忽儿就吓得不见了。

这个布洛色的呼喊声，也惊动了其他的布洛色。他们一齐跑出来，看见是这个布洛色在高叫"仙柱快要倒了！"真是恼怒无比。仙柱岂能倒吗！这是地方政府的元气，仙柱倒了，地方政府不也就垮了。何况，还惹来这样多

① 布洛色：西藏地方政府的警卫队。

百姓的讪笑。他们不由分说，就把这个布洛色抓了回去。

布洛色的丑面目被拆穿了，从此，再也不敢敲诈百姓。久而久之，那道法令也失了效，人们又大摇大摆地从仙柱前经过了。

白雅搜集　陈乃整理
流传地区：四川藏区

捡 牛 粪

一天，登巴叔叔背了一个背篓，到布达拉宫后面去捡牛粪。他捡一块牛粪，就往背篓里抛，但背篓没有底，牛粪又落在地上。他一路捡，牛粪一路落，累得满头大汗，背篓里还是没有一块牛粪。

这情景，被外出散步的喇嘛看见了，就提醒他："你怎么能这样捡呢？背篓没有底，会装得下牛粪吗？"

登巴叔叔沉着地答道："我这样捡牛粪，就和扎巴①们修行一样呀！"

"这是什么意思？"

"扎巴们只管念经拜佛，盼望死后进天堂，结果一事无成。上没上天堂，谁也不知道。他们比起我这样捡牛粪，又有什么差别哩？"

喇嘛答不上话来了，只好红着脸儿走开。

陈邦尧整理

智斗阿戛喇嘛

登巴叔叔家里很穷。为了生活，他不得不跟有钱而又吝啬的阿戛喇嘛当徒弟。登巴叔叔的日子是怎么过的呢？

---

① 扎巴：即小喇嘛。

· 90 ·

"粘"东西

阿戛喇嘛很有钱，但他爱趁念经的机会，"顺手"拿走主人的一些东西。登巴叔叔讨厌这种行为，但又不愿公开说他不对，只好设法揭穿他这个丑行。

一天，两师徒又去为一家财主念经。财主听说阿戛喇嘛有学问，又见他衣着华丽，便十分尊重他，推崇他。阿戛也趁势装模作样，想借此多敛钱财。登巴叔叔愈看愈不顺眼，一肚子的火，老早就要发出来了。

吃晚茶的时候，阿戛喇嘛看见他座位背后有一根很漂亮的皮绳子，就用脚把它勾到自己跟前，悄悄缠在腰带上。他自以为没人发觉；虽然登巴叔叔已经清楚地看见他偷绳子，而且绳子上还套了一副马鞍。

阿戛喇嘛刚刚缠好绳子，主人就来请他去念经。阿戛起身一走，绳子"哗啦"地拉动了那座鞍子，主人一见，忙问这是怎么回事？阿戛红着脸回答不出。正为难间，登巴叔叔冷笑着说话了："听我师父说他有'法术'，身上会'粘'东西，所以把你家的鞍子也'粘'上了。"

没丢失东西，财主没有太介意。阿戛虽说没偷到皮绳子，但也很高兴。他觉得'粘'东西的鬼话可以骗更多的人，便放心地想多干。他根本没有理解登巴叔叔的话的本意。

第二天，财主特地煮了一大盘血肠招待阿戛。

阿戛爱占便宜，又想偷偷带些回去吃，便把血肠盘在头上，罩上了帽子。这一切，又被登巴叔叔看得清清楚楚。

接着，他们又上楼念经。

这时，财主全家都应阿戛事先的邀请，前来听经，看他请"海王"显现金身降福。

"仁慈的海王！"阿戛又轻又缓地念着，"请快出来，为贡波老爷一家人驱祸造福吧！"

登巴叔叔明白这是阿戛叫他放出事先藏好的蛤蟆。于是，也用又轻又缓的念经腔调说道："师父！不好了！'海王'压死了，没得放的了！"

阿戛一听，又气又急，也用念经的腔调说："压死了！我要打你耳巴子！"

"您打我耳巴子，我就揭你帽子。"

"真死了么？登巴：快放出来，你看，主人家都来看了。"阿戛用央告的语气要登巴叔叔快放出蛤蟆，他哪里晓得，登巴叔叔根本就没带。为什么要帮助阿戛骗钱呢！

"师父，您再说，我真的要揭您的帽子了！"

阿戛不敢再争下去，只好说："算了，算了！念完算了。"

财主家见请不来"海王"，一个个带着不满的脸色悻悻而去。他们怀疑阿戛是不是真的有本领。阿戛也害怕主人责难，赶忙叫登巴叔叔跟他回寺庙去。

他们走出经堂，看见门边放了根白亮白亮的长矛，矛杆上还系了些哈达。阿戛爱上了这根矛，但又觉得不容易偷，想利用登巴叔叔为他带，于是说："登巴，这是把'神矛'，锋利得很，又能避邪，你把它拿回去，日后我们防狼用，好得很。"

"我不要。您要，是您的事嘛。"登巴叔叔说。

"好嘛，我带。你看，我把矛插在背上，披上袈裟，用尖尖帽罩住矛尖，就看不见了。只消一出门，我就把它抽出来……"

阿戛以为得计，自得其乐地取下矛就往背上插。这时，登巴叔叔已跑去对财主说："老爷，我们要走了。您快在门口摆个桌子，请我师父再一次为你们念经祝祷。如果他不肯，你们要再三请，甚至还要拉他坐下来念。如果心不诚，神会降罪给你们的。"

贡波拍拍登巴叔叔的肩，伸出两个大拇指，连声说："谢谢，谢谢！"

师徒俩正要出门，财主一家大小围住了他们。请阿戛喇嘛念经。阿戛急着要把矛带走，连忙推辞说天色已晚，以后再来念。正推让间，登巴叔叔已经打开口袋，取出海螺吹起来了。财主见登巴叔叔已经就座，求福心切，就拉拉扯扯地把阿戛按在椅子上。这一按，阿戛背上的矛"楚"的一声，把帽子撑得老高，财主一家人都惊住了，阿夏这个有学问、道德好的大喇嘛，怎么竟是偷矛的贼！而且头上还顶了一长节滴着油水的血肠哩！贡波气极了，也顾不上对阿夏的尊敬，冷笑几声说："呵！原来大喇嘛看到了好东西，就要'粘'起走！从今以后，你再也别想为我这卓藏草原的土官、百姓念经了。"

不久，阿夏喇嘛会"粘"东西的事，便传遍了川西北草原。

倪马讲述　闵未儒整理

师父在箱子里

登巴叔叔受不了阿夏喇嘛的迫害，就还俗了。他结婚以后，为了筹措生产资金，不得不挨大利，向阿夏喇嘛借了一笔钱。两夫妇和和睦睦、勤勤恳恳种庄稼，日子虽说还勉强过得去，可阿夏喇嘛的账却也追得紧。

一天，登巴叔叔在路上遇见阿夏喇嘛，狭路相逢，让也让不及了。登巴叔叔只好迎面走过去，恭恭敬敬向阿夏喇嘛施了个礼说："师父，您大概走得累了吧！快请到我家去歇一歇。我叫我的女人好好熬锅茶给你喝。至于借您的那笔钱，我马上就还给你。"

阿夏早就听说登巴叔叔的妻子很漂亮，只苦于没找到借口上他家来。此刻，登巴叔叔既请他到家里去喝茶，又说马上还他的钱，这真是再好也没有的机会，于是，他欣然答应。

来到登巴叔叔家中后，阿夏一见登巴叔叔的妻子，果然美丽极了。他露出一副讨好的笑脸，贼溜溜的眼睛，老在她身上转来转去。在阿夏心目中，她那略微发愠的神情也是十分动人的。他根本没有分辨出端在手中的奶茶是苦涩的还是香甜的。

登巴叔叔发觉阿夏起了坏心，但没有当面揭穿他，只是说，"师父，明天我就去卡撒部落借钱，还您的账。我走得早，要早些睡，不陪您了。"说罢这句话，他松开腰带，拉起老羊皮袄，就靠在火塘边睡了。

阿戛不愿意离开这座又烂又冷的帐篷，因为他已经想入非非了。但登巴叔叔既已入睡，喇嘛的尊严，表面上还得顾及，只好懒梭梭地走了，两条腿，却像铅铸成的一样，拖都拖不动。

他一路走一路想：明天登巴出去借钱，正是占有这个美丽女人的好机会。

第二天一早，登巴叔叔特地到庙上去给阿戛辞行，还请阿戛替他照顾家里。

阿戛很不放心，硬是亲眼看见登巴叔叔走远了，才回到寺庙里，眼睁睁地盼太阳快些落山。

天黑尽了，牧民们吃罢晚茶入睡了。阿戛喇嘛脱下袈裟，穿起新氆氇藏袍，戴上火狐皮帽，打扮得十分光鲜，兴冲冲、喜滋滋地来到登巴叔叔的家。

阿戛跨过树枝丫扎成的矮栅栏，钻进了漆黑的帐篷。还没分辨出东西南北，就听见帐篷外传来了杂沓的脚步声和登巴叔叔的喊门声："深夜钻进一个女人睡的帐篷，这怎么解释？"阿戛来不及慢慢想，慌乱地摸到一口大箱子，他掀开盖子就钻到面里藏起来。

登巴叔叔一进帐篷就唉声叹气地坐在火塘边上。他妻子问他为什么提前回来了，登巴叔叔说："不巧，半路上碰到四郎丹增头人，限我明天还清阿爸借的老账。说是如果不还，就要拉你去抵债，我只好折回来和你商量。"登巴叔叔做了个手势。

登巴叔叔的妻子明白了这些话是编造的，但也装着十分凄苦的样子和他商量。过一阵儿，夫妇俩决定把箱子卖了还账。说到这里，登巴叔叔取下牛毛绳子，两人一齐动手把阿戛喇嘛藏身的那口箱子捆得结结实实的，这才有说有笑地休息了。箱子里的阿戛喇嘛，虽然心里不断在念"麻哩"经，想借以解脱蜷曲的躯体的酸痛，但哪里有菩萨来给他帮忙呢！

天一亮，登巴叔叔背起箱子上市去了。

阿戛喇嘛胖得像一头肥壮的犏牛，压得登巴叔叔不得不经常停下来擦汗、歇气。走到阿戛喇嘛住持的查登寺的门口时，登巴叔叔放下箱子，自言自语地说："这箱子怎么这样重？肚子也饿了，到庙子里去烧茶吃糌粑吧。"

登巴叔叔离开了箱子，坐在庙门口等着。

庙里出来两个衣着华贵的喇嘛。一面走一面口念经文，手摇转经筒。他们经过箱子旁边时，停住了脚步，以为是谁丢下的箱子，还不断议论着箱子的好坏。

箱子里的阿戛听见他们说话的声音，便急忙压低嗓子说："格桑！我是阿戛。快把我放出来。仇家在害我。"

格桑听见阿戛在箱子里求救，正要动手解绳子，登巴叔叔在庙门口大声地说："别动我的箱子！我要背到市上去卖的。"

阿戛听见，只好再轻声地央告格桑："格桑！你答应买。我出钱。"

格桑马上就说："我买这口箱子嘛。要多少钱？"

"一百两银子才卖！"

格桑嫌太贵了，正要走。阿戛在箱子里连忙又说："一百两就一百两，你答应买下算了。反正我出钱。"

格桑正要抬箱子，登巴叔叔又说："另外还要出一百两我才卖。我捆箱子的绳子是上等的，又背了这么远，不给够我不卖。"

看热闹的人慢慢地多起来了，七嘴八舌地在猜测着为什么一口箱子能卖这么多钱。

箱子里的阿戛听见人声嘈杂，怕时间拖久了被百姓们发觉对他不利，便下了狠心，忍痛叫格桑把箱子买下。

登巴叔叔等格桑从庙里取出银子交给他以后，才让他们抬走了箱子。

"卖"掉箱子，登巴叔叔飞快地跑回家，急急忙忙地把银子分了一大部分给穷苦的邻居，收拾好简单的行装，和妻子一道，离开了卓藏草原。

倪玛讲述　闵未儒整理

流传地区：四川藏区

惩罚偷牛贼

一天早晨天刚亮，阿古登巴的老婆把他推醒说："老不死的！一点烧的也没有了，你不能拾些牛粪来吗？"

阿古登巴张张口，伸个懒腰就起床了。他背了粪筐到村外去拾粪。刚落雨不久，到处的牛粪都是湿的。他就向山上走去，想搞些树枝来烧。刚走过山头，看到几个偷牛贼在分他们偷来的牛，吵得正热闹。他们发现阿古登巴来了，知道走不脱，就嬉皮笑脸地迎上来说："登巴叔叔，你也分点吧？"

阿古登巴说："好，我不要别的，只把牛肝给我好啦！它对我的身体有好处。"偷牛贼他们一听，几乎高兴得跳起来。原来他们以为阿古登巴会要很多的，现在只要牛肝，心想这次他可吃亏啦。

他们又合计了一下，说："登巴叔叔，你看着牛肉，我们到山后的河里弄些水来，把肉洗干净再分。"

阿古登巴看他们走过山头了，便把牛胃用嘴吹胀，用树枝在上面边敲边喊："不是我偷的，偷牛贼到河边背水去啦！不是我偷的，偷牛贼到河边背水去啦！"

偷牛贼听到喊声，又听到"砰砰"的击打声，以为阿古登巴被失主抓住了，就一个推一个说："快溜吧，主人来了！"

这时，牛主人真的来了，是个年老的老妈妈，看到牛已被人杀死，坐在地上抱着牛头哭起来。阿古登巴用脚踢了踢偷牛贼丢下的皮袋子，哗哗作响，知道里面有钱，便对老妈妈说，"老人家，把你的眼泪收起，拿偷牛贼的钱再买一头耕牛吧。"说完，帮着老妈妈把牛肉送到她家里，便回家去了。

老婆看他的筐子里什么也没有，问他拾的牛粪在哪里。他两手一摊说："牛粪吗，叫别人拾光啦！"

陈拓搜集整理

流传地地：西藏

聂局桑布的故事

（藏族）

....

聂局桑布是藏族的一个劳动者型机智人物。其故事流传在
西藏山南地区以及甘肃碌曲等地，某些作品与阿古登巴的故事
有所交叉。

....

酥 油 差

早先，乃东①地方跟别的地方一样，在名目繁多的差役中，有一项酥油
差。这酥油差的负担可受不了，百姓家里养的奶牛挤下奶打出来的酥油，差
不多全给乃东王②搞去了。

这时候，聂局桑布想了一个主意。一天，乃东王正在屋顶平台上散步，
聂局桑布在做靴子。一只小驴子跑去吃母驴的奶，聂局桑布故意大声地喊：
"喂，平错，你这鬼东西，溜到哪儿去玩了！让你看好小驴子，别叫他去吃
奶。小驴子把奶吃完了，咱们拿什么去给乃东王上酥油差啊！"

他大声对孩子叫唤，当然被乃东王听见了。乃东王气呼呼地让人把聂局

---

① 乃东：地名，在今西藏山南乃东县境内。
② 乃东王：藏语中的"杰布"，现在一般译为"国王"或"王"，但在藏族习惯中，对某一地区的
世袭大领主也都称做"杰布"。在历史上的"万户"，也称"杰布"。这儿的乃东王，即指乃东地方的世袭
领主。

桑布叫来问道："聂局桑布，你这坏家伙，原来一直是把驴奶做的酥油给我吃吗？"

聂局桑布惶恐地回答："是的，我们实在缴不上牛奶酥油给您，请您原谅！"

乃东王吼道："难道你不晓得吃了驴奶酥油会变傻子吗？"

"知道的，"聂局桑布嗫嚅地说："但是没有办法啊！"

乃东王气得挥手，"你这穷鬼，快到仓库里把你们缴的驴奶酥油都扔出来！见鬼！"

聂局桑布出门叫了一些穷朋友来站在仓库门口，他自己进去把一包一包的酥油往外扔，嘴里还喃喃地唱道：

"驴奶酥油放不长，

时间一长就变黄，

扔出仓，

扔出仓！"

就这样，聂局桑布把仓里上好的牛奶制成的黄酥油，都扔出来分给穷朋友吃了。

从那以后，乃东地方免了酥油差。

滚曲方仁　罗桑多吉讲述　王尧记译

搜集地点：西藏山南乃东

烧酥油茶

有一天，乃东王过生日，举行了一个盛大的宴会，来招待文武官员和远近亲友。聂局桑布心想：今天乃东王请客，趁这个机会，我要再叫他丢丢脸。

于是，聂局桑布想了一个巧妙的办法：他烧了一大壶酥油茶，烧时有意先不放盐巴①，等到把茶打好后才把一个大盐块放到壶里，然后拿到客人面前，一个一个地给客人倒茶。先倒的茶，因为盐块未化，一点也不咸，中间倒的不咸不淡，倒到最后盐块全化了，所以咸得发苦。

客人们喝了茶，有的说茶太淡，有的说正合适，有的说茶是苦的。客人们都以为乃东王有意亏待他们，不一会儿就嚷开了，有的说："乃东王不把我们当客人看待，给我们喝的是淡茶。"有的说："乃东王不把我们当客人看待，给我们喝的是苦水。"乃东王听见后，弄得莫名其妙，只好红着脸对客人们说："别……别误会，这！这！……"但是，不管他怎样解释，客人们还是吵吵闹闹，不一会儿大家都扫兴地离开客厅，回家去了。

程观昌整理

卖　猪　肉

一天，聂局桑布悄悄地把乃东王家里养的一头大肥猪给杀掉了。他跑去向乃东王说："肥猪病死了，老爷，您看怎么办？"乃东王说："把毛刮光，拿到市场上去卖，回来交钱！"

聂局桑布卖猪肉去了。他在大街上喊道："病猪肉，病猪肉，谁买病猪肉！"结果没有一个人买他的。

聂局桑布又带着猪肉回来了。乃东王见这光景，只好对他说："既然卖不出去，就煮一煮，自己吃吧。"聂局桑布问乃东王："老爷，您是吃猪肉呢，还是喝肉汤？"乃东王随口答道："我是乃东王，当然该吃猪肉！你们下等人，喝点肉汤就行了。这还用问吗？"

头一顿吃肉，聂局桑布把猪肉切得细细的，同猪皮一起放在锅里煮。煮到最后，猪肉全煮化了，只剩下一张猪皮。聂局桑布和佣人们把又浓又香的

---

① 藏族喝的酥油茶，做法是将煮浓的茶汁倒入特制的茶桶，再放入盐和酥油，用特制的木棍搅匀，然后盛在壶里热着喝。

肉汤喝了，只给乃东王端一张猪皮去。聂局桑布说："老爷，肉都化在汤里了，还剩下一张猪皮，您尝尝，可香啦！"气得乃东王半天说不出话来。

第二顿吃肉，乃东王事先吩咐聂局桑布说："这次我喝肉汤，你们吃猪肉好了。"聂局桑布把猪肉煮一会儿就捞出来，大伙分着吃了，给乃东王端去的，是连肉香味都没有的清汤。

奶　牛

一次，聂局桑布随同乃东王去旅行。他们牵着一头奶牛，到一户人家住宿。聂局桑布等乃东王睡着的时候，把那头奶牛给卖掉，另买了一头公牛，拴在原来的地方。

第二天清早，乃东王问聂局桑布："我的奶牛到哪儿去了，怎么这里拴着一头公牛？"聂局桑布回答道："上半夜暖和，奶牛生了两只角，下半夜天冷，四个蹄子冻裂了。"乃东王真以为夜里冷热变化很大，奶牛也变成公牛了，就没有再追问下去。

又一个晚上，聂局桑布把公牛卖了。第二天一早，乃东王以为公牛跑掉了，便叫聂局桑布跟他一起去找。乃东王让聂局桑布到山顶上去看，自己留在大坝子里等着。

聂局桑布上山以后，大声喊道："上边有一个黑东西，好像是咱们的公牛，老爷啊，您去看看！"等乃东王跑到坝子上头，他又喊道："老爷，下边有一个黑东西，好像是咱们的公牛，快去看吧！"乃东王又赶到坝子下头。聂局桑布又喊："中间有一个黑东西，好像是咱们的公牛。快去，老爷！"乃东王又奔到坝子中间来，什么都没有看见。这时候，乃东王累得气喘吁吁的，满头大汗，两腿酸疼，躺在地上不能动弹了。

第二天，乃东王叫聂局桑布留在坝子里寻牛，自己爬在山头上去观望。没多久，天上突然下大雹子，打得乃东王无处躲藏，只是拼命喊叫。聂局桑布却躲在下边的一个山洞里，呼呼地睡着了。乃东王头上打起了一堆大疙瘩，淋得像落汤鸡一样，走下山来找了很久，才找到聂局桑布。乃东王骂道，"喊你老半天，为什么不吭声？"

聂局桑布说："昨天我喊了很多话，累得您在大坝上跑了许多趟。今天我怕又和昨天一样，所以我就没有回答您。"

乃东王很生气，又叫聂局桑布跟他到山后边去找牛。跑到一条大河的桥上，都累了，坐下来休息。乃东王想，聂局桑布是个坏家伙，整天让我吃苦头，这次我得把他干掉！于是，就让聂局桑布睡在他的脚边。聂局桑布是个聪明人，知道乃东王不怀好意，等他睡着了，便悄悄把乃东王的行李卷放在自己睡觉的地方，又把乃东王枕边的碗儿糖拿来，坐到一旁大吃起来。

一会儿，乃东王伸脚用力一蹬，行李卷"扑通"一声掉下水去了。乃东王高兴得大叫："这次聂局桑布完蛋啦，完蛋啦！"说罢，站起身来一看，聂局桑布还在一旁笑嘻嘻地吃东西，自己的行李卷却不见了。

以上二则噶马郎杰讲述　耿予方记译

搜集地点：西藏工布江达县

祈祷和结局

聂局桑布，每天早上都站在供台前，大声进行祈祷："三宝请多保佑！请赏我一百两银子，我不会多取一两，也不会少取一两！"

聂局桑布的邻居，是一个霸道的地主。他经常听见聂局桑布的祈祷声。一天，他想同聂局桑布开一个玩笑，就把九十九两银子装在一个布袋里，在第二天早晨聂局桑布祈祷时，悄悄地从窗口丢了过去。

聂局桑布取过布袋一看，原来是一些钱币，非常喜欢地说："大概是三宝光临我家恩赐！"仔细点了数目，整整九十九两，一两不多，一两不少。禁不住地说："哎呀，我祷告的是希望有一百两银子，可是三宝今天只有这么多，这也总比没有好多了。"说完，就把钱收藏起来了。

待在房外的财主知道上面情况以后，立即对聂局桑布说："刚才您得到的钱，不是三宝的恩赐，不是你对三宝的虔诚所得，是我做的一个试验，请把钱还给我吧！"

聂局桑布装做大吃一惊的样子，问："什么钱？我一枚钱币也未看到呀！大清早，不要来找麻烦！"

两人争执了许久，也没有结果。最后，财主提出："那么我俩去法院打官司去！"聂局桑布说："可以。不过，我暂时不能起程，这倒不是我理亏怕去，而是有原因的。第一，去法院路很远，我需要借一匹马；第二，我只有这身破烂衣裳。法官一看我这个样子，就会马上判罪。因此，我得借一身上等衣服。"

财主连忙说："那好办。我可以借给你一身好衣服，借给你一匹马。"

于是，两人很快地换了衣服，骑上快马，直奔法院而去。

到了法院，财主首先把事情说了一遍，聂局桑布像在家一样，矢口不承认有这件事情。因为他们两人都无人作证，所以法官也无法立即作出判决。

这时，聂局桑布对法官说："财主专靠撒谎骗人过日子，他用各种权术欺压百姓，因而才成为富翁的。大法官如不相信，今天，他就硬说我身上穿的衣服，我骑的马是他的嘛！"还没有说完，财主就发火了，抢着说："法官，他穿的衣服和他骑的马，确实是我的！"

法官哈哈大笑："聂局桑布的话的确不错，你在法官面前怎敢强词夺理、胡搅蛮缠？！你们的诉讼不值一谈，钱和衣服、马，在谁手中就是谁的！"说完，就宣布闭庭了。

他俩在回去的路上，聂局桑布对财主说："今在我依靠智慧和妙计，让你吃了点小亏。但是，我绝对没有强占你财物的想法。我之所以这样做，是因为你一贯靠权势残害百姓，所造成的痛苦，比起你今天在法庭上的损失要大好几倍。我今天主要让你记住这个教训。"

回家以后，聂局桑布把财主的金钱、衣饰和马等，全部分给了穷弟兄。

耿予方翻译

流传于西藏

公颇的故事

（壮族）

········◇········

公颇是壮族的一个劳动者型机智人物，出自艺术虚构。他的故事多数以捉弄土司老爷，帮助穷苦百姓为内容，幽默风趣，民族特色较浓。这些故事流传在广西马山县一带。

········◇········

老爷怕风

土司老爷很想去巡视一下自己的辖区，为的是增加租子。出巡之前，师爷告诉他："平坝地方田地肥，收成好，山沟嵩场田地瘦，不是受旱就挨山洪淹。"因此，土司立定主意在平坝地方加租。

这回走的时候，土司指定公颇做轿夫，土司姨太太觉得公颇是很戆直的人，特别关照公颇："老爷身子单薄，容易伤风感冒，所以轿子要停在背风的地方，轿帘到有风的地方就放下。"

"遵命。"公颇毕恭毕敬地回答。

公颇抬着轿子，到平坝地方，便放下轿帘，到山沟嵩场才打开轿帘，所以土司巡的地方只能看到山沟和嵩场，平地却看不到。土司便问公颇："你怎么老一下子又下帘，一下子又开帘，搞的什么鬼名堂？"

"老爷！"公颇很恭敬地回答，"姨太太说老爷怕风，奴婢每到有风的地方就放下轿帘，到没有风的地方才敢打开。"

土司老爷想想也有道理。

轿子又抬到平坝地方了，土司尿急，叫声"住轿"，公颇连忙掉转轿头往山沟跑，到了山沟才停下轿。

土司有点恼火，发作起来："你搞什么鬼名堂？"

"老爷，姨太太交代过，轿子要停在背风的地方。"

"我尿都急死人了。"

"老爷，尿急不死人。"公颇理直气壮地说，"如果在当风的地方停轿，你遭了凉，我担待不起！"

土司老爷想想也有道理。

可是，桂西这个地方就是这样：凡是没有山的平坝，风都特别大，只有山沟和峛场有高山挡住，风才小些。所以土司这次巡视只能看到山沟峛场，没有看到平坝，租子当然也就加不成了。[①]

两件新袍子

土司老爷想做新袍子，便叫公颇来。

公颇来了。土司对他说："你去找个裁缝来帮我做新袍子。"

公颇问："这新袍子是做什么穿的？是去朝皇帝穿的呢？还是接见老百姓穿的？"

土司觉得公颇问得有理，便说："你先说说，朝皇帝穿的袍子该怎样？接见老百姓穿的袍子又该怎样？"

公颇说："那还不简单！皇帝是万岁爷，真命天子，做臣下的对他只能恭恭敬敬；而老百姓呢，他们都是老爷的子民，老爷就该对他们显显威风啦！"

土司给公颇这么一恭维，心里乐滋滋的，便说："那你叫裁缝做两件吧！"

---

① 峛（lòng弄）场：石山间的小片平地。

"两件什么？"

"两件新袍子！"

"是朝见皇帝和接见老百姓的各一件吗？"

"是啦！别啰唆了！"土司有点不耐烦。

公颇严肃地说："我有点笨，怕听不清楚，啰唆一点不碍事的。"

公颇到外面找到裁缝师傅。裁缝师傅听说是土司老爷要做这么两件新袍子，就害怕起来，埋怨公颇出了难题。

公颇说："这有什么难？"

裁缝师傅说："不难？土司老爷就爱挑剔人。前次他要我给做件新袍子，我做了，他这样看看说不合身，那样看看又说不合意，看来看去，挑剔半天，把新袍子穿走了，工钱也不给。"

公颇说："这回有我呢！"

裁缝师傅说，"那你说怎么裁？"

公颇说："好！我说怎么裁你就怎么裁，有事算我的。"

裁缝师傅听了公颇的话，做了两件新袍，一件是前襟短到膝盖，后襟长到脚跟，另一件则是前襟长到脚尖，后襟短到膝窝。

土司老爷一见到这两件袍子，大发脾气。

公颇说："老爷，我原先不是问清了你，这两件新袍子，一件用来朝见皇帝，一件用来接见老百姓的吗？"

土司老爷说："是呀！现在这两件袍子怎么能见人呢？"

公颇说："这样就对了。老爷去朝见皇帝的时候，要恭恭敬敬，所以总是哈腰低头，不敢站直，这前襟短、后襟长的正做得合适；老爷接见老百姓嘛，就威风凛凛，眼睛望天，这前襟长、后襟短的正合适。要穿前后襟一样长的衣服去朝见皇帝和接见老百姓呀，不是前襟扫地，就是后襟拖泥，多不体面啊！"

土司老爷再没有什么话说了。

"鬼" 食鸭子

土司家的附近有一个公塘，是灌溉全峒①田的，村里的人给一个老头子管着，他在塘里养了很多的鱼。

土司老爷很想霸占这个公塘，第一步是赶走这个老头子。于是和师爷想了一个办法：每天把土司家养的一群鸭子赶到塘里去。这样塘里的鱼便给鸭子食完了，老头子叫苦连天。

公颇知道了这件事，很为老头子愤愤不平，便给他想了一个办法。

赶圩②的日子，公颇买回很多麻线和钓钩。他把麻线弄成两三尺长，每条麻线的一头都绑好钓钩，捉来很多小青蛙做饵，另一头系上一块石头或砖头，把它放到倾斜的塘边或塘中露出水面的大石头上。

早晨，土司家把鸭子赶下塘去。鸭子一到塘里，见到青蛙就吞下肚去，钓钩也跟着到了肚里，一走动，便牵动了石头或砖头，石头或砖头一掉到塘里，便把鸭子也拉着沉到水底去了。

塘里一下子不见了许多鸭子，养鸭的人不知何故，便去告诉土司。土司和师爷也觉得奇怪。

"老爷，我知道内中缘故。"公颇说。

"快点讲来。"

"讲句不吉利的话，那塘里有鬼。"

"胡说，你见过吗？"

"老爷不信，今晚我陪你去看。"公颇很认真地说。

"好吧，有鬼我倒想看一下。"土司说。

"不过，"公颇故意拉长一下声音，"我怕鬼勾魂。"

"有这回事？我不信。"

---

① 峒（dong 动）：方言，田地的意思。这里"全峒田"，指全村寨的田地。
② 赶圩：赶集的意思。

"那晚上就去吧!"

公颇马上去找老头子,叫他在天刚黑时找些萤火虫来,又把很多钓钩绑到麻线上,用些蚯蚓做饵。这一回不绑石头,却绑上浮标,每个浮标的后尾都钉上萤火虫,便放下水塘去。

晚上,公颇带土司和师爷来到塘边,见到满塘都漂着火光,很奇怪。突然,塘里的鱼食饵了,触动浮标,浮标一动,火光也动了。饵给拉下去,浮标和萤火虫也给拉下水里,火光就消失了。一时间,满塘的萤火虫忽明忽灭,渐渐少下去。

"老爷,这不是鬼火吗?"公颇小声说。

"啊!"土司老爷有点害怕起来。

"老爷,那边一个鬼爬上岸来了!"公颇胡乱指向黑暗的地方,吓得土司拉起师爷就跑。

"老爷,鬼拉住我的腿了。"公颇故意喊起来,土司和师爷跑得更厉害了。

"老爷,鬼把我拉下水了,救命啊!"公颇又叫起来,便往塘里一跳,这时土司老爷跑得连命也不顾了,哪里还顾得上救命。

公颇在塘里摸着了当天沉到塘底的鸭子,一只只地送给孤老头子:"老爷爷,这鸭子你食吧,这回塘会安静了。"

以上四则蓝鸿恩搜集整理

老登的故事

（壮族）

◦◦◦◦◦◦◦◦◦◦◦◦◦

老登是壮族的一个劳动者型机智人物。他的故事多数是捉弄和鞭笞土司、财主及其走狗的作品，相当滑稽逗趣。

◦◦◦◦◦◦◦◦◦◦◦◦◦

还　债

老登还不起债务，愁眉苦脸地坐在小土岗上，面对着远处波汪汪的池塘出神。

财主走过来，嬉皮笑脸地招呼他说："你好呵，聪明的老登，我知道你现在阔起来了，还养起鸭帮呢！"

老登抬头一看，果真有一大群鸭在池塘嬉戏，就顺水推舟说："债务还不起，没办法呀！"

财主摸着胡须出主意："你就用鸭帮顶了债吧，我再给你点跑脚钱，好吗？"

"老爷，"老登回答，"这办法倒很好，不过你莫后悔啵？"财主说："那当然，那当然！"老登说："鸭和我混熟了，听到主人的声音，它们就像孩子跟着妈妈一样地跟着我。所以你得等我翻过那道山冈，再把鸭赶回家去。"

财主想着这群鸭帮将是自己的财产了，心里乐滋滋的，连声答应："这个容易，这个容易！好啦，祝你一切如意，聪明的老登！"

"你也不会倒霉，老爷。"老登迈开阔步走了。

不一会儿，财主望着老登过了山岗，就兴冲冲地拿起竹竿，向池塘奔去。谁知，那群鸭"轰"地飞腾起来，吱吱呀呀地全飞上天去了。

原来是一群野鸭。此刻，财主肝火大发，瞪着眼睛，向天空大喊："下来，快飞下来！你们是属于我的，属于我的！"

然而，野鸭连理也不理，一个劲吱吱呀呀地叫着，像嘲笑似的消失在重山的背后了。

串　蛋

屯里头有个财主佬，长得挺胖，是个鼎鼎有名的吝啬鬼。那天他从圩上提着半篮鸭蛋，摇着蒲扇，气喘吁吁地走回来。半路上，见老登跟上来了，他问老登："老登，快告诉我一个办法吧，这篮鸭蛋差点儿把我的手臂拉脱了。你说说，怎样才能叫它轻些呢？"

老登说："雇个脚夫！"

财主把眉一扬，拍着衣袋回答："不行，要花铜板，不如我自己提好了。"

这样又走了一段路，财主实在走不动了，坐在路旁，像个漏气皮球似的喘着粗气。财主想啊想，想不出个办法来，指着路旁的土地庙央求老登道："老登，看到亚公的面子上，求求你替我想个不花钱的办法吧！"

老登漫不经心地说："木耳既然可以串成串，蛋为什么不能呢？你就用绳子把鸭蛋串起来挑着走吧。这是个十拿九稳的好办法。"

财主听了老登的话，心想：对啦！我怎么想不出来呢？既不花钱，又不费事，这个办法倒不错咧。这样，他就依照老登告诉的办法，将鸭蛋串成两大串，放在棒子上挑着走了。因为蛋浆越流越少，自然也就越挑越轻了。

傍晚，他们来到了村口，财主闻到炒菜香味，才恍然大悟。他用手擂着胸口，吼道："老登，你好大的胆量！竟敢欺负到爷爷头上来啦！你想让我吃蛋壳吗？"

老登呵呵大笑回答："老爷，你是叫我给你想个不花钱又能轻快的办法，并没有说还要吃蛋的呀！"

财主无言答对，只好把蛋壳狠狠地一摔，提着空篮垂头丧气地回家去了。

"嘟　　噜"

老登的两个襟兄凭着有钱有势，常常欺侮老登。老登心里说："好，你们等着瞧吧！"

有一次，岳丈做寿，把三位姑爷都请去了。

老登扛着一个马头龙身的木头家伙，天还未亮就赶到了岳丈家。那大襟兄和二襟兄呢，日高三丈，才慢吞吞地骑马来到。他们见到老登来得这么早，都感到很惊奇，问道："三襟弟，每趟你都迟到，这趟为什么这样早呢？"

老登背着手，挺着胸，得意扬扬地回答："我捉到一只'嘟噜'，是一跃千里的好家伙。今天早晨我骑上它，'嘟噜'一声，一眨眼就到这里啦！"

两个襟兄诧异地问："真有这等事？"

老登说："你不信，看看去嘛！"

大襟兄和二襟兄见到马头龙身的木头"嘟噜"，都不禁掩口笑了起来。老登把脸一沉，说："哼，你们有钱的，出门不过三步，究竟见识了多少东西，却骄横不识抬举！现在好心给你们见见世面，你们笑什么？"

这一席话，说得大襟兄和二襟兄顿时哑口无言。沉默了一会儿，大襟兄问："那么它怎样才飞跃起来呢？"老登回答："我们住在山区的，只要把它牵上山顶，'嘟噜'一声，狠狠地一鞭，它就飞跃起来啦！"

大襟兄和二襟兄经老登一说，心里有几分动了，暗暗想：要是能得这只"嘟噜"，我们就可以随意到任何一个地方去游玩了，这该多好哇！于是，他们就提出用自己的马去换老登的"嘟噜"。老登故意推托几次，总算同意了。

寿酒吃完，大襟兄和二襟兄立刻就扛着"嘟噜"，爬上了高山，按老登说的那样骑上去，又狠狠抽几鞭，嘴里还不断地"嘟噜""嘟噜"喊着，可是"嘟噜"怎么也不跑。

老登在旁边捧着肚子哈哈大笑。

大襟兄气得面红耳亦，破口骂道："算今天背时，受你这穷鬼的骗了！"

说罢，把"嘟噜"一推推到山脚下。突然"嘟噜"落处，跃出一只惊慌的黄鼬，一闪又消失在树林不见了！老登连忙喊："瞧啊！'嘟噜'逃跑了，你们真是没运气！如果忍耐一下，不早就回到家里了？"

二襟兄一看，不禁埋怨起大襟兄来。于是，你一言，我一语，吵起架来了。

竹 叶 棚

老登的岳丈临危时，把三个女儿和姑爷叫到床前，对他们说："老天不保佑我，现在我快要入土了……那几十只牛羊，我想分给你们。但是必须这样：当我的仆人赶着牛羊经过你们的家门时，要是它们走进哪一家，就归属哪一家了。"

有钱的大姑爷和二姑爷听了，偷偷相睇，满心欢喜。只有老登坐在一边，巴达巴达地抽着烟，一声不响。

两天过去了，大姑爷和二姑爷请来了泥匠和木匠，大兴土木，在大路的旁边各人分别建造起一座富丽堂皇的楼房，他们心里都想：牛羊该是我的了。

只有老登，无所事事，他的妻子见了，淌着眼泪央求说："你得想个办法呀！时间快到了。"

可是老登若无其事地回答："你急什么？牛羊都是我们的啦！"

第三天天刚蒙蒙亮，老登就爬起来了。他吩咐妻子去割了担青草，自己带把柴刀，砍了几枝竹枝回来，在路旁搭了间竹叶棚子，上面还铺了一层青草。

太阳升起来了。岳丈的仆人吆喝着牛羊来了。牛羊经过大姑爷和二姑爷的家门连看也不看一眼，一窝蜂地朝老登的竹叶棚奔去了。

结果这群牛羊，一个不缺全部进了老登的家。

打　官

有一年三月，春光明媚，老登和他的朋友去游花园。在花园里，看到很多官爷在嘻嘻哈哈作乐，老登的朋友对他说："老登，你能打官爷一巴掌吗？"

老登不动声色，捉来了一只牛虻，迎着赏花趣味正浓的土司走去，狠狠地往他的脖子打了一记。土司勃然大怒，骂道："老登，打人该犯什么罪？"

老登不慌不忙地说："官爷，牛虻叮着你哪，我替你把它打死了。"说罢，伸出手掌，牛虻已经稀巴烂，土司见了，再没话说啦。

羊　公　味

焦卒是土司的红人，仗着有势，横行乡里，百姓非常痛恨，当他受了老登两次气后，就扬言要惩治惩治老登。老登警告他说："别夸海口，小心你登爷的厉害！"

有一天，土司的一只公羊在州府里被人偷了。土司素知老登聪明有计谋，就差人请他帮忙追查破案。老登对土司说："官爷，我从小就跟爷爷学会闻百味的妙道，公羊味大，偷盗的人给羊沾上，三天不散呢！"

于是，土司命令州府中大小官吏，兵丁差役，全集中到公堂，听候老登定夺。这时，老登早准备了一团饱蘸羊脂的小棉球，跟着土司走进了公堂。

闻味开始了，由土司侍从点名，老登闻了一个又一个，等闻到焦卒时，老登就惊叫道："官爷，闻到啦，公羊是焦卒偷的！"

焦卒辩白道："官爷，我哪一样不效忠于你，别相信老登的捏造。"

土司说："住嘴！待我来闻闻看。"

老登用指头轻轻往焦卒身上一点，说："官爷，你闻闻看，臭得很呢。"

又点上那一边说："官爷，你再闻这边，羊味浓极了。"土司任凭老登摆布，不断点头称是，吓得焦卒脸无人色，全身冒汗。

老登审案完毕，对土司说："官爷的名气很大，焦卒却胆敢在土地公头上动土，太小看官爷了。"

土司听了，火冒三丈，忙下令将焦卒打五十大板，并减半俸禄，软禁一个月不准出州府。百姓听了，都拍手称快。

气死焦卒

不晓得老登犯了什么罪，土司差焦卒带几个兵丁到那劳去捉他。老登明明知道，也不逃跑。

焦卒到了老登家中，老登说："自古有话说，'囚像笼中鸟，有翅也难逃'，今天焦爷奉命来捉我老登，我老登哪敢违抗。只是从这里到州府那么远，我们好好吃一顿再走吧！"

焦卒和兵丁越山蹚水，早就饿得肚子咕里咕噜叫，听老登这么一说，有的"吞着口水，告诉肠胃[①]"，有的却乐得手指儿怪痒痒的，巴不得有一顿好东西吃。于是，焦卒摆着架子说："老登，从前老孙有七十二变，也奈何不了如来佛的手掌，今天凭着你天赐的小聪明，也别想逃出我的手中！快点去弄些好吃的东西来，招待招待焦爷。"

老登轻轻点了一下头，便捉了一只大肥鸡，和他的儿子到厨房里杀鸡去了。焦卒生怕老登要花招，为防备万一，派兵丁把房屋团团守住，认为这下可万无一失了。

饭菜做好了，老登将热气腾腾的鸡肉端到桌上。不料孩子一手抓起块鸡肉，慌忙往嘴里塞。老登见了，一巴掌就飞到孩子的脸上，破口大骂："败坏门风的小杂种，焦爷在这里，你胆敢这样放肆！"

孩子"哇"地哭起来，端着那大盘鸡肉就往外头飞跑，一边跑一边撕着

---

① 吞着口水，告诉肠胃：壮族成语，意为饿极了。

吃。老登怒气冲冲，拿起烧火棍，大骂着追上去："小杂种，你还不回来，看老子打断你的狗腿！"

老登越骂，孩子越跑，老登也越不肯罢手。

焦卒和兵丁看到这场热闹，有的捧腹大笑，有的痴痴地看得发呆，但是有谁料想到老登父子俩拐了个大弯，爬上山去高高兴兴地吃起来了呢。

焦卒在家里等啊等，一直等了很久，才知道上了老登的当，气得他像一只丑野猴，又蹦又跳。

以上七则凌永庆　黄润隆　零增荣

马龙骏　马焕花搜集　凌永庆整理

汪头三的故事

（壮族）

○·····························○

汪头三是壮族的一个劳动者型机智人物，出自艺术虚构。他以敢于与县官、土司作对赢得人们的赞誉。其故事在广西龙胜一带广为传播，有口皆碑。

○·····························○

抱[①] 甜 酒

那时节，龙胜刚设县制。朝廷派来了一个县官。这个县官骄傲极了，衣角扫得死人。特别是对龙胜的少数民族，开口蛮子，闭口野仔，十二分看不起。

有个壮人叫汪头三，见县官看不起龙胜人，非常火扯。他存心要作弄作弄县官。

一天，汪头三带了一葫芦壮家的甜酒，进了县衙，对县官说："县老爷，你到我们大山里来，受了艰苦。我们壮家没有什么好东西奉献，今天，特意送一葫芦甜酒来给老爷尝尝。"县官眉开眼笑，吃了甜酒，觉得又甜又香，爽口极了。就问汪头三："你这甜酒是用什么做的？"汪头三说："用糯米哩。"县官问："糯米能变成甜酒吗？"汪头三说："能哩。只是又费时间，又

---

① 抱：孵。

费手续。"县官说："你能帮我做一缸吗?"汪头三说："我很愿意为老爷效劳。只是我家里很穷，没有糯米了。"县官就叫手下人挑了一大担糯米出来，交给汪头三帮他做甜酒。

汪头三挑着一大担米回家去了。可是，十天过去了，一个月过去了，三个月过去了，也没把甜酒送到县衙去。县官馋得口水流来三尺长，就坐上八人大轿亲自到汪头三家去追问。

汪头三老远看见县官坐着轿子来了，连忙喊他老婆到后房去，在一个坛子上坐着。

县官进了汪头三的屋，劈头就问："壮古佬，你为什么这样久还不把甜酒送到县衙去?"汪头三说："县老爷，做甜酒可不容易，要抱三百六十个日子才抱得出来咧。"县官听了问："甜酒是抱出来的吗?"汪头三说："对罗。就像母鸡抱蛋一样，抱够日子了，米才能变成甜酒。"县官不信，要亲自看看。汪头三说："外人看不得的。"县官偏打拗拗，非看不可。汪头三劝不住，就带着县官进了后房。

县官进得房来，只见一个女人端端正正地坐在坛子上，纹丝不动。下身的百褶裙把坛子严严地盖起来。县官问："就这样抱吗?"汪头三笑嘻嘻地说："对喽。抱够一整年，米就在坛子里变成甜酒了。可怜我这老婆娘，为了帮老爷抱甜酒，人也瘦喽。"汪头三掀起裙脚，摸摸坛子又对县官说："来热气了，这缸甜酒包你好吃。"

县官一看，手握着鼻子直恶心，不声不响地跨上八人大轿走了。汪头三追到大门口，弯着腰说："请县老爷耐烦等，等甜酒抱出来了，我马上送进县衙给老爷吃。"县官摆手道："算了算了，那样邋遢的东西，我不要了。"

于是，汪头三白白捞了县官一大担糯米。

陆友凡讲述

养豢郎猪

县官想吃猪肉，可是九村十八寨都买不到。他把土司喊来商量。土司告诉他，龙胜人养猪，都是自己杀来自己吃的，从没人卖肉。要想吃猪肉，只有一个办法：买小猪仔来放给穷人养豢郎——就是喂大了，半对半开，杀了分肉。

县官觉得这太合算了，就贴告示出去：凡是没有钱买猪仔养猪的，可以到衙门来捉猪仔回去养豢郎。杀大猪时，二一添作五。

告示贴出去好久，还没有人来衙门捉猪仔。——是嘛，这种重利盘剥，谁个肯受！

一天，汪头三来了。他说愿意跟县官养豢郎猪。县官问："喂多久能成大肥猪？"汪头三说："上百斤要喂一年，上两百斤要喂一年半，上三百斤要喂两年。若是喂到三年，少讲总有五百多斤。"县官算了一算，觉得越喂久越合算。就说："那就喂三年吧。"汪头三捉了猪仔回家去了。

汪头三的家里人，手勤脚快，养猪像吹火筒吹一样。不到一年，猪仔就长成百七八了。汪头三把猪杀吃了，又买一只猪仔来喂着。

第二年，猪仔又有百七八了。汪头三又把猪杀吃了，另买一只猪仔来喂着。

第三年，猪仔又长成大猪了。汪头三还是把猪杀吃了，再买一只猪仔来喂。这只猪仔，跟从县衙里捉来的一模一样：一样的大小，一样的毛色。

县官捏着指头算了算：三年挂零了，可还不见汪头三请去分猪肉。他就坐上八人大轿亲自到汪头三家去察看。

县官到了汪头三家，说："汪头三，那头猪有五百几了？"汪头三唉声叹气地说："县老爷，你讲我背时不背时，你那只猪仔，捉回来后，一直不吃潲，光吃泥巴，哪能长膘啰。喂三年了，还是现样。全靠我招呼得好，要不，早死了。"县官不信："哪有这种怪事！"汪头三说："县老爷不信，亲自看我去喂就明白了。"汪头三暗暗叫女人把潲煮得滚开，倒进盆里，在上面洒一层茶油，把热气封死。汪头三提着潲盆走向猪栏，县官紧紧跟在后边，目不转睛地看动静。

猪仔见汪头三来到栏边，贪馋地把鼻子嘴巴伸进盆里，一翻一拱，潲烫得要死。它"呶呶"叫着，甩着耳朵把鼻子挨着泥土擦来擦去。

汪头三对县官说："你看你看，多好的潲它不吃，偏吃泥巴。这只猪我实在不想养了。"

县官火冒三丈，一棒棒就把猪仔打死，叫手下人提着，自顾上轿走了。

陆友凡讲述

金口玉牙

土司是县官手下的头人，最喜爱听彩头话。每当大年三十夜晚，他总要写一副吉祥的春联贴在大门两边。贴完春联，就关起大门来吃团年饭。新年初一早，他就叫管家起来开大门，而后又要管家提高嗓音把春联朗读一遍。管家话音刚落，土司就接口道："金口玉牙，金口玉牙!"意思是取它个新年吉利。年年如此，成了规矩。

这年，土司写的春联是：

> 一年四季人丁旺
> 三冬六夏水长流

大年三十夜，土司家关门吃团年饭了。汪头三路过他家门口，见了春联，灵机一动，就用毛笔给加了几画。

大年初一早，土司照例叫管家起来开大门，照例要管家高声朗诵春联。管家高声念道："一年四季人不旺，三冬六夏尿长流!"土司刚想接声"金口玉牙"，却发觉念的语句不对，连忙跑到大门边细看，原来，"丁"字和"水"字叫人改了。土司气得胡须打战，眼睛冒火。

土司老婆坐在火塘边，没听见土司接音，以为他一时记不起了，连忙大声道："金口玉牙，金口玉牙！"土司一听，火上加油，跑到火塘边，一巴掌就把他老婆的门牙打脱了。

陆安国讲述

请　客

县官听说汪头三很聪明，有意要愚弄他一番。一天，他下帖请汪头三到他家做客。

汪头三晓得县官不怀好意，可他想看看县官葫芦里到底卖的什么药，也就应邀去了。

汪头三到了县官家，县官叫手下人搬桌摆凳，请汪头三入席。而后，只叫厨子煎了一个鸡蛋，用一个大盘子装好，端上桌来。县官说："汪头三，我请你来我家做客，没想到你来得这么快。若是你过些时候再来，这个鸡蛋抱出了鸡仔，鸡仔又喂成了大肥鸡，你就有鸡肉吃了。如今，只好请你吃个鸡蛋了。"

汪头三连连道谢："打扰，打扰。"把鸡蛋一口吃完走了。县官在后面哈哈大笑。

过了不久，汪头三请县官到他家做客。县官心想：汪头三穷得扫地无灰，有什么名堂请官吃饭？但一转念：常言道，穷年不穷餐嘛，汪头三既来躬请，也许是报我一蛋之恩，作了一番准备也未可料。他也就应邀去了。

县官到了汪头三家。汪头三叫女人搬桌摆凳，请县官入席。而后，拿出一个大竹兜，摆在桌子当中。汪头三说："县老爷，我原来是想请你来吃嫩笋子的，没想到你来得这么慢。如今，笋子已经变成竹子，就只好请你吃竹兜了。"

县官想发作，又觉得自己不该做了初一，只好吞声忍气，打马回衙去了。

陆安居讲述

• 119 •

打　赌

县官多次挨汪头三捉弄，大不舒服，总想好好整他一下。

一天，县官把汪头三叫来，对他说："汪头三，我赌你十天里头吃下一百只鸭子。"汪头三问："若是真吃下了呢？"县官说，"你吃下了，一百只鸭子不要你开钱，再送你一百只鸭子。"汪头三道："一言为定！"县官反问："若是吃不完呢？"汪头三说："赔你一百只鸭子的钱，再白白帮你打一百天工。"县官手舞足蹈，乐得发狂。

汪头三又说："既然你赌了我，我也得赌你。"县官问："你赌我什么？"汪头三说，"我赌你吃一个鸡蛋。"县官哈哈大笑，"一言为定！"汪头三说："要是你吃不完，得赔我一只鸡。"县官一口气说了一百二十个"愿"字。

有人劝汪头三："县官赌你十天里头吃一百只鸭子，平均每天要吃十只。就算你胃口大，吃得下也受不了，不可冒失呵！"汪头三说："出水才看两脚泥咧。"

打赌开始了。县官叫手下人买来了一百只大鸭子，关在一间屋里，让汪头三搬进去住。所有的门窗统统上锁关死，还派人在外边严密把守。

头一天，汪头三杀了三十只鸭子，扯了毛，抽了骨，剁成肉丁，撒给七十只鸭子吃。第二天，又杀了二十只，去毛剔骨剁肉，喂给五十只鸭子吃。第三天，又杀了十五只，给三十五只吃……就这样，鸭喂鸭，鸭吃鸭。到了第十天，只剩一只鸭子了。汪头三把它杀了，慢条斯理地饱吃一顿。

县官把门打开，鸭子不见了，只剩下一堆毛屎，一堆骨头。汪头三正在床上打呼噜哩。

轮到汪头三赌县官了。他拿了一个鸡蛋，放在大锅里加满水，烧大火煮。水煮干了又添，添满又煮干，一连煮了七天七夜，这才捞出来给县官吃。县官把蛋壳剥开一挤：我的天，硬邦邦的，比石头还硬。放进嘴里一咬，牙齿断了，鸡蛋上连牙齿印都没出现。

县官无可奈何，输给汪头三一百只鸭子，外带一只鸡。

吴明讲述　以上五则陈善搜集整理

佬巧的故事

（壮族）

佬巧是壮族的一个劳动者型的机智人物，出自艺术虚构。他憨厚朴实，滑稽风趣。其故事内容较为广泛，短小多姿，在壮族机智人物故事中别具一格。

打　与　笑

这天，国王出巡．一群人替他鸣锣开道，一群人持刀保驾，威风凛凛，神气十足。一路上，所有的人都纷纷回避，来不及回避的，也都伏跪在地上，不敢抬头露面。

偏有佬巧不依，他昂首向王爷走来。国王责问道："你为什么不给我下跪？好大的胆子啊！"

"我的王爷呀！"佬巧说，"你比一切人都高贵，一切人都应该昂头抬眼，把你抬举才对呀。"

"胡说！给我打！"国王咆哮着。

差役们"喳"的一声拥上来，七手八脚把佬巧按倒在地上，抢起棍子就打。差役们打一下，佬巧就笑一笑，打两下笑两笑，小打小笑，大打大笑。

国王见着奇怪，喝住打手问佬巧："打你，你为什么还笑？"

"哈哈！"佬巧笑着说，"王爷想知道小民为什么笑，把小民放了，小民才敢说出来。"

国王就叫差役们放了佬巧。佬巧站起来拍拍屁股，边走边说："我的王爷呐，要是我哭，岂不是承认我犯了罪啦！"

断　案

有两个打官司的人，拉扯着到佬巧那儿来了。

佬巧问他们两人，"你们找我有什么事呀？"

甲说："他偷了我这杆好烟枪。"

乙连忙反驳道："他存心诬害人，想抢我这杆好烟枪。"

佬巧说："好了，好了！把烟枪给我看看。"

那杆烟枪光光亮亮的，从头到尾照得见人的影子，上面还有精致的自然花纹呢，真是一杆好烟枪。

佬巧端详了一阵子，说道："你们的烟枪，有什么记号不？"

失主说："我的烟枪是用藤绕的荆棘木做的。"

偷的人也争着说："我的烟枪也是用藤绕的荆棘木做成的。"

两人都一个样地说，也都没有说错。

佬巧不再问了，他装上烟，点上火，自己吧嗒吧嗒地吸起烟来。

佬巧抽罢烟，把烟枪递给他们，说："这烟枪着实很好，你们各人都吸儿口，过足了烟瘾再说。"

于是，他们轮流着吸烟。

偷的人抽完烟，往地上梆梆地敲烟灰子，失主抽完烟，往手上轻轻地敲烟灰子。

这时，佬巧拿过烟枪看了看，毫不犹豫地判给失主了。

是臭地，不是龙地

有个穷人的田和财主的坟地相连。财主存心要霸占穷人的田，硬说穷人犁地犁断了他的坟山龙脉，要穷人五天内拿出三百斤猪肉、三百斤好酒来祭坟赔罪，要不然，就不许再犁那块田。

穷人没法，去找佬巧诉说，要求佬巧帮忙。佬巧听了就对穷人说："你不用担心，等财主老爷来要酒要肉的时候，你请村里人来评理就是。"

到了第五天，穷人把大家都请来了，要跟财主评理。财主把大家带到地里去，指着犁过的地方，说："你们看，他犁断了我的龙脉，弄死了我的龙地。"

大家都说："他犁自己的田，和老爷的坟山龙脉不相关。"

财主说："我的坟山龙脉在他田边，他把龙脉犁断了。"双方争执不下。

这时，佬巧摆头摇脑地走来了。他走到财主的地边，弯下腰身，用鼻子嗅了嗅地，说："老爷，你的地根本不是龙地，是一块臭地啊!"

"什么臭地？你造谣生事!"财主没好气地喝叫着。

"不瞒老爷，是真的，臭得很呐! 不信，你自己来闻闻吧。"佬巧认真地说着。

财主弯下身来，嗅了嗅，睁着眼睛骂佬巧："你胡说八道，我的地一点不臭!"

财主话刚说完，佬巧嚷道："好哇! 老爷说他的地一点不臭，众位乡亲都听见了吧，"佬巧盯着财主的脸，又说："我的亲人犁断了老爷的龙脉，到今天已经是第四天了，龙死了四天，还不臭吗？老爷的地既然一点不臭，证明龙脉未断，龙地未死。是老爷想谋人财产，诬害别人罢了。老爷要向我的亲人赔罪!"

众人异口同声地说："对，这才合理。"

财主在众人面前欲辩无言，想走众人不许，只好低头赔罪。

长生不老药

有两个人谈着话，他们天真地说："嗨，要是有一种长生不老的药就好了。"恰好被佬巧听见了，佬巧连忙对他们说："老弟，这种药有的是。"

"在哪里？"那两个人问。

佬巧说："在很远很远的地方哪。"

"到底有多远？"两个人急着问佬巧。

佬巧说："走一百年以上吧。"

两人听了淡淡一笑："这就是说，我们还没有走到那里的时候，就已经把骨头埋进土里去了。"

佬巧不同意说："那是因为你还没有拿到那种药来吃，要不然，绝不会把骨头埋在半路上。"

一百五十岁

有个人问佬巧，问得很古怪："佬巧呀，你知道我能活多少岁？"

"一百五十岁！"佬巧不假思索地说。

那个人反问一句："你怎么知道的呢？"

佬巧认真地说："要是你不相信，等你活不上一百五十岁的时候来找我！"

放蟹喝水

佬巧在街上买了一只大螃蟹，装在布袋里，拿回家做菜。

走到半路，天气太热了，布袋里的螃蟹尽吐泡泡。

佬巧觉得怪可怜的，心里想：螃蟹一定渴得难受啦，让它喝点水吧。

于是解开布袋，给螃蟹到河边去喝水。螃蟹到了水里，就再不回头啦。

佬巧待在岸上等待。等啊等啊，等了又等，不见螃蟹上岸来，他不耐烦了，顿足骂道："坏东西！我好心好意把你放出来喝水，你倒忘恩负义了。"

以上六则曲辰人整理

金善达的故事

（朝鲜族）

⁘⁘⁘⁘⁘⁘⁘⁘⁘⁘

金善达，一译作金先达，朝鲜族著名机智人物，属劳动者型。他的故事在我国东北朝鲜族聚居地区和朝鲜各地广为流布，颇受群众喜爱。

⁘⁘⁘⁘⁘⁘⁘⁘⁘⁘

巧献碎玉

金善达头戴纱帽，手挥折扇，骑着马儿周游天下。这一天，金善达来到了盛产玉石的地方。他路过一座小桥，忽然看见一个小伙子，捶着地正在号啕大哭。

金善达下了马，上前问道："小伙子，你在哭啥呀？"

小伙子擦了擦眼泪，捧出一捧碎玉石对金善达说："先生，我可闯下大祸啦！我家主人奉国王的命令，让我在三日之内把一块宝玉送去。可是，事儿要是不顺心哪，就连车道沟儿里都能淹死人。这不，我刚走到这块儿，该死的石头绊了我一脚，把这块宝石给摔碎了。宝玉没有送到，我回去是要掉脑袋的，我家里还有阿爸基、阿妈妮①，我死了他们可咋活呀？唉！回去死还不如现在就去死。"说着，小伙子起身就要去跳河。

---

① 阿爸基、阿妈妮：朝鲜语，爸爸、妈妈。

金善达一把拉住小伙子说："呃！男子汉大丈夫犯不上因为这么点儿小事儿去死。长着个脑袋瓜子，总能想出办法来的。你把碎玉给我，我替你去献给国王。"

小伙子一听这话，比见了亲哈阿爸基还高兴，当时就问他："您就是金善达先生吧？"

金善达答应了一声"是的"，翻身上马，手摇折扇，唱着阿里郎打铃，乐悠悠地向王宫走去。金善达一边走，一边寻思：我金善达游遍了天下，可还没见过当朝国王长得啥模样呢，今儿非得到王宫里好好观观景。

马儿"达达达"地一溜小跑，不知不觉来到了王宫门前。金善达翻身下了马，把马儿往一棵大树下一拴，大摇大摆地朝王宫里面闯。

那看门的当然不能让进，长枪一挺，把金善达给挡住了："哪来的这个臭乞丐，竟敢随便往王宫里闯，还不赶快给我滚！"

金善达挥着折扇，慢声慢语地说："谁不知道这儿是王宫啊？别人能进，为什么我就不能进？我要见你们的国王！"说完又大摇大摆地往里闯。

这下子看守们可来气了："你这狗崽子疯了是怎么着？你要找死啊？"看守们边骂边去拽金善达。

这当儿，金善达假装被拉倒了，一屁股栽歪在地上，麻溜儿把怀里的碎玉扔在地上，顿时捶着地号啕大哭起来。他一边哭一边说："我是奉主人之命，来给国王送宝玉的。这回可倒好，你们把宝玉都给碰碎了，怎么献给国王啊？你们赔我的宝玉！"说着揪住看守，连踢带打闹了起来。

看守们一听，可吓蒙了。把进贡给国王的宝玉给打碎了，国王若是怪罪下来，那可不是一件小事。这帮看守顿时像闯了大祸一样，互相之间好一顿埋怨。末了，又嬉皮笑脸地向金善达求情，求他在国王面前给说句好话。

这么一来，金善达更神气了，他拾起碎玉喝道："还不赶快禀报大王！"

一个看守忙三跌四地跑了进去，不一会儿工夫又"登登登"地跑出来，把金善达领到了国王面前。

金善达给国王献上碎玉，边哭边说："尊敬的大王，我奉了我家主人之命，前来给大王献玉，没成想，您那几个把大门的看守，说什么也不让我进，连拽带打的，把这块宝玉都打碎了，我回去怎么向主人交差呀？"

国王听了，当时就发起怒来，大声喝道："来人呐！"

"有！"文武两班①齐声应道。

"去把那几个看守给我重打四十棍杖！"

国王的话音一落，就听大门口传来"噼里啪啦"的声音，把看守打得死去活来，一口一个"阿妈妮"地叫唤着。金善达听了，心里不用提有多痛快了。

打完了看守，国王又命令手下的人摆上一桌筵席，客客气气地对金善达说："你一路上辛苦了，多吃点儿，多喝点儿。宝玉被摔碎了，这不能怪你，回去跟你们主人说一声，以后再送一块来就是了。"

金善达连连点头应是。这会儿，金善达的肚子也饿了，再说，他这辈子还是头一回吃上国王摆下的筵席。他便一盅接一盅地喝酒，一口接一口地吃山珍海味，酒喝足了，饭也吃了，他把嘴唇一抹擦饱，大摇大摆地走出了王宫。

用鸡换牛

早先有个既贪财又吝啬的两班财主，要问他咋个吝啬法儿？为了白喝一杯酒，他能跑上十里地，为了白吃一顿饭，他能饿上三个月零十天。

这么一个吝啬鬼，恰好与金善达住邻居。他虽然奸诈、狡猾，可是，在金善达面前，连手指盖大一点儿的便宜都没占着过。他对金善达又是恨又拿他没办法。可是，他又不甘心，天天琢磨着法子要占金善达的便宜。

有一年春上，金善达家的母鸡孵了一窝鸡崽儿，一个个毛茸茸，黄洋洋，怪招人稀罕的。这窝鸡崽儿可把财主眼馋坏了，他一天要趴着墙头望一遍儿，绞尽脑汁寻思着霸占的方法。后来终于想出了一个主意。

---

① 两班：即官府里的文武两班官员。旧时朝鲜社会分两班和贱民两个阶层，两班往往泛指封建贵族阶层。

一天早上，金善达正在喂小鸡呢，财主大摇大摆地走进院儿来，对金善达说："我说老弟，今天我是来赶我的这窝小鸡的。"

金善达不慌不忙地问："这是什么道理呢？"

财主得意地把早就编好的话儿说了出来："老弟，你想想看，没有男人，女人是生不了孩子的；同样，没有公鸡，母鸡是孵不出小鸡来的。你家没有公鸡这是实情，要是没有我家的公鸡，你家的母鸡能孵出小鸡来吗？所以说，你家的这窝小鸡崽儿，应该归我所有！"

金善达眨巴眨巴眼睛，想了一想，装出十分高兴的样子说："对，对！说得有理，请你把这窝小鸡崽儿，赶回家去吧！"财主便得意地把小鸡崽儿赶回了家里。他想：金善达呀金善达，这回你可吃了大亏了！

别把话说早了。那么聪明的金善达，能让你财主占便宜？

日子像流水一样流去，转眼到了秋天，财主赶去的那窝小鸡，已经变成了大鸡。这时候两班财主家的一头母牛，生了一头小牤牛。金善达一看，这头小牤牛长腰身，高个儿头，大耳朵，滚瓜溜圆的，很是滑腾。

有一天，金善达拎着一副缰绳，大摇大摆地走进财主家的牛棚里，把缰绳往小牛犊的头上一套，拽着就走。一边走，一边对财主说："我说老哥，今天我把我的这头小牤牛牵走了！"

两班财主慌里慌张地跑出来，指着金善达的鼻子骂开了："你这个没良心的家伙，大白天敢……敢来抢人家的牛！"

金善达不慌不忙地把早就编好的话儿说了出来："老哥，你想想看，没有男人，女人是生不了孩子的；没有公鸡，母鸡是孵不出小鸡来的，同样，没有牤牛，母牛是下不了牛犊的。谁不知道你家是没有牤牛的呀！没有我家的牤牛，你家的母牛能生出牛犊来吗？所以说，就像我家的小鸡崽儿应该归你所有一样，你家的小牛犊也应该归我所有！"

说完，金善达往小牛犊的后屁股上一拍，得意地把牛牵走了。

两班财主眼看着金善达把自家的小牛犊牵走了，干哑巴嘴说不出话来。你说，这占便宜的是谁？那当然是金善达喽。

高处嘎路

人们都说，金善达的学问胜过孔夫子，金善达的诗文胜过李太白。到底是真还是假，听一段故事你就知道了。

金善达没有个固定的住处，中国、日本、朝鲜，他哪儿都转悠。有一天，金善达想到汉城去。他头戴一顶露了顶的破纱帽，脚蹬一双露了底儿的烂草鞋，手摇一把破折扇，一路唱一路走。

晌午光景，金善达来到了一棵大柳树下，看到一帮文人学士，趴在桌上喊喊喳喳，俯在纸上勾勾画画，一个个抓耳挠腮，像碰到了啥难事儿。

金善达咳嗽了两声，上前问道："请问众位先生，你们这是在干吗呐？"

一个年老的学士掐着烟袋答道："是当朝的国王出了一道难题，把大伙儿给难住了。"

"是什么难题，能告诉我一下吗？"

众人听了，哈哈大笑道："我们这些学了一辈子字儿的文人学士都解不开，你一个穷光蛋要是能解开，我们手巴掌上都能煎大酱！"

金善达微笑着说："俗话讲得好，辣椒虽小也辣人，麻雀虽小还下蛋吗。不要小看人，是什么难题，让小人来学一学不好吗？"

一个年轻的学士说："那就让你猜猜看，国王出了个字谜，既要写出'高处嘎路'①，又不能写出'辣椒面'这几个字。你看看这字应该怎么写呀？"

金善达听了，哈哈大笑道："我还以为是什么难解的字呢，原来是这么简单的字谜，要我来解，那就是癞蛤蟆吃苍蝇，往嫩瓜蛋上扎针那么容易！"

众人说："嘿嘿，你先别吹，写出来才叫有真本事哩！"

金善达拿过纸笔，横一道儿竖一道儿，唰唰两笔就画了个十字花。

众人都睁大眼睛不解地问："这是什么字啊？"

---

①　高处嘎路：朝鲜语，辣椒面儿，谐音又是横竖。

金善达不慌不忙地说："你们这些文人学士，白读了那么多书，白学了那么多字。这一竖就是'高处'，这一横就是'嘎路'，这不是'高处嘎路'是什么？"

文人学士们听了，顿时目瞪口呆。

金善达趁机嘲笑他们说："怎么样？俗话说，米儿撒了能扫起，话儿出口难追回。我已经解开了这个字谜，请你们在手巴掌上煎煎大酱给我看看！"

文人学士们听了这话，小脸红得就像猴子屁股，恨不能找个耗子洞钻进去。

金善达笑了笑说："我量你们的手巴掌也煎不出大酱来。"说完朝汉城走去。

这帮文人学士瞅着金善达的身影儿，异口同声地说："他准是金善达！"

以上三则金德顺讲述　裴永镇整理

二拐子的故事

（满族）

⟨⟩

　　二拐子是满族的一个劳动者型机智人物。其原型哈拉素，因脚跛，加上排行老二，人们便叫他"二拐子"。他貌不出众，才不惊人，却留下许多诙谐风趣的故事。这些故事主要流布于辽宁丹东一带的满族聚居区。

⟨⟩

献　　计

　　有一家姓那勒尔的大财主，有万贯家财，真是房屋连脊，土地连片，牛羊成群，陈粮细米，仓满囤流，是几百里方圆出名的大富户。光长工伙计就雇了百十多个。按规矩，像这样的大户人家，每年三大季活忙时，老东家都要宰猪，犒劳长工伙计。可是这一年，吝啬的老财主连根猪毛都没有拔，长工伙计们都很生气。

　　事情被二拐子知道了，他便向打头的掇弄说："喂，老伙计，不能白给老东家卖命啊，该动动荤了！"打头的摇了摇头，没有啥招。二拐子便把嘴贴近打头的耳朵，咕哝了一阵儿，出了个主意。打头的笑着点了点头。

　　第二天，所有的长工伙计们日头照屁股了都还没有起炕，哼哼呀呀的装病。老东家急得直瞪眼，还以为是得了窝子病。他倒不是想可怜穷人，而是正赶上铲蹚季节，眼瞅着地里的野草长的都比庄稼高了。所以急得团团转，东找看病先生西抓药，就是治不好这些伙计的病。

三天过后，二拐子一瘸一点地来到了大财主的家，一进门便吃惊地说："哎呀，我说老东家，你们的老家仙①见怪了！"

老财主愣住了，忙问："你怎么知道的呢？"

二拐子故意地晃了晃头，只是嘴张了一下，没有再往下说。

老财主更着急了，虽然对二拐子这个人，他有些信不过，但放屁打碟子——赶在点上了。他的长工伙计们不是已经病了两三天了吗！于是他焦急地一再追问。

二拐子一看，该是说话的时候了，便假装关心地说："你们大门旁的梭罗杆已经向东歪了三指。"

老财主有点不大相信，赶忙跑到院子里，仰脖一瞅那梭罗杆还真有点斜歪，一量整歪三指，梭罗杆一歪，按照规矩，就得杀猪祭祖。

老财主这才真相信了，便马上杀了一口大肥猪，祭了祖。长工伙计们动了荤，病也好了。二拐子也被请去吃了白肉血肠。酒席上，老财主问二拐子："你怎么知道我家的梭罗杆向东偏了三指呢？"

二拐子当然知道，因为老财主不犒劳长工伙计们，是二拐子出的主意，让打头的趁人不注意把梭罗杆稍稍向东推动一下。这会儿他哪能泄密，便顺口说，"那是你们的老家仙给我托了个梦。他说我是最诚实的人，让我转告给你们！"不管老财主真信假信，杀猪祭祖总算做了，二拐子和长工们吃犒劳的目的达到了。

打这以后，长工伙计们得到了窍门儿，隔一段时间就推一下梭罗杆，老东家只要见梭罗杆歪了，就得杀一口猪。当老财主发现这个秘密的时候，已经晚了，不仅把三大季少杀的三口猪补上了，还多杀了好几口猪呢！

---

① 老家仙：满族对祖宗的别称。

念　经

二拐子住的地方有一座很大的寺庙，有老和尚也有小和尚。每年两次庙会，人山人海，煞是热闹。那些烧香的，信佛的，有的赶着猪，有的牵着羊，有的捧着供，都从大老远赶来进香。

那庙上的老和尚是个五戒不清的家伙，吃喝嫖赌抽，什么都干，二拐子想捉弄他一下。

怎么捉弄他呢？他想来想去，终于想出了办法。

一次庙会，二拐子牵了头毛驴进了庙，拴在廊柱上。正在念经的老和尚心想："二拐子还能拿驴还愿，真是新鲜事儿。"正想着，二拐子朝他走来。

老和尚根本没有心思念经，因为那么多穿红戴绿的大闺女小媳妇，使他的眼神都不够用了，嘴里嘟嘟囔囔地也不知都念了些什么。

二拐子看出了门道，傍晌午的时候，便凑上前去，说："老方丈，今天客人多，你去陪客去吧，那几段经，我替你念吧！"说完他也信口地哼哼了几句。

老和尚巴不得找个替身，便脱下袈裟给二拐子穿上了。他便躲在禅房里胡闹去了。

二拐子手敲着木鱼，信口哼唱道：

布楞登，布楞登，

光当和尚不念经，

糊弄菩萨骗供果，

吃喝嫖赌心不诚。

当然，别人谁也听不出他都嘟哝了些啥。

日头偏西了，上庙的人已经开始往回返了，这时二拐子脱下袈裟，把一下午收的供品专拣好的捆了一驮子，牵着毛驴驮走了。老和尚赶出来喊道："二拐子，你干吗都给我拿走了！"

二拐子说："午前的经是你念的，供品归你，下午的经是我念的，当然供品就得归我了。"

说完，他牵着毛驴大摇大摆地走了。老和尚干嘎巴嘴什么也说不出来。

祝　　寿

当地有个老土霸，专靠欺压剥削百姓起家。

老土霸已经八十了，身子骨还挺硬朗，老百姓都盼他早点死去。

这天，老土霸庆八十大寿，当然绅士们都送了高礼去祝寿，穷苦的老百姓更得砸锅卖铁去送寿礼。老土霸借这个机会进了一大笔钱财。那作寿的场面吹吹打打，张灯结彩，跟娶媳妇办喜事儿一样的热闹。

这样的场面，二拐子是从来不放过的。他也拿了一份寿礼，一跛一拐，大摇大摆地去了。

放席摆宴了，有钱有势、有头有脸的士绅们，都让在高堂大屋里，放着雕龙刻凤的大乌木八仙桌，坐太师椅子。大酒大肉地吃着。那平民百姓只能在搭的破席棚里，吃着粗饭淡菜。二拐子呢，当然也得进席棚。

二拐子早就做好了捉弄财主们的准备，他便也挤进高堂大屋里去了，端端正正地坐在太师椅子上。一个奴仆过来说："二拐子，到外面去坐吧！"

"怎么，这不是人坐的地方吗?"二拐子语气很硬地反问道。

"这都是送高礼的绅士们就席的地方。"

二拐子说："我的礼物也不贱！"

老土霸的家人把二拐子送的礼拿了出来，打开一看，竟是一包黄土。老土霸和家人都有点火了，问道："这叫什么贵礼，满地都是！"

二拐子不慌不忙地站了起来，手举着黄土包，大声说道："老太爷子做寿，讨的不是钱财，而是吉利。这黄土是代表地的，这是祝老太爷子福寿绵长，天高地厚！"

几句话把满堂客人的嘴都堵住了，老土霸听了也挺顺耳。

就这样二拐子和高朋贵宾们一起，推杯行盏，大吃大喝了一顿，抹了下油嘴走了。

后来有人问他："你给老土霸送寿礼，拿一包黄土到底是搞的啥名堂呀？"

二拐子笑着说："不是很明白吗，那是让老土霸快点死，早入土，去个祸害呀！"

听的人都哄地大笑了起来。

典　　当

城里的一家当铺，对待穷人的典当，又狠又刻薄。二拐子诚心要整治他们一下。

这天，二拐子进了当铺，拿了一件千层补丁的破褂子要典当。

当铺的掌柜的接过一看，差一点儿笑出声来。俗话说，"阎王爷不嫌鬼瘦"，既然是一个物件，哪怕只值一个铜板，也得给人家典当。这件破褂子，做块抹布用还是满可以的。于是，他让账房先生写个抽据，连同两个铜板，扔给了二拐子。二拐子接过两个铜板，正好够买个羊肉包子吃了。

一年过后，二拐子拿着当铺的抽据和应付还的铜板，来抽那件破褂子了。可是，当铺的伙计们把所有的库房，都翻了个底朝上，也没有找到那件破褂子。原来，他们认为二拐子对他那件破褂子，只能当，不能抽，便撕成抹布用了。

二拐子可不让呛了，硬说他那件破褂子，不仅是件古货，而且很有讲究，便信口地念叨起来：

褂子年头古，
留给儿孙福。
补丁三千块，
针脚三万五。
两钱汗渍花，
二两油腻土。

夏穿凉飕飕，

冬穿热乎乎。

价码折铜板，

足够十天数。

当铺真的被讹上了，不得不赔礼道歉，说了很多的小话。最后给了他三十两银子，才算了事。

求　　画

眼见到了年关，二拐子穷得连锅盖都揭不开了。老婆逼，孩子闹，他有点坐不住了。他用双手捧着后脑勺，躺在炕上算计着。忽然，他一个高地跳了起来，乐颠颠地对老婆、孩子说："傍过年了，都要乐和点，讨个吉利。我敢保证，三十晚上，咱锅里也能煮上饺子！"说完，便转身走出门去。

二拐子借了几个钱，在集市上买了两条熟羊腿、一小篓好酒，还备有酱、蒜，外加上笔墨、胭脂、纸。他把这些东西装进篓里，踏着雪地，向远离集镇的一座古刹走去。他去干什么呢，原来那古刹有个老和尚叫乐禅，画一手好梅花。在那一带地方，很有些名气，每幅画都能卖上个三五两银子。

二拐子一路上趔趔趄趄，深一脚、浅一脚地来到了古刹，进了山门，便来到乐禅和尚住的厢房。那乐禅和尚正和当地一个知名的秀才下着棋。他们身前的雪地上，几株蜡梅，正盛开着胭脂色的花朵。

二拐子上前打了一躬，说："老法师，雪下得很大，我知道你爱吃羊肉、喝烧酒，特地送来为你解馋！"

你听听，说得多亲，送得多及时。乐禅和尚和那个秀才，都停住了手中的棋，抬起头来，看着二拐子。他们两个人真的有点饿了，那鲜美的羊肉香味，和醇香的酒味，直往鼻子里钻，真有些流口水了。

"你这羊肉和酒，要多少钱？"乐禅和尚问着二拐子。

二拐子笑了一下，说："这是特来孝敬大法师的，不要什么钱，只给我几朵梅花就行了！"

乐禅和尚哈哈地大笑了起来，觉得二拐子尚懂风雅。于是，他和那个秀才便没有讲什么价钱，就一个人拿起一条羊腿，撕扯着，喝起酒来。

肉吃光了，酒也喝足了，乐禅正想掏钱，二拐子连忙拦住说："大法师，我早已说好了，给我几朵梅花就行了！"说完，从提篓里拿出了笔墨、胭脂、画纸来。老和尚知道自己一时疏忽上了当，可是又不好拒绝。他乘着酒兴挥毫探砚，"嚓嚓嚓"，一阵儿功夫就画了十多张画。

二拐子心满意足，拿着乐禅和尚画的梅花到集市上去卖，赚了很多银子。他不但过了一个丰盛的新年，连全年的花销也不用愁了。

以上五则康老木匠　黄大娘　郎纯林等讲述

曾层　佟畤整理

卜宽的故事

（侗族）

······························

卜宽，也译作"甫贯"、"卜卦"，是侗族的一个劳动者型机智人物。贵州榕江侗家说他姓陈，少时名叫哈巨，古州三宝（今榕江车江寨）人。湖南通道侗家说他是通道人。广西三江侗家说他姓吴，年轻时名叫郎耶，三江人。他是侗族民间文学中出色的机智人物形象，历史上不一定实有其人。其故事大多与斗土司、县官、州官，播弄财主（包括他的财主丈人）有关，也有与乡亲逗乐的作品。这些故事在贵州、广西、湖南各地侗家，以及与侗家共居的壮、汉、苗族群众中广为流传。

······························

牛 上 树

卜宽家里很穷，从小被逼得去财主家看牛，财主欺他年纪小，老想在他的身上打坏主意。

有一天，财主叫卜宽来到跟前，对他说："你把牛赶上山去，牛要吃点青的、嫩的。"

卜宽猜想：眼看年关将近，财主一定想在我的工钱上打算盘了。他皱着眉头，故意装着为难的样子，说："老爷，寒冬腊月，大雪封山，你叫我到哪里去找青的、嫩的给牛吃呀？"

"嘿嘿!"财主冷冷笑了两声,得意扬扬地说,"难找就不去找了吗?牛关在栏里饿瘦了,莫怪我扣你的工钱。"说罢,伸了个大懒腰,有气无力地往里屋走去。

卜宽朝着财主的背影吐了一口口水,拿起牛鞭把牛赶往山冲去。卜宽到处找哇!找哇!眼前不是雪白的油茶花,就是殷红的枫树叶,转了几个山头,好容易发现一蔸长满青嫩叶子的米椎树。这个发现,把卜宽乐得几乎跳跃起来,心想:这回我有办法对付那个老鬼啦!说时迟,来时快,他"刷"的一声从身背抽出钩刀,三下五下,就把一根血藤砍断了。他用这根血藤,穿过牛鼻梁,捆住牛颈脖,一头缚在树上,一头掉在地下。一切准备停当,他坐等财主来到。

果然,财主挺着大肚皮,踩着卜宽的脚印来了。卜宽见他上山,就拉牛上树。财主见他的大水牯前脚离地爬在大树上,心里又着急,又恼火,冲着卜宽吼道:"你发癫啦,哪个喊你把牛往树上拉?"

他越大声喊,卜宽越装着用力拉的样子,嘴里却说:"老爷,你睁开眼睛看看嘛,除了这蔸米椎树的叶子,哪里还有青的、嫩的?我若不把牛拉上树,你岂不又要扣我的工钱?……"

卜宽说着,又要用力拉。财主看见树上活活受罪的大牯牛,比挖了他家的祖坟还要心疼,但又不好自己打自己的嘴巴,只好硬着头皮说:"我的小祖宗,算我服你啦!快把牛放下来,从今往后,我赌咒不再扣你的工钱了。"

说实在的,卜宽气也出够了,这才把牛放了下来。

陷 死 牛

按照侗家的老规矩,不论上山下地都兴带个饭包,有用棕壳包的,有用葫芦瓢装的,还有用竹筒鼓装的,一来方便携带,二来减少回家吃饭往返时间,久而久之,就成了传统的习惯。

卜宽是个很机灵的人,又老实,又勤快,每天一早就出门。财主照例递给他一个饭包,不过,这个饭包与众不同。别人包在糯饭里的不是酸肉,就是酸鱼，财主给卜宽包的却是些老青菜梗、酸萝卜头。他的同伴见了，个个都为他抱不平，这个说："这是人吃的吗？"那个讲："这个财主佬也太狠毒了。"有的还替卜宽想办法，出点子："财主尽给你吃'菜包'，你不晓得换换口味吃'肉包'吗？"

同伴的一句话提醒了卜宽，他想：财主坐在家里，只知道饭来伸手，菜来张口，哪餐不是酸鱼糯饭，酒肉摆满桌；我天天上山去看牛，连一块鱼骨头也看不见。……卜宽越想心里越气，下狠心要把这个老鬼治一治。他把自己想好的主意，如此这般对同伴细细说了。

一帮看牛娃仔，听了卜宽讲的办法，无不拍手叫好。大家七手八脚当天就把一头膘肥体壮的牛杀了，就在山坡上拾一些干柴，烧一堆篝火，围着火堆高高兴兴饱吃了一顿烤牛肉。剩下的牛肉，放点盐，挖个坑，找几块杉树皮丢进坑里来垫底，用芋苗叶一包，储藏起来。

当天傍晚时分，财主照例到牛栏去清点耕牛。他念经似的盘点，数着，数着，他的面孔变青了，变黑了，立即找卜宽来质问："为什么少了一头牛？"卜宽早就有了准备，摆着手上的牛尾巴，不慌不忙地说："牛仔陷进烂泥塘，我把牛尾巴扯断了，也没有把它拉上来。"奸诈多疑的财主佬连自己屋里人都信不过，哪信得过一个穷帮工？马上派人把寨上的看牛娃仔，统统找来，一个一个亲自盘问。可是，问来问去，还是问不出什么眉目，气得脖子像薯莨一样。真是蚂蚜①缚腰气难消，害得他一夜晚吃也吃不香，睡也睡不甜，天一亮就叫卜宽领着他赶到陷死牛的烂泥塘边来了。

这个烂泥塘离寨子不远，就在坡脚边山冲里，水不算深，可是那烂泥，几根竹篙接起来也插不到底。财主不信这样浅的水会把牛陷死在里面，硬要亲自试一试。站在他身边保镖的小舅子，劝也劝不住，他连鞋袜也不脱，就急急忙忙往烂泥塘走去。

这个财主的身子过于笨重，脚刚刚踩进塘里，就怎么也抽不动了。他越用力，那身子就像笨重的山猪一样，越陷越深，眼看泥水快灌进嘴巴了。他

---

① 蚂蚜：即青蛙。

急得只顾乱喊乱叫，"快……快救命啊！"

卜宽见财主佬那狼狈不堪的样子，尽力叫自己不要笑出声来。他又想到，如果让这个老鬼活活淹死，回去也不好交代。他就大声喊那个吓得眼睛翻白的小舅子，找来杉树皮，搬来杉木尾，命令财主佬抓住杉木尾，跪在杉木皮上，慢慢地爬起来。

这一次，虽然没有把财主佬的魂魄吓掉，回到家里，也背了几个月的药罐子。

以上二则郑光松搜集整理

流传地区：广西三江、融水

腌 酸 肉

长工吃得很苦，天天淡油茶①下饭，从来吃不到肉，大家都面黄肌瘦的。财主家虽然时常杀猪腌酸②，可是长工除了吃点残剩的，什么也吃不到。

一天，财主家杀了一头两百斤重的肥猪，叫卜宽去砍肉腌酸。卜宽知道，财主家每次杀猪都要叫他去腌。因为他腌的酸肉又香又好吃。卜宽早已作了准备，在晒棉花的时候，把棉虫收集起来。这回，他一面把肉放进酸坛里，一面撒上一些棉虫。

过了几天，财主女儿开酸坛拿肉，发现肉里有蛆虫，吓了一跳，一面叫喊，一面走出房外。卜宽故意问道："肉为什么会生蛆呢？"

"你是不是下盐少了？"

卜宽假装不懂，跑去拿一杆秤来，指着一斤的地方说："这不是五斤吗？"财主老婆气白了脸，骂道："你这个没有用的东西，连秤都不认识，叫你称五斤，你只称一斤，腌的肉怎么不生蛆呢？真该死！"

---

① 淡油茶：油炒茶叶，放水煮开，加盐，不再加别的副食品和配料。

② 腌酸：侗家腌制猪肉的一种方法，腌出的肉别具风味。

卜宽说:"前次你卖谷子,不是这里算作五斤的吗?"他指着秤给财主老婆看。

财主老婆被卜宽打中痛处,只好不再讲什么。她和财主商量了一下,决定把坛子里的肉拿给长工吃,这样又可以表示大方,又不吃亏。

第二天,财主把酸坛搬到火塘来,对长工说:"你们太辛苦了,也要吃点肉,这坛肉放在外面,你们想吃多少,就吃多少吧。"

长工吃肉的时候,听卜宽说明这些肉的来历,一个个险些把肚皮都笑破了。

晴光景搜集整理

流传地区:广西三江

卜宽过年

大年三十晚,财主家杀猪宰羊,大摆酒席。长工卜宽吃的还是一些剩饭残汤。

财主吃完饭,卜宽的妻子蓓美收拾碗盏的时候,听到财主吩咐管家:"明天是大年初一,把祭品准备好,猪头要整个煮得透熟,有腥味神是不吃的;还有那只大肥鸡,也要整个煮熟。明天一清早,就上神庙去,不要忘记蜡烛、纸钱、神香。"

鸡叫三遍,卜宽就起床了,他到蝙蝠窝里抓了一只大蝙蝠,带上平时修理牛栏用的小锯子,悄悄出了后门,来到神庙里。神台立着三个大神像,卜宽爬到神台上,用锯子把中间那神像的脖子锯断了,安上一根钉子,作转动的轴。然后,一手抓着蝙蝠,一手抓住神像的颈脖,躲在神像身后。

清晨,管家挑着担子,财主在后面跟着,恭恭敬敬地走进神庙来了。财主站在神像前,毕恭毕敬。管家小心把猪头、肥鸡等祭晶端到供桌上,点蜡烛烧香。财主口中念念有词:"神灵在上,保佑我安康,发财致富……"跪下磕头。这时,卜宽把手中的蝙蝠掐了两下,蝙蝠"呱呱呱"地叫了起来。

财主以为神发怒了，吓得面色蜡黄转青；抬头望望神像，神像的头左右转动。财主一见，"哇"地惨叫一声，带着管家，跌跌撞撞逃出了神庙。

卜宽笑嘻嘻地拿起猪头、肥鸡，和穷兄弟一起过年去了。

杨甫笛讲述

杨笛采录翻译

采录于三江县林溪乡平甫村

智取羊群

卜宽在头人家打工，做了一趟早工回来，妻子妮宽对他嘟嘟哝哝说："快过年了，你不见头人家里买好多年货？我们呢，买盐钱都找不到。你也不去找头人结个账，领点工钱？"卜宽笑着说："下半天去领钱就是啦！"

下半天，卜宽天黑才从山上回来。他把牛送进栏里，又到塘里把脚洗了洗，才登上头人的木楼。头人一家正在吃饭，见卜宽进来，头人问："卜宽，这么晚了，还有什么事？"

卜宽说："头人，麻烦你结个账，领点工钱！"

听说要领工钱，头人的倒眉紧皱一下，说："领工钱可以呀，但要依我一个条件。"

卜宽问："什么条件？"头人说："人人都说你聪明透顶，善哄能骗。这样吧，你能设条巧计骗过我，把我的羊群偷走，不但给工钱，连羊群也送给你。偷不了，莫想领工钱！"

卜宽领不到工钱，心中压着一团火，回家去了。

头人自从和卜宽定了条件，心里想：偷不了，我不用给工钱；偷去了，我就告你偷我的羊，县官还不是判你给我打工赎罪。你说我跟你打赌，有谁来作证呢！

有一天，卜宽路过头人家门口，正准备上山，头人的老婆喊道："卜宽，缸里没有水了，你快去挑两担吧。"卜宽说："头人叫我去翻冬田哪，没有时

143

间挑水。"说完抬脚就要走．头人的老婆骂起来："往天你听公老的安排，今天硬要你听一下老婆我的铺派，还不快给我挑水！"卜宽只好放下农具，拿了水桶，到井边挑水去了。挑满一缸水，卜宽见火塘边无人，从吊篮取下吹火筒，安上一块芦笙舌簧。路过头人房间时，又顺手从窗口把头人老婆放在衣桶上的火镰、火石、火绒拿走，这才唱歌悠悠地上山去。

下午，卜宽向邻居借来一头羊，把它杀了，剥下羊皮，他交代妮宽说："今晚有羊肉吃。羊血不要煮了，留明天再吃吧！"晚上，一家人饱吃了一顿羊肉。眼看夜深了，妻子妮宽和儿子包宽都睡熟了，卜宽轻轻开了门，拿起羊肉、羊血、羊肠、羊眼珠，朝头人家走去。他翻过篱笆，钻进头人木楼底，开了门，轻手轻脚摸上头人的火塘。先把羊血放在脸盆里，羊肠挂在水缸沿，又从衣袋取出两颗羊眼珠，埋进火灰里，来到楼梯口，把羊皮翻转铺在楼梯上，一切安排妥当，这才走出头人家，朝羊棚走去。

头人为了防备卜宽偷羊，一连几晚没有睡好。这一晚睡下，做了一个好梦，梦见卜宽偷羊被他抓住，县官当真罚他做工抵罪。正在梦里哈哈大笑，一阵羊叫声把他惊醒。仔细一听，羊棚方向传来脚步声。"啊呀不好！卜宽偷羊了！"他一脚把被窝踢下床，摸到门背抓起五尺棍，三脚两步奔出房，谁知刚踩下两级楼梯，脚下一滑，"乒另乒郎"，连人带棍滚下楼梯，跌得他爬也爬不动，喊也喊不出声了。老婆听见响声，赶忙披衣起床，想点灯，左摸右摸摸不着火镰、火石、火绒，却打翻了桐油灯。这时，才听清楼底头人喊："死婆老！睡死了吗？还不快来扶我！"老婆赶忙扶起桐油灯，摸到火塘，从吊篮取下吹火筒，用铁夹扒开火塘里的灰，对着火塘吹起火子来。谁知一吹，吹火筒却"别"的一声响，她连吹几下，吹火筒响几下，越吹声音越大。头人在楼底骂道："死婆老！你发癫了！人家在楼底起都起不来，你还在楼上吹芦笙！"骂声刚断，又听见火塘"啪啪"响两声，原来卜宽埋在火塘的两颗羊眼珠爆了，弄得头人老婆满脸火灰，眼睛也难睁开，顺手到水缸舀水洗，"啊呀，一条大白蛇！"退到脸盆架，一摸盆里有水，赶紧洗了一把脸。好不容易点亮桐油灯，跑下楼去，刚踩下两级楼梯，脚下一滑，"乒另乒郎"，也滚跌下来，和头人滚在一起，灯也跌黑了。两公婆你扶我，我扶你，一拐一拐摸黑来到羊棚，棚门已经大开，卜宽和羊群去得无影无踪了。两人只得叹着气回家。老婆赶忙拿出衣服给头人换，脱下头人内衣，见头人跌得青一块，紫一块，背脊骨也被刮了长长一条红杠。头人抬头一看，惊叫起来："老婆！你跌得满脸都是血！"老婆顺手一摸，满手黏糊糊的赶紧找脸盆舀水来洗，发现脸盆装的不是水，却是满满一盆血。老婆唉唉刮刮埋怨："谁不知道，卜宽这死鬼一肚子坏水，你呀，偏要和他打什么赌！"

第二天，卜宽来到头人家。头人只得把一年的工钱算给他。卜宽工钱拿到手，笑着说，"多谢头人开恩！今年寨上穷人过年都不愁没有肉吃了。"原来卜宽把羊分给穷人过年了。头人听说他已经把羊分给穷人过年，知道穷人都向着他，众怒难犯，也不敢去告他。

杨日坤讲述

杨正功采录翻译

采录于三江县独洞乡

卜宽的金刚木扁担

卜宽有一条金刚木扁担，不论挑多重的担子，爬坡上岭气不喘，十里百里来回跑。

外公看中卜宽。每一次收账讨债，都要他跟随，掠得的鸡鸭家禽百样杂物都挂上他的扁担头。卜宽最不愿意跟外公走，可是外公这时候嘴巴特别甜，几声"好郎仔呀！"一叫，非要他跟随不可。卜宽眼睁睁看着乡亲掉泪水，心里好难过。

有一天，外公又要他跟随讨账。外公在佃户家里拿东西骂人，卜宽听不过，在门外发闷气，失手把金刚木扁担甩了出去，刚好打中一只肥斑鸠。外公最爱吃斑鸠，他见了，一手捡鸟，一手捡扁担，走来问卜宽："好郎仔！你从哪里学来这手本领，教教我吧？"卜宽信口开河地说："不是我打得准，全靠这条宝扁担。还是祖父在世那时，有一天，他上山打鸟，枪口瞄准了一

145

只五彩羽毛闪闪发光的大鸟。那只鸟突然开口说：喂！我知道你是个好心人，我特地在这里等你。你不要再用枪了，你到这山里去找一根金刚木，做一条扁担吧！今后想吃斑鸠了，甩扁担出手，就会甩中斑鸠的。"外公听着听着，连连吞口水，要卜宽把宝扁担让给他。卜宽说："我和蓓美、包宽一家三口人天天吃斑鸠，全靠它呢！有人出三百两银子要买它，我都不卖。银子是死宝，扁担是活宝呀！"卜宽越不愿卖，外公把扁担抱得越紧。外公说："这回出门得的东西全归你，回家还给你三百两银子，这木扁担就归我。你要不卖，我不认你这个郎仔，我把蓓美领回家去！"卜宽灵机一动："好！一言为定，让给你。这些东西归我，任由我处置。三百两银子你可不要赖账。"外公说："你叫蓓美去问外婆，我回家叫外婆称好银子等她回家要。"卜宽说："还要交代，这扁担一天只能打一回，不能贪心多打，多打一回就会失灵。换一个主人，就要在樟木箱里放三个月。这三个月里不能给别人见到，不这样也会失灵。记住我的话啵！"外公说："记住了，记住了！"边说边抓紧金刚木扁担和那只死斑鸠急急忙忙走了，像是怕卜宽反悔夺走了宝扁担。

卜宽把外公掠来的东西，一件件还给了穷兄弟、苦姐妹。人人喜笑颜开，个个感谢卜宽。

卜宽回家，过了好久，见外公没有来找他，他就叫蓓美回外婆家要银子。外婆一面称银子给女儿，一面骂老头子："这个公老，财迷心窍！从郎仔那里拿来一条沾满泥巴的扁担，当做宝贝收进樟木箱底，弄脏我几多衣裳！我气得把它砍来烧火打油茶了。他找扁担不见和我闹了一架，才闹清来由。"外婆交银子给女儿："银子你照拿回去！你告诉卜宽，他只能骗那个贪财的公老，骗不了我。外公当初不给一件嫁妆，这三百两银子今天只当外婆补给女儿的陪嫁。过节时，让他打点斑鸠来，让外公消消气。"

张江生讲述

过竹采录翻译

采录于三江县古宜镇

智取大水牯

卜宽的老丈人，是赫赫有名的大财主，也是个爱财如命的吝啬鬼。

卜宽的妻子尼宽，生下第一个儿子，模样长得蛮好，谁看了都夸奖。满月那天，尼宽背着儿子去见外公外婆。按照侗族风俗，孩子满月要背到外公家出月，外公家要打发银钱、粮食、衣服等作纪念。如果第一个孩子是男孩儿，外公家又是富裕人家的话，那就要送一头大水牯和一些水田了。

左邻右舍听说尼宽背孩子回娘家出月，争相来看，有的人故意拿外公说笑："孩子生得多好，模样跟外公差不多。""我看，外公最少送外孙三四头水牛牯。""说不定还要送一两块田呢！""外公要拿出一两罐银子打发外孙的。"

听了这些话，他哭笑不得。等大家走后，他想：这次送一两件衣服看来不行了，一头牛牯蚀定了，但又实在舍不得，绞尽脑汁想出了个法子。吃完晚饭，外公对尼宽说："大人大量，我决定送给外孙两条牛腿，明天叫卜宽来帮我犁一天田，再把牛牵回家去。"说完，他脸上露出了笑容，心想：卜宽呀卜宽，人人都说你聪明，我看你明天来拉两条牛腿吧！

尼宽回家告诉卜宽，卜宽一听，嘿嘿笑了两声，说："外公真体贴我们。明天我帮他犁田去。"

第二天天刚亮，卜宽就到外公家。外公见他来得这么早，笑眯眯地说："你来得这么早，真勤快，真是我的好女婿。"卜宽也笑着说："外公送牛给我们，不帮外公多犁些田，也对不起你老人家呀！"说完，卜宽亲自去牛圈里挑一头最壮的水牛牯，扛着犁就下田去了。

早饭菜已摆在桌子上了，还不见卜宽回来。外公想：卜宽从来没有喂过自己的大牛牯，听说送两条牛腿给他，乐得饭也忘记回来吃了，这种不花钱的短工到哪里去找？想到这里，像含着一块糖，甜进心了。

又过了一个时辰，外公向田坝走去，一来是该叫卜宽回来吃饭了，二来顺便看看他这一早犁了多少田。他走到田边一看，田里一块土都未犁。卜宽直挺挺地躺在树下睡觉，牛缚在一根木桩上。看到这情景，外公火冒三丈，对卜宽吼道："你说来帮我犁田，却在这里睡大觉，到底存的什么心？"

卜宽翻身爬起来，摊开双手，做出为难的样子说："外公，不是我不犁田，是这头水牛牯脾气怪，打死它也不肯拖犁。不信我试给你看看。"

说完，他就把牛牵到田中，把牛轭架在牛背上，挥起鞭子，"叭"的一声打在牛背上，牛向前一跑，牛轭"哗"的一声掉在地上了，一连几次都是这样。外公站在田基上，气得吹胡子瞪眼睛，训斥说："没吃过猪肉，总见过猪走路嘛！人家犁田都是把牛轭架在牛颈上，唯有你把牛轭架在牛背上。"

卜宽笑呵呵地说："外公，我这是为你老人家着想啊！"

"为我着想？为我着想半天还不犁一块土！"

"你老人家只给我两条牛腿，如果把牛轭架在牛颈上，岂不连你老人家的那两条牛腿都要用上了？我实在不忍心这样做呀！"

"好了，好了！不说了。快回去吃饭。外公再送你一条牛腿，今天下午把牛放到山上喂饱，明天一早就来犁田。"说罢，外公回家去了。

下午卜宽吃了饭，牵牛上山，又把牛缚在一棵树下，就去沟边割草。太阳落坡时，他把割得的牛草，分成三股，分别捆在三条牛腿上，把牛牵回来。外公正坐在大门口乘凉。卜宽顺手松了一下绳子。饿了一天的牛牯，哪里见得青草呢？掉头就往捆有草的脚上大口大口地吃。卜宽扬起牛鞭，"叭"一下打在牛背上，接着又把绳子拉得直直的。牛实在太饿了，拼命扭头想去吃草，卜宽死劲拉绳子，又狠狠打鞭子，差不多把牛鼻子勒出血来。外公见了，连忙说："你怎么不让牛吃草，要让它饿死？"

卜宽说："外公，今早犁田，我为你老人家着想。下午去放牛，我不能再为你着想了。你的那条牛腿是用苞谷杂粮喂的，我的那三条牛腿，只能用草来喂。要是你的那条牛腿，吃了我的牛草，我的三条牛腿就要跌膘！明天哪里还有力气来给你犁田？"

外公听了，哭笑不得，只好说："算了，算了！再送给你一条牛腿，明早你一定要来帮我犁田。"

"外公，你老人家早这么说不就好了！"卜宽笑哈哈地说，扭转头，把牛牵回家去了。

竹手杖换银手杖

一天，卜宽的老丈人对他说："明天我要到高船、兴地那边去收账，路远，上坡又多，你准备些晌午饭，跟我去一趟。"说完转身就走了。

说起收账，卜宽就想起老丈人的那根银手杖。据说这根银手杖是他放了十两银子的账，后来利滚利逼人家还三十两银子换来的。他每到一个地方去收账，总要把它带在身边，一来逞逞威风，二来耍耍阔气，如果遇到不按期交还欠款的债户，他就要摆出这根手杖的来历，借以警告对方。

丈人走后，他叫妻子蒸一甑糯米饭，自己扛枪出去打鸟。不一会儿，他打得几只斑鸠回来，糯米饭已经蒸熟了。他把斑鸠烤得黄澄澄、香喷喷的，打开腌桶，取出几条腌鱼，把糯米饭、腌鱼、烤斑鸠分别包成三包，塞进袋子就朝高船、兴地方向走去。走到半路，他把这三包东西，分别在三个地方藏起来，晚上点灯时刻，他才转回家来。

第二天，天刚麻麻亮，卜宽还未起床，他丈人就挂着银手杖来喊他了。他急忙爬起，顺手从门后拿了一根耘田用的竹手杖，同丈人上路了。

走了约莫二十来里，只听卜宽在后面说了一声"哎哟，不好了！"丈人回头问什么事？他说："你老人家昨天叫我蒸糯米饭做晌午，我忙到半夜，一睡就睡过头了。你老人家一来喊，我就起身，忘记带饭包来了。你在这里等等，我回去拿来。"

丈人想，已经走了二十来里，一去一来，得花几个小时，就说："不用去了，到高船再吃吧。"

卜宽说："那也好。不过也不见得会挨饿。"接着他有声有色地讲了一段早已编好的故事：那一年，上月亮山去伐木，如何忘记带晌午，又如何这竹拐杖一丢，拐杖丢往哪里，那里就会冒起一团热气。走过去一看，一包蒸好的糯米饭就放在拐杖旁边了。

丈人听后，扑哧一笑说："大白天莫讲梦话了。"大约又走了五六里路，丈人肚子饿得咕咕直叫，只好叫卜宽试一试，看看灵不灵验。卜宽把手杖向路边不远的一棵麻栗树扔去，接着叫丈人去看，丈人将信将疑走过去，在竹手杖旁边，果然有一包用水芋叶包的糯米饭。

丈人想必饿急了，伸手就想抓。卜宽忙说："莫急，莫急，等我请手杖再帮帮忙，搞点下饭的菜来吃。"丈人点头同意。两人向前走去。约莫又走了三四里，卜宽把手杖向路旁一堆刺蓬扔去，对丈人说："这是刺蓬，你老人家进去容易被划伤手脚，我去看看。"

卜宽钻进刺蓬，不一会儿，拿回一个粽粑叶包包，打开一看，是一包腌鱼。丈人看到腌鱼，嘴馋得直咽口水，刚想伸手，又被卜宽拦住说："腌鱼是酸的，吃起来刮肚子，等我弄点甜味再一起吃。"

卜宽把手杖一扔，就得糯米饭，已经使丈人动心，又一扔，得腌鱼，更使丈人惊叹。虽然肚子饿了，但他还是愿意再忍耐一下，想看看这根竹拐杖究竟能叫些什么东西来，然后再想法把竹杖弄到手。于是他用手按住"咕咕"直叫的肚子，跟着卜宽又走。

前面是一口水井，井边长了好些棕树，往来行人，都爱在这里吃晌午。这时，只见卜宽"呼"地把手中拐杖向棕树丛扔去，回过头来对丈人说："我们一起去看看，还有什么没有？"

卜宽和丈人一起走进棕树丛中，找到了拐杖。在拐杖旁边，发现了一个棕叶包，丈人拾起棕叶包，卜宽拾起竹拐杖，又一同来到水井边。丈人迫不及待地打开棕叶包一看，四只烤得黄澄澄、香喷喷的斑鸠包在里面。丈人大喜，对卜宽说，"这里有水井，又有大树遮荫，我们就在这里吃晌午吧！"

丈人平素最爱吃斑鸠，看到这四只烤斑鸠，口水直往外流。他一边吃，一边想：卜宽这根拐杖，竟有这么大的神威，我得了它，比放债都划得来。没等吃完饭，他就开了口："你晓得我一年到头要到外面收账，带晌午走路不方便，我用这根银手杖同你换那根竹手杖好吗？"

卜宽一推再推，丈人再三恳求要换，卜宽才勉强说："你老人家真想要，就换给你吧。"

丈人得了卜宽的竹手杖，单独去收账了。一天，他走到一片竹林边，想要点东西来吃晌午。他把手杖往竹林扔去，跟着就进去找，在离手杖不远的地方，似乎有一个绿色的圆包，他走近前，刚想伸手去捡，那绿色的怪物一动。原来是一条竹叶青毒蛇盘在那里，它吐出舌头朝他扑来，吓得丈人魂魄飞出体外，没命地跑出了竹林。一气之下，把竹拐杖扔进山沟里。

以上二则杨昌全　吴枝林讲述　杨秀斌　李黔才搜集整理
流传地区：贵州榕江

选　鸡

有一次，卜宽随老丈人到补桃家收账。补桃穷得家无一粒谷，无钱还账。老丈人生气地说："没有钱，拿东西顶，总不能老叫我白跑趟趟。"

"东西，前几次不都被你抢光了，家里就只有那一笼子鸡了……"

"哎呀，你怎么不早说，鸡正好下酒嘛！卜宽，快给我选几只'秀大①'的带去。"

卜宽照丈人的吩咐选鸡去了。他第一次捉起一只大公鸡，在眼皮底下晃来晃去，公鸡煽翅蹬腿并没有啄他的眼睛，于是，他便把公鸡放回笼子去了，接着又捉了一只肥母鸡，也照样在眼皮底下晃来晃去，母鸡也没有啄他的眼睛，又放回笼里去，最后卜宽捉了一只鸡仔放在手板心上，刚拿至眼前，鸡仔见卜宽的眼角有点眼屎，伸嘴就啄。卜宽高兴地说："好，选中了。"接着便把小鸡仔装入口袋，催着丈人回家。

一到家，老丈人就对卜宽说："把今天选的鸡交给丈母娘，炒来下酒。"

不一会儿，丈母娘拿着鸡仔冲着老丈人骂道："你这老昏子，鸡仔能炒菜?"说完把鸡仔甩在地上。

老丈人还不知道是咋回事，便转身问卜宽："不是叫你选几只'秀大'

---

① 秀大：侗语，"秀"即啄，"大"是眼睛。"秀大"在侗语中可作形容词，又可作动词。作形容词用是非常中意，称心的意思，作动词用，就是啄眼睛。

的鸡带回家来，咋带这只小鸡仔来呢?"卜宽立即回答说:"是啊! 我选了一笼子鸡，别的都不'秀大'，唯独它才真正地'秀'了我的'大'，所以才把它带回来，不信你当场试一试。"说完便捉起鸡仔朝老丈人的眼睛边伸过去，丈人生怕鸡仔啄坏他的眼睛，急忙往后躲，身子一仰，摔了个四脚朝天，半天爬不起来。

杨昌全讲述　杨秀赋搜集整理

宝 竹 筒

一天，尼宽叫卜宽拿一卷家织侗布，上圩场去卖，换点盐巴回来。这天，日头火辣辣的，晒得人头昏脑涨。卜宽走到十里风雨亭，躺在凉凳上，歇歇气，不一会儿睡着了。

这时，有个小偷路过风雨亭，见凉凳上睡着一个人，头下枕着一卷侗布。小偷找了个水车竹筒，一手扶起人头，一手抽出侗布，垫进竹筒，又轻轻将头放下，神不知鬼不觉把布偷走了。

卜宽一觉醒来，侗布不见了，只枕着一个竹筒。糟糕! 盐买不成，回家肯定要挨尼宽骂了。他看着竹筒，突然灵机一动，有了一个主意。拿起竹筒转回家去了。尼宽见他空手回来，少不了骂他一顿。卜宽笑嘻嘻说:"谁说我空手回来，这个竹筒可是个宝筒咧!"

第二早，尼宽起床，找不见梳子梳头，桌底床头到处翻遍，都找不见。问卜宽，卜宽不紧不慢地说:"不要紧，问我那宝贝它晓得。"

卜宽拿出竹筒，一手托着竹筒底，一手拍拍筒身，问道:"的的咚，咚的的，梳子丢在哪地方?"问罢，故意把耳朵凑近竹筒口一听，又念道:"的的咚，咚的的，梳子躲在簸箕底。"尼宽跑到簸箕底下一翻，果然找着了梳子，高兴地说:"昨天我筛米把梳子放在这里，竹筒却晓得，嘿! 真是个宝贝啊!"她哪里知道卜宽昨晚偷偷把梳子收在簸箕底下。

找梳子的事，很快就风传开了。

卜宽的岳父丢失了一头水牛，翻山越岭找了两天都不见。寨上的人对他说："你的郎仔有一个宝贝，快去找找他吧！"

财主外公平日最看不起卜宽这个穷女婿，如今丢失了水牛，只好来请卜宽。卜宽眯起眼睛，一手托着竹筒底，一手拍拍筒身，问道："咚的的，的的咚，水牛躲在哪条冲？"接着把耳朵凑近竹筒口一听，又念道："咚的的，的的咚，水牛躲在南山冲。"外公佬跑进南山冲，果然找到了大水牛。这一天，外公佬第一次心甘情愿，杀了鸡招待这位大女婿。他哪里知道，那头大水牛，正是卜宽前两天偷偷牵进南山冲的。

卜宽有宝贝的名声，传得更远了。

卜宽隔壁那个很会拍马屁的廖财主，很快给县官通风报讯。县官愿出十两黄金买下卜宽的宝贝。但这县官又比别人多个心眼，他想：卜宽那个竹筒，到底是真宝，还是假宝？可别上了他的当。昨夜丢失了大印，何不先叫他来找找看。找到了大印，再买也不迟。

第二天，卜宽收到县官的请帖，还以为县官已经上当，他的宝贝可以高价卖出了，扛着竹筒高高兴兴进了县衙门。不料县官对他说："听说你得了一个宝贝，能寻找丢失的东西。本官十分欣赏！不过，是真是假，还得先试验一下。正好，县衙丢失了大印一颗，你先给我找回来。倘若找出县印，本官愿以十两黄金相赠，倘若不能，那就休怪本官要判你一个欺世盗名之罪！"

卜宽听罢，背脊上冒出一串冷汗。本想戏弄昏官一番，卖掉竹筒了事，谁知节外生枝，骑上虎背！但卜宽能随机应变，故作镇定地说："县印不是寻常之物，小人得打坐静心，供奉七天，方能启用宝贝。"

县官也故作内行地说："本官懂得！但凡启用宝物，先得净身净心。请你住进城隍庙静心供奉，我自派人送饭送菜。"卜宽说："我这宝贝是吃荤的嗬！"县官讲"懂得，懂得！"

卜宽来到城隍庙，在一间房里住下，一日三餐，鸡鸭鱼肉，自有差役朱红、黄苟两人送来。

黄苟心中有鬼，趁着给卜宽送饭的时机，来试探卜宽的口气。卜宽心里也好比滚油煎，但脸上丝毫也没有表露出来，他有板有眼地说："哼！谁偷走县印？我的宝贝一清二楚，待我供奉七天期满，一问就晓得。到那时，县太爷免不了要重办他的罪！"

转眼五天过去，卜宽越来越烦闷，黄苟也越来越忧愁。他放心不下，夜夜都来到卜宽的房外偷听。

到了最后一夜，卜宽正盘算着，怎样才能泥鳅钻洞巧脱身，不知什么时候，一条黄狗偷偷溜进门来，把盘子里的酸鸭一口叼走。卜宽赶忙追过去，揪住黄狗的颈脖子，高声骂道："黄狗吐出来，黄狗吐出来！不然你就找死！"恰好差役黄苟躲在窗外，听见这一喊，吓得"啊"地惊叫一声。

卜宽听到门外有人惊叫，认为是小偷，呵斥道："你以为我不晓得，等我出来你就死！"

黄苟吓得瘫软下来，连声哀求道："卜宽师傅！求求你行行好。县印是我偷走的，我愿对你说实话，求你口下留情，饶我一条性命。"

卜宽忙喊黄苟进去。黄苟跪在地上，求饶道："卜宽师傅，我实说了吧，县印埋在公堂门口大台阶底，第一层左边第三块条石下面。"

卜宽说："我的宝贝早就告诉我，大印是你偷走的。连埋在什么地方，它都晓得。我卜宽一向不愿别人倒霉，供奉七天，也是为了等你自己来找我。这次我就不说是你偷的，你自己也不要对任何人说，免得找死！"

黄苟连连叩头道："多谢卜宽师傅！你是我的救命恩人！"

第八天早晨，卜宽整齐衣裳，来到县衙公堂。县官和一班衙役早在那里等候了。

卜宽坐在公堂中间，烧起一炉香，眯起眼睛，一手托着竹筒底，一手拍拍筒身，嘴里连声问话："的的咚，咚的的，县印埋在哪地方？"又把耳朵凑近竹筒口一听，念道："的的咚，咚的的，县印埋在门口大台阶第一层左边第三块条石底。"

县官马上带领衙役走出公堂，找到那块条石一挖，果然找到了县印，在场的人十分惊奇，纷纷喝起彩来。县官也信以为真，急切地对卜宽说："十两黄金把你的宝贝卖给我吧！"

卜宽说："十两黄金只能帮找县衙大印，百两黄金才能把宝贝敬请。"

县官讲："好，好，一百两就一百两。"

卜宽说："看在大人脸面，卜宽忍痛舍宝。不过，宝贝交你以前，还要敬奉一十二天。"

县官心想：县境之内，唯我为大。县内宝贝，谁敢不交？就说："好吧，本官先付你一百一十两黄金回家，十二天后我亲自去接宝。"

卜宽一一答应，背起黄金，抱起竹筒回家了。卜宽帮县太爷找得大印，县太爷买卜宽的宝贝，这件事传遍了全县。

回家后，卜宽把那个宝贝竹筒当作尿筒，天天装满了一筒尿，拿到屋背菜园边去倒掉。第十二天，廖财主的水牛在园边吃草，闻到尿味，撞进菜园里来，它喝光了人尿，还踩烂了竹筒。卜宽看见，拿着那个烂竹筒，到廖财主家大吵大闹："县太爷的宝贝竹筒，我供奉在后园，你怎敢放水牛进来把它踩烂！"

财主佬一看，连声哀求："我愿赔，我愿赔！卜宽师傅，要几多钱？"

卜宽说："几多钱？让县太爷来断。"

正说着，县官来到，问明情由，竹筒已被毁坏，又不便对卜宽发作，灵机一动，就罚廖财主加倍赔还黄金，便打道回衙去了。

卜宽拿出那一百一十两黄金，买杉木，请众人，大家出力在寨边溪河上造起了一座风雨桥。大家在风雨桥上歇凉闲谈时，哪一个不赞扬侗家的机灵人卜宽咧！

石腾清　石富义讲述

覃世松　廖福林　吴家武搜集整理

搜集地点：广西三江

陆本松的故事

（侗族）

‒‒‒‒‒‒‒‒‒‒‒‒‒‒‒‒‒‒‒‒‒‒‒‒‒‒

陆本松是侗族的一个文人型机智人物。其原型陆本松系黎平县肇兴的一个侗族文人，生活在清朝后期。他机捷多智，不畏强暴，曾巧斗贪官、劣绅、奸商，赢得人民群众的赞誉。其故事流布在贵州黎平、从江一带侗乡村寨。

‒‒‒‒‒‒‒‒‒‒‒‒‒‒‒‒‒‒‒‒‒‒‒‒‒‒

智斗劣绅

贯洞地方有个劣绅，专门害了人就去打官司告状，欺压良民，弄得百姓又恨又怕。这天，劣绅见陆本松中了秀才，心中不服，要到肇兴找陆本松比个高低。这消息一传出，父老们怕年幼的陆本松斗不过老奸巨猾的劣绅，都来相劝，不让陆本松出门惹祸。陆本松口头答应，心里却想道："这老狐狸太欺人了，不少良民吃过他的苦头，今天我要拿点厉害给他尝尝，为百姓出口气。"

第二天吃过早饭，陆本松背着包袱，扛着书箱，作书生模样打扮，来到贯洞大寨。太阳落山时分，他找到了劣绅家，在大门外央求守门人："你家大人在家呀！我到黎平府求学，路过这里，天色将晚，想借贵府住宿一夜。"

门人回报后劣绅出门来看，见一个五官端正、相貌堂堂的书生，料想是哪家财主的崽，就连忙叫他进屋就座，热情款待。到睡觉时，陆本松说道：

"我们读书人最爱干净，要盖新被窝才睡得着，钱多少照付，请你老人家放心。"劣绅听了，叫帮工打开箱子，拿出新被窝交给陆本松。

睡到半夜，陆本松拆开被面，用火头烧了棉絮一个洞，又把被面缝好。

第二天天麻麻亮，陆本松不告而别，连劣绅的新被窝也背走了，劣绅知道后，暴跳如雷，亲自带领三个家丁跟踪追赶跑了二十多里才赶上，便破口大骂，"你是哪家的短命崽，不讲良心，我热情待你，分文不收，你却连老爷的新被窝也偷来了，真是有眼不识泰山！你知道我是谁呀？"陆本松也大声答道："你不要脸，我出门求学，哪有不带被窝之理。这里到县城不远，我们找县官讲理去。"

劣绅架锅没豆子炒，听说告状，真是喜出望外，求之不得。二人来到县官面前，你说是你的被窝，我说是我的被窝。县官无法判断，便问道："你说是你的，他讲是他的，有何证据？"

劣绅很有把握地说："我的被窝，里里外外都是新的。"陆本松却不慌不忙地说："是我的被窝，里面有个火烧洞。"

县官叫差班当场拆看，见棉絮真有个小洞，便大骂劣绅贪利无道。最后把被窝交给陆本松背走。

出了大门，陆本松把被窝交给劣绅说："被窝是你的！县官太不公道了，我退还给你。"

劣绅得了被窝，气势汹汹地又跑进公堂禀报县官道："明明是我的被窝，你硬说是他的，一出大门，他就退还给我，还骂你太不公道哩！"县官听了，正在为难，陆本松在门外滚一身泥巴，跑进公堂禀告县官道："县官大人哪！你正直公道，把被窝判断给我，他心里不服，目中无法，一出大门，以老欺少，把我打滚在地，抢走被窝，反而出口伤人，这还了得！请县官做主再次判处。"县官听后火冒三丈，叫差班把劣绅打了十五板屁股推出门外。

陆本松出了大门，又对劣绅说："是你的被窝，背回家去吧，不要再进去告状了，我就是肇兴的陆本松。"劣绅摸着被打的屁股，扛着被窝回去了。

跟县官算账

有一年，到了年关，穷乡亲都愁过不了年。陆本松请来两个木匠，做一把四尺宽一丈多长的算盘，算盘子有脸盆口那样大。算盘做好后，又请四个大汉抬到县衙门，去跟县官算账。他肩挂串袋，手摇蒲扇，大摇大摆跟在后面。

来到衙门内，陆本松把大算盘放在大堂中央，衙役们个个看了发呆，不知来人抬这样大的算盘到府里做什么，便禀告县官出堂接见。县官来到大堂便问："你到本府何事？"陆本松恭恭敬敬地答道："无事不登三宝殿。学生受地方父老的重托，前来与大人算账，要把这几年来的皇粮国税共收多少，用去多少，现存多少，何处开销，都要细细清一清，算一算，把账目向全县百姓公布。父老们还说，怕县官大人眼力不好，特意做这把大算盘，算起账来，才打得准看得清，做到分文不差，斤两不少。"县官听了，摇头说道："这个账难算呀！不知算到何年何月何日啊！"陆本松接着说："大人不必担心，我是专门算账的，不管算一年，两年，还是三年，我都奉陪到底！"

县官知道陆本松是不好惹的，心想：他算账是假，要点钱用是真，迟给他不如早给他好。想罢便说道："年关快到，本府赠送你五十两银子，把年过好，这个账就不算了。"陆本松把银子装进串袋，高高兴兴回到寨上，把银子分给穷乡亲过年。

姐姐告状

腊月二十四日，几个外甥跑来找陆本松舅舅要钱过年，陆本松说："这几天舅舅没有钱，到二十七八再来吧。"

第二天，陆本松跑到姐姐家去说道："父母陪嫁你的那丘大田，明年不准你们种了，哪个敢去犁，我要砍断他的牛腿。要是姐姐不服，就去告我的状吧。"他姐姐听了这话，气得饭吃不下，话说不出，翻开箱子，拿出字约，拉着陆本松到县官那里去告状。

　　一路上，陆本松边走边捡白石子，快到县城时，捡得一大口袋石子。两人来到县官面前，各人诉了理由。县官正要判断时，陆本松从公案下，把那口袋石子悄悄递给县官。县官以为是银子，好不高兴，就不问膏红皂白，把姐姐的田判断给陆本松。真是：衙门八字开，有理无钱莫进来。

　　两人出了衙门，姐姐含冤痛哭回家。陆本松转身又跑进大门禀报县官，"不好了！我姐姐不服，又带着字约到黎平府上诉去了，我劝她不听，才又回来禀报大人。唉！上府告状不比一般呵，我一无凭无证，二无银两相送，看来这场官司越闹越大，恐怕会株连到你县大人，不知如何是好？"

　　县官徇私舞弊，内心胆怯，想了一下才说："我修书一封，连这袋银子一起献给府台大人，就会大事化小，小事化了。"

　　陆本松接过口袋一倒，尽是白石子，便说道："县官求府台大人开恩，如今把石头献上，要罪上加罪呀！"县官见了吓得全身冒冷汗，便传令内房拿出一袋白银交给陆本松。

　　陆本松回到家后，把钱送到姐姐家中，并说道："田是你们的，我怎么能要呢！我是用白石子去换县官的银子，大家才有钱过年呵！"姐姐这才恍然大悟。

以上三则向正能搜集整理

天神哥的故事

（侗族）

天神哥是侗族的一个劳动者型机智人物。其原型蒋天成系贵州剑河县的一位农民，生活在清末至民国年间。他诙谐而有骨气，和财主斗了大半辈子。在他的家乡剑河一带的侗家村寨，流传着不少有关他的趣闻轶事。

一双长草鞋

有一年冬天，天神哥和三十多个穷弟兄在九里山给文老板盘木头。快过年了，大家都指望着过年能好好打个牙祭，不料文老板只派人送来十多斤肉，十多件①酒。大家的心都凉了半截。

三十晚上，下起鹅毛大雪来，天神哥看那雪越下越大，心想："老天爷帮我们送年货来了！"等大家都上床睡了，他才对他的好朋友王长腰如此这般地说了一番，然后两人动手打一双一尺五寸长、四寸来宽的大草鞋。天快亮时，雪停了，草鞋也打好了。他叫王长腰带上那双大草鞋先去办事，自己却脱衣上床睡起大觉来。

天大亮了。远山近岭一片皑皑白雪。大年初一，正是木工们放心歇气的

---

① 件：量酒器，每件约半市斤。

好日子。只可惜酒太少，又没好菜，大家索性睡在床上懒起得。正在这时，文老板家的长工气喘吁吁地跑来喊："天神哥，天神哥，文老板请你快去，他家出事情了。"天神哥故意问："该不会是老板叫你来接我去吃年酒吧？"

"你不知道，今早文老板起个大早，先喊一阵鸡，又唤一阵鸭[①]，心想讨个新年大吉利。谁知出门一望，发现一双大脚印，一直从九里山那边走进文老板的大院子来，只有进来的脚印，却不见出去的。一家人都急得团团转。他正在不知如何是好的时候，王长腰从寨上走出来，他见了也一个劲地摇头叹气，文老板问他这是怎么回事，他说也搞不清楚，恐怕只有天神哥知道。文老板一听就叫我来找你。"天神哥听了叹口气说："唉！这也是天道昭明，祸福有因哪！"他就同长工来到文老板家。

这时，文老板的院子里已经挤满了人。天神哥进了院子，先仔细地察看一下脚印，然后抬起头来望着九里山，长长地叹口气，说："孽瘴呀，孽瘴！你怎么找到文老板家来了！"文老板见天神哥这副神态，更是害怕，忙问，"天神兄弟，这是个啥子怪，怎么只见进来，不见出去？"天神哥说："这叫'巴山鬼'又叫'长脚瘟'。进了谁的家，先死鸡，后死鸭，猪羊牛马都死净，最后还要人的命。不信，你先看看你的鸡圈如何？"

文老板一看，一圈鸡死的死，晕的晕，只吓得目瞪口呆，浑身打战。赶紧哀求天神哥救他一家人的性命。天神哥说："这倒也不难，只是这个家伙的胃口大得很，东西送少了它是不走的。"文老板忙说："只要能够把巴山鬼送走，就是破费点我也情愿！"

"那就好，请你马上准备三百斤肉，三百件酒，三百斤黏米，三百斤糯米，那一圈鸡既然已经死了就全部用上，还得另外找三只鸭子。把这些东西准备好摆在院子里，点上香花纸烛，然后你叫全家的人躲在屋里，一个也不能偷看。这样，我作起法来，'巴山鬼'自然就走了。不然，"巴山鬼'发现有人，它又会跟进去的。"天神哥说完，走到王长腰跟前悄悄地吩咐几句，王长腰便急忙往工棚走去。天神哥便动手和文老板一起备办送"巴山鬼"的

---

① 侗家风俗，正月初一大清早，当家人早早起来唤鸡鸭，象征吉利。

东西。

因为酒肉米饭都是现成的，不大一会儿工夫，所有的东西都备办齐了，香案也摆好了，天神哥便叫他们一家人都躲藏起来。当他确信整个寨子都没人敢出来偷看了的时候，他这才真正作起"法"来。只听他一声口哨，王长腰就带着十多个人从路边的丛林深处走了出来。大家七手八脚，抬肉的担酒的，抓鸡捉鸭的，一伙子兴高采烈地把这批"年货"运到了工棚。

直到下午，文老板一家人才走出家门，把"巴山鬼"送走了。

你赴神仙宴，我吃肥油鱼

小江河的油鱼，是周围团转出了名的。那鱼不大，每条只在一二两左右，喜在激流涌滩上觅食岩浆虫。因此，这种鱼特别结实细嫩，油也多，放十来条在锅里煎炒，那鱼油的香味，隔里把路也能嗅着。

端午节前后，已是油鱼窜滩的旺季。人们用竹篾编成帘子，在滩口"围伙堂"捉油鱼。

一天夜里，文保长的兄弟文帮闲带着酒葫芦来约天神哥去落花滩围伙堂捉油鱼，说是捉得油鱼便就地宵夜。天神哥明知他怀着鬼胎，还是跟着他去了。两个人来到落花滩，这里是天神哥常来捕鱼的地方，伙堂，鱼转都是现成的，所以一到就干了起来。

说来也怪，这晚的油鱼窜滩的很少，两人忙了半夜，只捉了八条，而且都是小个的。到下半夜，两个人都觉得累了，于是收摊摊来到临时搭的伙棚。文帮闲烧火，天神哥煎鱼，不大功夫，那油鱼的香味溢出来了。眼看着锅里那煎炒得黄灿灿的几条油鱼，文帮闲心里打起了坏主意。他对天神哥说："伙计，我们总共只有这么点鱼，这么点酒，一个人吃刚好，两个人吃半饱。我们不如先睡一觉，每人做个梦，赌谁的梦最好，谁就吃这些鱼。好么？"

天神哥一口答应了。

讲好条件，两个人都打起哈欠来，忙了半夜，实在太累了，于是倒头便睡。天神哥是个机灵人，加上肚子又饿，只睡了一小会儿便醒了。侧身看去，文帮闲正在鼾睡如泥，天神哥故意摇了摇他，见他一动不动，便轻手轻脚地爬了起来，把酒葫芦拿在手上，一口酒、一口鱼地吃喝起来，吃得两边嘴角流油。喝光酒，连同文帮闲带来的几个粽子也剥来吃了，吃完，倒头又睡了。

过了好久，文帮闲醒来了，他推推天神哥："起来吧！我的梦已做好了。"天神哥揉揉眼睛说："你做了啥好梦，先说来听听。"文帮闲便绘声绘色地把他事先编好的梦话说了出来："我正在书房写字，一个书童打扮的小孩儿进来，手里拿一张请帖递给我，我接过一看，上写'神仙宴'几个字，我莫名其妙，便跟那小孩儿走出房来。原来，一乘八抬大轿早在门口等我了。我走进轿子，八个轿夫抬着我飞一般地跑起来。只听那风声在耳边呼呀呼地吹，我们就这样飞呀，跑呀！不知跑了多久，也不知跑了多少路程，我们只见苍松翠竹环抱着一个神仙洞府。洞口香风习习，洞内仙乐飘飘。我顿时觉得浑身的骨头好像轻了几多斤。我们把轿子停在洞口的草坪上，随着，小孩儿走了进去。穿过好几道月洞般的门，来到一座金碧辉煌的大殿，只见八仙桌上围坐着八洞神仙。神仙们见我进去，都站起身来迎接我哩。我再一细看，那八仙桌上摆满了山珍海味，那油炸龙虾，清蒸海蛎，红烧天鹅肉，还有玉液琼浆，龙涎美酒正在散发着诱人的香味。我顿时馋得口水都快流出来了，坐上去就大吞大嚼起来。八洞神仙见我吃得饿相，都不约而同地哈哈大笑起来。他们这一笑不打紧，把我的好梦也笑醒了。"

说到这里，他侧过头来问天神哥："怎么样？我这梦还不错吧？"

"好，好！太好啦！"

"你的梦呢！大概比我的还好啰？"

"唉！快别提了，我那梦比你的差远了！"

"快说来听听。"

天神哥清清嗓子，不紧不慢地讲起来："我正在煎鱼，见一个书童打扮的孩子进来，递给我一张字条，我又不识几个字，于是便叫那书童念给我听。他说：'主人请你快去！'我正莫名其妙，书童拉着我便往外走，来到门口一看，一匹瘦马早配好鞍子等在那里了。书童催我赶快上马，我骑上去还没坐稳，那书童在马屁股上猛抽一鞭，只听那马飞一般地跑起来，跑呀飞呀，只听风在耳朵边响，也不知跑了多少时间，也不知跑了多少路程，我们只见苍松翠竹环抱着一个神仙洞府，门前的草坪上停着一乘八抬大轿。书童领着我穿过好几道月洞门、来到一座金碧辉煌的大殿。只见八洞神仙和你一起围坐在八仙桌旁，桌子上摆满山珍海味，龙涎美酒。我走近时，你正拿着一只天鹅腿在津津有味地啃着，我看着直吞口水。这时，你放下那只啃得只剩骨头的天鹅腿，边擦嘴巴边对我说：'天神哥呀！神仙们请我吃神仙宴啦，那几条油鱼我不要了，你快回去趁热吃了吧。'我听你这样一说，折转身就往外走，回到这里，那油鱼还在散着热气，我也不管他三七二十一，把葫芦里的酒全倒出来，一边喝着酒，一边吃着鱼，还一边自叹：唉，神仙清福，凡人难享，只好你赴你的神仙宴，我吃我的肥油鱼。我喝完了酒，吃完了鱼，觉得还不够饱，就把你带来的那几个粽子也剥来吃了，这才觉得差不多了。吃饱喝足，我这才倒头去睡，哪想还没睡个够，你又把我吵醒了……"

听到这里，文帮闲吼叫起来："怎么？你把酒和鱼都吃完啦？"

"那不是你叫我回来吃的吗？"

"那是做梦啊！你怎么当起真来？"

"我哪里知道啊？我还以为你神仙宴都吃过了，哪里还在乎这点凡酒凡菜哩！"

文帮闲这时就像个癞蛤蟆被大马蜂蜇了一样，胀鼓鼓一包气，吞又吞不去，肚也吐不出，只好无可奈何地仰天叹口长气："唉……我又上你的当了。"

天神哥忙说："不要紧，你们闲人好梦多，再做几个好梦天就亮了。"说完，微笑着摸摸肚子，伸个懒腰，倒头去又呼呼睡着了。

以上二则陈远焯搜集整理

敬献鲜鱼汤

　　浦洞司街上有个做尽了伤天害理事的财主，名叫狗麻子，尤其是他写的告状禀帖，不知有多少人遭受冤气，亡命破产。

　　狗麻子一生最喜欢吃田鱼，每年都喂养几百条大鲤鱼过冬。七月半间，又肥又大的鲤鱼满田游荡。他怕别人偷他的鱼，鱼田的水不放心别人看，要亲自招呼。这天狗麻子答应五十块大洋给人写状子，保鱼田的水叫新来的长工天神哥代看着。谷子散子季节，有的田要灌水，有的田要放水，现在还要增加看管保鱼田，累得他半夜还在田头转，越想越气，火性一发，几大锄把保鱼田坎挖开，田水哗哗往外淌，然后回去睡觉。

　　快半夜了，狗麻子躺在床上品赏他那篇五十块大洋的状子稿，越看越得意，就念出声来。躺在隔壁床上的天神哥搭言说："先生，你写的状子，实在好，我没读过书，但听起来就像孔夫子的文章一样啊。"

　　"哈哈……"狗麻子得意地说，"这五十块大洋是拿定了！"

　　"莫说五十块，就是五百块也不多。依我看这样的文章丢进保鱼田，鱼也会闹①死。"

　　狗麻子烟瘾过足，馋虫子正爬上了喉咙头，听天神哥说到田鱼，就说："天神哪，这时候得几条田鱼来宵夜就好啦。"

　　"咳唷，你不提我倒忘记啦！今天晌午过，我看水田路过中坝，不知道是谁家的一丘鱼田，被人偷放水了，鱼在田里跳得噼里啪啦的，总有几百条！"

　　狗麻子一听，忙说："快去搞来，快去搞来宵夜！"他看天神哥很为难的样子，就说："我说天神啦，你怕什么？便宜不吃遭雷打，管他妈那么多，阎王也是认不着老子的，快去搞来！"见狗麻子催得紧，天神哥做事麻利带快，隔不久，就挑着满满的两水桶鱼进屋了。

---

　　①　闹：方言，毒的意思。

狗麻子看到两桶活蹦乱跳的大鲤鱼，两眼都笑眯了，夸天神哥做事在行，亲自烧灶火，吩咐说："一口锅黄煎，一口锅煮白水，让大家吃个痛快！"

鱼搞好了，狗麻子抱出一坛糯米酒，跟几个保镖的边喝边吹烂门子，一直搞到鸡叫三遍。天蒙蒙亮，天神哥隔着墙壁跟狗麻子说："先生，昨夜鱼吃多了点，我现在发烧肚泻，要去二爹家找点药吃。"狗麻子答应说："你去吧，病好了赶快回来看田水哩！"

太阳当顶了，狗麻子被他老奶揪住耳朵拉起来，这才记起天神哥已经回家了，赶忙下床，看鱼田去了，到那里一看，田水被放得干巴巴的，莫说大鲤鱼，就是青蛙也不见了，稻谷也被整得东倒西歪。狗麻子顿时两眼发呆，两脚一软，一屁股坐在田埂上，半天说不出话来。因为鱼是他叫天神哥搞的，他自己也得吃了，不好找天神哥的麻烦，只得生闷气。

耕牛　杨胜溢搜集整理

卜合的故事

（瑶族）

卜合是瑶族的一个劳动者型机智人物，出自艺术虚构。其故事以捉弄、嘲讽财主岳父的作品最为突出。这些故事至今仍在广西巴马、凤山一带瑶族聚居地区流布，颇受瑶胞喜爱。

答　礼

寿酒办完以后，按照瑶族的风俗必须答礼，既然财主认为二女婿三女婿阔绰大方，为外家添光彩，就得好好给一份答礼。卜合太寒酸了，给外家丢了脸，就得为难为难他。财主对三个女婿说："现在给你们一份礼物，限三天内在村口起一间牛栏，我把三十六头牛赶到栏边，牛进谁的栏就算是谁的牛。"卜合明知财主故意刁难他，两个襟弟也认为他家贫如洗，三天内无法建好牛栏，心里暗暗高兴起来。

二女婿当天就大兴土木，建了一座房子，雪白宽阔，三女婿也用青石建了一座石屋，阴森森的像个衙门。只有卜合一声不响，天天上山砍柴。第三天清早，他叫大姐把柴挑到村口，自己仍然上山去，日头正顶还不见他回来，大姐等得好不心焦。日头偏西了，卜合才挑着大捆嫩草回来，立刻和大姐用木条围了个大圆圈，圈里撒满嫩草。

傍晚，财主叫人把牛赶过来，牛群经过华丽的房子，望也不望一眼就走开了；经过阴森森的石屋吓得远远地避开；经过卜合的牛圈看见满地嫩草，蜂拥进去抢着吃。财主气得青了脸，叫人把牛赶回头。有的扳牛角，有的拉牛尾，拉呀拉，牛挤在一块，乱成一锅粥，哪里拉得动。卜合看见牛都进了圈，怕财主要赖不认账，老老实实上前谢过岳父，随即对看热闹的穷哥儿们说："岳父赏我一份厚礼，我卜合无田无地，也用不了几多，穷哥儿们没牛的每人牵一头去用吧！"大伙明白他的意思，不客气地上前牵着牛走了。

这边财主干着急，那边卜合心里暗暗好笑，和大伙赶着牛回村子里去了。

神仙竹筒

卜合的岳父对佃户出奇地苛刻。他的田年年涨租，谁要欠上一斗、几升，利滚利，息加息，没上一年半载，就是卖儿卖女也不够还。这年遇上灾荒，眼看吃的都没有了，田租平白无故又提高三成。大伙为此事把心都气炸了，带着一团怒火找卜合出主意。

第二天，卜合叫他老婆回娘家。她一进门就慌慌张张地说："父亲啊！家里的钱你要小心保管才是，卜合这小子有个神仙竹筒，能卜出什么地方有金，什么地方有银呢！"财主听了哈哈大笑说："妇人家不信卜合这一套，什么神仙竹筒，就是佛祖竹筒也无法得知我的金银埋在什么地方。"

"你敢和他打赌吗？"女儿两只眼睛直盯着财主问。

"怕什么，一个烂竹筒怎会猜东西。"

"你敢说两缸叫他猜吗？"

"就说十缸也无妨，芭蕉根下往东走十步一缸，往西走十步一缸，灶旁左右各一缸，每个床脚，每个柜底各有一缸。卜合能猜中全给他……"财主一股脑儿说着，觉得这一句不妥，说漏了嘴，但又无法收回来，只好硬着嘴说："立刻叫卜合来，看他有什么鬼本领。"

瑶族住的是高栏房，上面住人，下面是牛栏。岳父说的话卜合躲在牛栏里听得一清二楚，听完一溜脚上山砍柴去了。两个狗腿子找了老半天，才从山上把他拉到财主家来。

卜合来到财主的家里，走到园里东找西找，笃笃笃地敲起竹筒，嘴里喃喃地念着："这里没有金，这里没有银。"走到了芭蕉根，测好了方位，向东走十步，用手封住筒口往里重重一放，咚地响了一声说："这里有一缸银。"往西走十步说："这里也有一缸银。"说着就把银子挖了出来。他拿起竹筒往屋里走，还要继续找。这时财主慌了手脚，忙说："别找了，别找了，这两缸归你，银子是我的命根子，往后不要来找啊！"

第二天，穷哥儿们捧着财主的银子来交租："大财东啊，你折价太高了，这些银子是从吸血鬼手里要来的，每块银子都沾满血哪！吸血鬼是个大财迷，他见财就迷，见钱就醉，欠他几个钱连家里的地皮也得铲光哩！"财主明知是借鸡骂鸭，又不好发作，只好把一窝子气往肚子里装。

穷哥儿们感谢卜合，说："这可给我们穷人出了口气！"

自　滚　锅

卜合一心为穷哥儿们解决困难，却没想着自个儿也欠岳父的地租和高利贷，直到他老婆愁眉苦脸地提醒他时，银子已经全分光了。

他老婆问道："我们怎么办哪？"

卜合回答说："让大伙渡过难关，我们另想办法！"

"年关一到，我那滴水不漏的父亲，开口讲的是钱，伸手要的是钱，你拿木叶给他呀！"

"我说有办法就有办法嘛！"

卜合眼睛在炉灶上转了转，指着已经有点烂的锅说："拿这只锅去和你父亲换一千五百块钱。"

"你疯啦！"

"你父亲有的是不义之财，用点儿算什么？"

他老婆一时不明白，噘着嘴说："那守财奴会出一千五百块钱买这口烂锅，我才不信呢！"

"你瞧着吧!"

一天,卜合请他岳父吃酒,事先叫他老婆把锅烧得红灿灿的放在楼上。财主听说有好吃的,高高兴兴来了。卜合招呼他坐定以后,对老婆说:"岳父肚子饿了,快开火弄菜吃饭。"财主听说现在才开火,急得直淌口水。

卜合老婆拿着鸡蛋爬上楼去,只听见阵阵锅头响,没多久,就端出一碟热腾腾的煎蛋来。接着又送来一大碗事先温好的猪肉。怎么在楼上煮东西呢?坐下来板凳未热,菜饭就熟了。财主心里好生奇怪,也不管女婿愿不愿意,便爬上楼去看个究竟。楼上空荡荡的,只有一个烂锅端端正正放在中央,走到锅边感到热烘烘的。卜合装着担心的样子说:"这是我家祖传的宝锅,名叫自滚锅。不管干肉鲜肉,一下锅就立即能烧熟。我从来没有告诉过别人,岳父你不要传出去呀!"

财主心里把铁算盘一敲:别说一年到头尽在众人面前显威风,叫饭菜自熟,单是柴钱就省去不少。于是,他说:"我的好女婿,把自滚锅卖给我吧。"卜合摇摇头说:"穷人家功夫多人手少,没空打柴。不能卖,不能卖。"他老婆撅着嘴说:"不卖,今年的地租拿什么去交?"财主急忙接着说:"给我自滚锅,今年的地租不要你交,另加一千五百两白银。"

后来,这件买卖总算成交了。财主高兴得连饭也不吃,拿了自滚锅就往家里走。

卜合等财主走了三五十步,大叫一声"岳父",从家里赶了出来。财主生怕他变卦,拔起腿拼命地跑,卜合慢慢地追。直追着他走了十几里路,看看这老头子跑不动了,才追上去对他说:"这只锅要有福气的人用起来才灵;给它喝饱猪油,挂在梁上,三天之后没有变化,你才有福气用它。"

财主想:堂堂一个百万富翁,自然是有福气的,莫说三天,就是挂十天也无妨。他照着卜合的话,用猪油从挂绳上淋到锅头,里里外外淋满猪油,挂在正梁上。

黑夜里,一只老鼠从梁上爬过,闻得绳子一阵异香,便啃起绳子来。还没有到午夜,财主只听得当的一声响,急急忙忙爬起来,走到大厅一看,自滚锅已经摔得粉碎了。他伤心地说:"真没想到我是个没福气的。"

千　里　马

有一次，城里赛马，卜合牵着他那匹老马也来参加。不过他不像那些花花公子们那样，一到赛马场就骑着马儿到处乱转，尽想在人们面前显威风，而是让马吃饱了拴在树荫底下休息，自己找个近头人的地方，混在人群中。

头人问："人到齐了不？赛马啰！"

卜合在人群中大声说："还差得远呢！"

隔了一会儿，头人又问："人到齐了不？赛马啰！"

卜合走到另一群人中，又这样回答说："还差得远呢！"

太阳正中时，看看那些花花公子们和他们的马儿都累得差不多了，卜合就把一串鞭炮拴在他的马尾巴上，对头人说："人都到齐了，赛吧！"

赛马开始了。卜合把鞭炮点燃，马跑鞭炮响，马受了惊，一直往前飞跑，结果他得了第一名。

岳父见卜合戴着红花和拿着镜屏回来，既嫉妒又羡慕，上前搭讪说："我的好女婿，你是怎么得第一的？"

卜合本想不理他，但想到隔壁蓝家寡妇儿子病重，正好向这个吸血鬼要些不义之财接济接济，于是他装着漫不经心地说："还不是全靠我这匹千里马。"

财主听说卜合的马是千里马，心里便打开了小算盘，暗想：骑上千里马，跑起来风驰电掣，如果把它弄到手，以后年年赛马第一名就是我老头子的了，那多光彩啊！于是便对卜合说："把你这匹千里马卖给我吧！给你一千两银子，怎么样？"

卜合说："三千两银子还差得远呢！千里马是不卖了，穷人家留着用处大着呢。岳父大人确实想要，一千两银子先收过了，下蛋时给你老人家留个千里马蛋吧！"

财主信以为真，把银子交给卜合，欢欢喜喜地回家去了。

过了一段时间，卜合把一个煮熟的大冬瓜，摩擦得光溜溜的，送去给财主说："喏，拿去吧，用人孵才会出小马。小心莫冻坏它啊！"

财主生怕冻坏了马蛋，和老婆日夜抱在床上一动也不敢动。六月天真够财主受，天天弄得满头大汗。过了几天，冬瓜腐烂了，流出又酸又臭的冬瓜水，弄得房里臭气熏天。财主怒火一升，把它摔到丛林里去，凑巧掷在丛林里的一个野兔身上。野兔吓了一跳，抖抖身上的臭瓜水飞也似的向山上跑去。这边急坏了财主，以为是小马跑了，真懊悔得捶胸跺足。

"我讲莫丢就莫丢，你硬不听，现在不但一千两银子白丢，还要给卜合笑话呢！"一连好几天，财主婆都是哝哝呱呱的，每骂一句，财主就想起一次一千两银子，心里一阵疼痛，好几天连饭都吞不下喉。

以上四则莫显才　黄家康等讲述
王其明　华兰峰搜集整理
搜集地点：广西巴马县

登保的故事

（瑶族）

⸺⸺○⸺⸺

登保是瑶族的一位雇工型机智人物。其故事大多以智斗为富不仁的财主为题材，流传于贵州从江县一带。

⸺⸺○⸺⸺

卖 竹 鼬

登保是个无田无土的穷苦农民。全靠他上山砍柴卖钱来养家。

一天，登保在竹林里挖到两只竹鼬①，便关在竹笼里，拿到场坝上去卖。

财主走到登保面前，望着竹鼬发愣。他不认识竹鼬，以为是大耗子，便吐了泡口水："呸！登保，你莫不是穷昏了，耗子怎能卖钱哩！"

登保连忙解释："这是竹鼬，不是耗子。俗话说：天上的斑鸠，地上的竹鼬。每个要卖五百钱哩！"

听说竹鼬比得上斑鸠，财主直摇脑壳。但又想吃野味，在一旁遛去逛来，想看个究竟。不一会儿，来了个穿长衫的城里人．看到笼里的竹鼬，掏出五百铜钱便买走一只。财主慌了，也出五百钱买了剩下的一只。

回到家里，财主叫人剥皮破肚．把竹鼬炖在锅里。下晚，财主叫全家人来吃，真是香嫩肥美，好吃极了。到下个赶场天，他打早便去到场坝，打算

---

① 竹鼬：一种专吃竹根的野生动物，形状似鼠，每只重约二至三斤，肉厚，味美，是珍贵的山珍。

再买一只竹鼬，哪晓得等到散场，也看不到登保。一连几场，财主都买不到竹鼬。想起竹鼬的美味，财主馋得流口水，便到登保家里来。

这天，登保在米坛里捉了几只耗子，关在竹笼里打算剥皮吃肉。财主进门便问："登保，有没有大耗子卖？"登保因为耗子偷吃米，正在气头上，便指着竹笼顺口说："那不是耗子吗，还没有长大哩！"

说者无心，听者有意。财主心想："这登保真鬼，把小耗子喂成大耗子，便冒充竹鼬卖大价钱。"于是，他又问："耗子吃啥东西才长大？"登保顺口说："当然是吃粮食嘛！"财主信以为真，转头就走，再不提买竹鼬的事。

财主回到家里，叫人捉了几十只耗子关在笼里，甩苞谷喂养。过了一个月，耗子最大的也只有一卡长。他以为登保另有诀窍，便去他家打探消息。登保听说后，笑得弯腰，说："老爷，粗粮长骨，细粮长肉。"财主以为摸到了诀窍，回家后，便改用白米喂耗子。过了一个月，耗子最大的也才二两重。他又去登保家打听诀窍，登保笑得掉泪水，说："鸡吃素，耗吃荤。"财主已经迷了心窍，回家后便杀猪剁肉喂耗子。又过了一个月，小耗子仍然长不成两三斤重的竹鼬。

财主白费了许多粮食和猪肉，最后还只得在场坝上出大价钱买竹鼬。

赵金荣讲述
周隆湘采录
采录于从江县高芒乡

解 酒 药

登保在财主家当长工。春天，果园里胡豆落花、结荚。财主舍不得剥嫩胡豆做菜给长工们吃，去山坡上捡回一篮乱七八糟的杂菌，放在锅里煮。

吃晚饭时，长工们吃杂菌下饭。财主在屋里吃老烟刀①下酒。这晚，长

---

① 老烟刀：放了好久的腊肉。

工们个个肚子痛，上吐下泻，整整闹腾了一个晚上。原来财主不识菌，把有毒的牛屎菌也摘了回来。

第二天早上，登保去找财主讲道理。财主不认输，板着脸说："我只管你们吃菜，不管你们肚子痛不痛。"登保见财主不讲理，只好把此事放在心中。

过了几天，财主出门吃酒，被人灌得大醉。他头昏眼花，手脚无力，躺在床上整整睡了三天。登保听说后，心中暗暗欢喜。

一天中午，登保在酒葫芦里灌满凉水，坐在灶门前假装吃酒。眼看一葫芦酒就要吃完，财主跑过来说："登保，别再吃了，下午还有一坝田等着你犁呀！"登保故意把葫芦在财主脸前晃了一晃，说："老爷，我有家传妙法，再吃两葫芦酒也不醉。"说着，他就把半葫芦凉水咕嘟嘟倒进嘴里。

登保吃了两碗饭，把酒葫芦拴在腰杆上，就扛起犁铧往外走，身不摇晃，脚不打战。财主看呆了，追上前拉住登保，说："把你那吃酒不醉的妙法传给我，我一定赏你。"登保故意磨了一阵儿，才从裤兜里摸出两颗干马桑子，说："这是我家传的解酒药，轻易不外传。要一锭银子才能外传。"财主高兴得眉毛笑成疙瘩，心想：只要有了解酒药，以后就可以和别人赌吃酒了。于是，便答应出一锭银子买解酒药。

登保在山上摘了一包马桑子拿回家晒干，才交给财主。财主收下后，害怕上当，拿出一两银子晃了晃又收回去，说："银子存在我这里，只要解酒药灵验，不少你一分半点。"

几天后，财主又被人请去吃酒。席上，他悄悄把马桑子嚼烂吞进肚里，然后才和别人赌吃酒。回家后，肚子顿时痛起来，泻了好几次，吐了一大摊，弄得屋里臭气熏天。大吐大泻后，财主果然酒醒了。

第二天，登保去找财主要银子。财主说："你给我的是什么解酒药呀？害我肚子痛了一晚。"登保说："我只管你酒醒，不管你肚子痛不痛。"财主明知吃亏，但又想到解酒药确实有效，只好把一锭银子给了登保。

鸡叫捉奸

财主三番五次想克扣长工，都被登保钻了空子，反而整到自己头上心中有苦说不出，恨得直咬牙。他关门想了很久。想出了一条毒计，要给登保栽一条强奸罪，送去官府治罪。

这天晚饭后，财主吩咐老婆先睡，不必等他，然后去厢房对登保说："登保，我有事出门，半夜才回。鸡叫头遍，你去圈头给马加料。包谷在仓里，开仓的钥匙在我老婆身上，你自己去拿。"登保点点头，算是答应了。财主认为登保准定上当，就出门去朋友家打牌混时间，专等鸡叫头遍的时间到来。

天黑下来了，登保犁了一天田，累得上下眼皮直打架。他想：反正是给马加料，何必定要等到鸡叫哩！便去到内房，找财主婆要出粮仓钥匙，给马加了满满一槽料。

财主估谙鸡快叫了，便回家拿条麻布口袋，躲在房门背后。鸡叫头遍、二遍、三遍，一直没有人来推门。他去马圈看，见到了马吃剩的半槽料，才知道登保提前加了马料。

第二天晚饭后，财主对登保说："马无夜草不肥，你为啥提早加料呢？"登保栽了一天秧，累得直打哈欠。财主怕他睡着后错过时间，便摸出一锭银子给他，心想：只要当场抓住，银子还不是照样搜回来。接着，又把昨天说过的话重说了一遍。

登保得了银子，害怕睡着后错过时间，便到院坝里，双手吊在一棵松柏树上。吊着，吊着，大门忽然咯吱一声响，闪进来一个人影。这是谁呀？登保仔细看，原来是财主。财主进门后，不走正路，蹑手蹑脚，靠墙梭进内房去了。登保感到非常奇怪：财主既然说半夜才回，为什么鸡还没叫就回来呢？他顿时起了疑心，悄悄走到窗下偷看。这一看，登保全明白了，原来财主拿着一条麻布口袋，鬼鬼祟祟地站在门背后。

这时，笼里的鸡叫了。登保气红了眼，便走上厢房楼梯，进屋摇醒财主的大崽，说："少爷，快去快去，找你家妈要来仓库钥匙，我要开仓给马加料。明天，我吆马驮你去赶场，找姑娘们唱歌。"财主大崽吃喝玩乐惯了，听说骑马找姑娘唱歌，瞌睡全飞了。他高兴地披衣下床，去找财主婆要钥匙。他刚推开房门，便被一件黑沉沉的东西兜头罩住。

财主以为当场捉住了登保，便骑在麻布口袋上高声呼喊："快来捉奸哟！"登保听到喊声，立马叫醒其他长工，摸黑跑到财主房门前。财主喊打，他们便对着麻布口袋擂了一顿拳头，财主喊踢，他们便对着麻布口袋踢了一顿脚尖。

后来，财主婆被他们吵醒，在屋里点亮油灯，财主才看见登保正要把麻布口袋朝松树枝上吊，他大吃一惊，急忙叫人放下口袋，解开一看，口袋里装的是他的大崽，已被打得半死了。

以上三则赵金荣讲述
周隆渊采录

阿金的故事

（瑶族）

○·············○

　　阿金是瑶族的一位雇工型机智人物。其故事大多以智斗官家、财主为内容，流传于广西上林县一带。

○·············○

挖金银财宝

　　阿金有个好朋友要在田边挖个水井。因为孤独一人，挖了很多天还没有挖成。阿金有心去帮忙，但他在财主家做长工，没有办法脱身。

　　有一天，阿金伺候财主出远门做客，他们正好路过阿金朋友挖井的地方。

　　阿金灵机一动，对财主说："老爷，你看那个人在挖什么？挖得那么下劲！我听人说过，从前有一家大财主曾在这一带埋过不少古窖①，那人一定是挖金银财宝的。"

　　贪财如命的财主一看，果然有个小伙子在一块大石头旁边挥铲挖坑，信以为真，马上派阿金跑回家叫来几个长工一起挖。财主有时也帮搬泥土，把去做客的事情忘得一干二净。

　　他们挖呀，挖呀，到太阳快落下山时，挖了一丈多深，泉水源源不断地

---

　　① 古窖：方言，前人将金银财宝埋藏地下，为后人挖得，俗称："古窖"。

冒出来。

财主一个铜钱也没有挖得，白白费了一天时间，浑身裹着烂泥巴，人也累坏了，骂起来："阿金！你说挖金银财宝，金银财宝在哪里？"

阿金和挖井的朋友笑着说："老爷！这白花花的泉水就是白银呀！用它灌田，到了秋天田里一片金黄，那不是黄金吗？我挖的就是这金银财宝呀！"

财主知道上了当，只好气忿忿地回家了。

摘龙眼果

六月初六这天，财主李德才叫阿金给他摘龙眼果。他怕阿金偷吃，假心假意地对阿金说："阿金呀！你要好好地摘，今晚我煮好菜慰劳你，你千万不能偷吃龙眼啊！俗话说，'一只龙眼三把火'。你是青年人，火气旺，吃龙眼会发高烧的。"

阿金口吞萤火虫肚里亮，心想，讲给我吃好饭是假，怕我吃龙眼是真，我得想办法对付他。

阿金上树摘龙眼时，挑选好的龙眼果，凑着嘴巴在枝头上吃果肉，让果壳完整地留在枝上。他还把果核丢到草丛里，不留一点痕迹。吃饱以后，抹干嘴巴，才摘一笔龙眼交给财主。

财主问："阿金，你偷吃了龙眼没有？"

阿金说："老爷说过，'一只龙眼三把火'，我怕烧我的嘴巴，一颗也不吃哩。"

财主不放心，跑到龙眼树下检查，果然没有发现龙眼壳和核，就相信阿金的话了。

到吃晚饭的时候，财主全家在厅堂里喝酒，吃的是山珍海味，应有尽有，叫阿金在厨房里吃红薯饭送青菜，阿金非常气愤。天黑了，财主还没有吃饱喝足，叫阿金点灯来照明，阿金说灯没有油了。财主说："灯没有油就点火把来！"

阿金说："火把早已点了。"

财主骂道："胡说！厅堂里黑麻麻的，我连酒杯都看不见，你点火把放在哪里？"

阿金笑着说："你的眼睛不中用了吧？你不是说'一只龙眼三把火'吗？刚才我在厅堂的高桌上放下三只龙眼，等于点了九把火了，你为什么还说看不见呢？"

阿金这么一说，财主大小老婆和崽女们哄堂大笑起来。财主李德才气得哭笑不成，酒也没有兴趣喝了。

县官背阿金

新来的县官很奇怪，下乡不骑马，也不要人抬轿，却要人背。阿金和阿土就是专背县官的脚夫。

有一天，阿金对阿土说："这个新来的县官真可恨！他有马不骑有轿不坐，偏要我们背他，辛苦死了，以后再下乡，我非要他背我一次不可。"

阿土说："阿金呀，你真是白日做梦异想天开。他是县官大人，你是个脚夫，他怎么会背你呢？"

阿金把嘴巴凑近阿土的耳根，小声说几句，两人都笑了起来。

不久，县官又要下乡。阿土说肚子痛，叫阿金一个人背县官下乡。走过一片深山老林，阿金累了，就放县官下来休息。

县官问："阿金，这片山林有没有老虎？"

阿金说："老虎没有，有人熊。"

"人熊吃人吗？"

阿金说："那还用说！不过人熊要吃人，它不敢从正面向你扑来，是从背后抓你的肩膀。它抓你以后也不马上吃，先抬头望天大笑一声。有时笑老半天才动口咬你，笑够以后，它才把你撕成几片，像小孩儿吃鸡腿一样，一片片地咬吃。"

县官吓出一身冷汗，便说："你不要说了，我们快走吧！"

阿金不慌不忙地说："县官大人你莫怕。不要看人熊很凶，其实它是一个很笨的家伙。从前有一个妇女背一个孩子走过这条路，被人熊从后面抓住了。但没有抓到她，只抓住她背着的孩子。人熊以为把他们母子俩都抓住了，这次可以饱吃一餐，高兴得不得了，抬头望天哈哈大笑起来。那妇女一点也不害怕。她慢慢把背带解下来，让人熊抱她的孩子笑，自己偷偷跑掉。那人熊竟一点也不知道。那妇女回家和丈夫一起拿起猎枪来，见人熊还抱着他们的孩子咧。"

阿金刚讲完，就听到不远处有人熊吼叫，吼声越来越近，就好像是专门追着他们来似的。阿金对县官说："人熊来了！我背你逃吧！"

县官记住阿金刚才讲的故事，怕人熊从后面抓他去吃，就说："不！我背你跑。"

县官背着阿金拼命逃跑，也不知县官从哪里来那么大力气，一百多斤重的阿金，他竟背着跑二十多里路都不歇一歇。

过后阿土对阿金说："阿金啊！你真聪明，竟让县老爷背你。"

阿金说："哪里是我聪明，完全是你装人熊叫的功劳。"

吉利话换工钱

有个奸商指着一对沉重的木箱对阿金说："你挑这对箱子到码头给我上船，我给你一句吉利话。"

阿金问："你那句吉利话重不重？"

奸商见阿金穿得破破烂烂，以为他是个笨人，开玩笑说："不重也不轻，刚刚够你挑。"

阿金说："走吧！我给你挑箱子。"

路上，奸商问阿金结婚了没有？阿金说还没有。到了码头，奸商叫阿金把箱子挑上船，说："我祝愿你明年得个好媳妇！"说完就叫阿金走。

可是阿金不走，他张开一个大口袋说："你把它装进来。"

奸商问："装什么进去？"

"装你送给我的吉利话呀！"

"老弟，你是糊涂了吧！吉利话只讲得听得，见不着摸不着，怎么能装进口袋哩！"

"吉利话看不见，又不能装，我怎么知道你给我了没有？我又怎么能挑回去呢？"阿金抬高声调说："老实告诉你！你不把你给我的吉利话装进口袋给我挑回去，我就要把你的箱子丢下河去。"说完就要去搬箱子。

奸商想不到阿金来这一着，又见他是条彪形大汉，知道硬斗不过他，怕吃眼前亏。就说："好讲好讲，我给工钱给你还不成吗？"

阿金也稍微缓和口气说："那好吧，你这对箱子足有两百斤，每百斤十两银子，快拿二十两银子来！"

二十两银子确实太多了，但奸商怕不给银子，阿金会把自己装有贵重商品的箱子丢下河去，只好忍痛给了他。

晚上不做工

李财主规定长工们天亮出工，天黑收工。说："凡在我家做工的，都是白天做工，晚上睡觉。天亮了还没有出工或者天没有黑就收工的，都要扣工钱！"后来有个小长工出工迟了一点，李财主真的扣了他整天工钱。

有一天晚上，长工们刚睡下，火烧了李财主的厨房。李财主大声喊救火，长工们个个不动身。李财主推门进长工屋，拉阿金起来说："火烧厨房了，你叫大家快起来救火吧！"

阿金对长工们说："火烧房子了，大家快起来搬被窝到外边睡吧！"

长工们都搬被窝到离李财主家一百多步远的大榕树底下睡觉了。李财主又恼又火又着急地喊："你们不去救火，我就扣你们全年的工钱！"

阿金说："你自己说过，我们是白天做工，晚上不做。现在是晚上，你没有理由扣我们的工钱！"

李财主和他的老婆孩子们，眼看火把厨房烧完了又烧到大房子来，哭得死去活来。

背土司过河

土司骑马来到河边。水深流急，他干着急，不知道怎么过河。阿金来了，土司问阿金："喂，小伙子，你能不能把我背过河去？"

阿金看了看土司那匹身肥体壮的枣红马和马上的新鞍，灵机一动，说："我妈肚子痛得厉害，我急着找草药给她医病，哪有时间背你过河啊！"

"你要找什么草药？"

"马连鞍。"

"马连鞍我这里有。"土司拍一拍他背的口袋骗阿金："只要你背我过河去，我就给你。"土司想，只要你背我过河，到了对岸，我骑马就跑，哪怕你有十条腿也追不上我了。

阿金说："讲话可算数？"

土司说："老爷我金口玉言，从来讲话都算数的！"

阿金背土司过河，土司叫他牵马一起过去。阿金指着河水说："老爷你看，河水那么深。那么急。如果牵马过去，到中间马受惊一拉，我一倒，我们两人连马不是会被急流冲到深处喂鱼吗？"

土司问："那马怎么办？"

阿金说："我先背你涉到对岸，再回来牵马过河。"

土司觉得阿金的话有道理，就同意了。阿金把土司背到对岸，转回来骑上土司的枣红马，向他挥手说："老爷再见！我把你的'马连鞍'带走了！"

土司见阿金骑他的马走了，急得跺着脚喊："喂，你怎么不讲理，把我的马骑走了呢？"

阿金说："刚才你自己说，我背你过河去，你就给我'马连鞍'，现在怎么反悔呢？"说完骑马跑了。

以上六则覃永益讲述　覃建谋采录翻译

赵有生的故事

（瑶族）

----------○·····················○----------

赵有生是瑶族的一位雇工型机智人物。其原型赵有生
（1870—1940），系湖南江华瑶山青梅寨人。他的故事流传于湖
南江华一带。

----------○·····················○----------

破　规　矩

从前江华县瑶山的两河口，有个汉族财主叫黄有富的，为人刻薄歹毒，
寨子里的瑶家都恼他，喊他做"黄老虎"。

正月，长工们刚上工，他就给他们订了三条规矩：一、出工要说行就
行，不得拖拖拉拉；二、做事要崭劲往前赶；三、挑担抬轿要一鼓作气，不
得半路歇肩。犯一次，每人罚银一两！

长工们听了，都觉得这规矩太苛刻，但端了人家的碗，就得属人家管，
不好出面反对，希望赵有生出个主意。

赵有生默了默神，对黄老虎说："老爷，你如果逼着我们犯规矩呢？"

黄老虎说："好笑，我还会逼着你们犯规矩吗？要是这样，每次我赔你
们一两！"

当天晚上落了点雨，山上的厢桥①上有点湿。第二天，天气晴和，正是拉厢②放木的好时候。黄老虎叫长工们赶快上山砍树拉厢。赵有生说："老爷，我们不去。"

"为什么不去？"

赵有生说："老爷，你昨天订的第一条规矩就是做事不得拖拖拉拉，去山岭上拉厢放木，干的全是拖呀拉呀的活儿，你不是逼我们犯规矩吗？"

"这……"黄老虎为难了。他想：这规矩是自己刚订的，赖又赖不脱。要是不叫他们拉厢放木，树木运不出就会朽在山里。冇得法，只得认罚。他将罚银掏了出来，长工们才上了山。

四月间，正是插秧的时候，黄老虎叫长工们去插秧，可是喊了一遍又一遍，赵有生领着长工们坐着不动。黄老虎发火了："什么时候了，还不下田去！"

赵有生说："老爷，这秧我们插不得！"

"怪事，难道我是请你们来吃干饭的！"

赵有生眉毛一扬，站起来说："老爷，你那第二条规矩规定我们干活只能崭劲向前。可插秧是边插边向后退的，你说怎么办？犯了规矩我们罚不起！"

黄老虎急得团团转，眼看芒种节快过去了，芒种忙种，耽搁一年阳春可划不来！他冇得办法，只好打落牙齿往肚里吞，又认了一次罚，才打发长工们下田。

过了不久，黄老虎病了。叫赵有生和另一个长工抬他到山外郎中家去看病。他们专走坎坎坷坷的路，一脚高，一脚低，轿杠子一闪一闪的，把轿子里的黄老虎抛起老高。

黄老虎的儿子黄豹跟在后面，忙喊，"歇下，歇下，看爷老子怎样了。"

"少爷，你爷老子规定的，抬轿要一鼓作气呀！"

---

① 厢桥：山区一种原始的运木通道，上接材山，下通溪河。
② 拉厢：瑶山一种原始的运木方法。

赵有生越走越快，到了郎中家，黄老虎只有出气没有进气，差点儿见了阎王。

黄老虎变猪

黄老虎虽然同阎王老子只隔一张纸，回到家里便卧床不起，但黄老虎硬是只恶老虎，临死不服输，要儿子黄豹把赵有生打一顿出气。

黄豹找来几个打手，将赵有生捆起，装进大麻袋吊到堂屋的楼梁上。长工们见了，一齐要去同黄豹拼命。一个年老的长工说："不要去硬拼。我们要救赵有生，就要学赵有生会想办法。"

大伙一商量，果真想出了好办法。

晚上，当黄豹领着打手们正要打赵有生时，突然喊声四起："后楼起火喽！后楼起火喽……"一听起火，黄豹急忙领着打手向后楼奔去，长工们乘机放出赵有生。赵有生马上领着长工把黄老虎装进麻袋，照样吊在楼梁上。接着又把一只老母猪捆好，嘴里塞进布，抬到黄老虎的床上，用被子盖得严严实实。

过了一会儿，后楼的火打熄了，但烧了一仓陈谷。黄豹的牙咬得格格响，他拿赵有生出气，举起棍子，狠劲往麻袋打，直打得麻袋里无声无息。

这时，一个长工匆匆跑来对黄豹说："不好了，你老爷在床上断气了，快去送终！"

黄豹赶忙跑到他爹房里，往床前一跪，边哭边说："爹呀，儿给你老人家报了仇，你有什么话，请快吩咐吧。"

床上的"爹"没回话，只呼呼地喘气。黄豹觉得奇怪，伸手揭开被，吓得仰天一跤！我的天啦，竟是一头老母猪！黄豹知道上当了，赶紧往堂屋跑，打开麻袋一看，哎呀，我的爹呀……

以上两则赵明兴讲述

唐宽如　徐霞搜集整理

五公的故事

（土家族）

- - - - - - - - - - - - - - - -

五公是土家族的一个劳动者型机智人物。其生活原型本名田谷良，因他排行第五，在族内辈分大，故被人们尊称为五公。他家道贫寒，当了一辈子长工。他正直而富有智慧，其嘲弄、戏耍主人田财主的趣事在湖南凤凰县一带有口皆碑，广为人知。

- - - - - - - - - - - - - - - -

鱼变蛤蟆

五公是个养鱼里手，财主田露富除了要他看好田水外，还要他养一塘沱江鲤供平常酒宴之用。五公养的鱼只只肥大鲜嫩，肉头厚实。每年初秋，禾田放了水，田露富就在花园内专门修了八个荷花水池，要五公把鱼放在里面，好随时捉来吃。田财主心肠刻薄，五公和长年从来没有吃过自己养的鱼，就连鱼腥味也没闻到。五公满肚子气，决心好好对付田财主一盘。

这一年，还是五公养鱼，他格外地起劲，把八池塘鱼养得只只肥大。田财主喜得八字胡两边翘。又到放禾田水的时候了，田财主带着老婆儿女去陈家走亲。五公邀了几个长年放干塘水把鱼捉完，放到河里去了。又从田里捉了几篓子蛤蟆放在池塘里，再灌上水。池塘里满是蛤蟆，呱呱呱的叫声，吵得三五里路之外都听到。第二天，田财主走亲回来了，五公慌慌张张走去报信，脚还没跨进门槛，就大嚷大叫："老爷不好了，塘里的鱼没晓得为哪样都变成蛤蟆了！"田财主不信，吃惊地说："哪有这等奇怪事，快带我去看看！"

五公把田财主带到鱼塘边上一看，当真满塘蛤蟆挤得密密麻麻，叫声把耳朵都吵聋了，田财主痴痴地站在那里发呆。五公假装难过地说："莫非老爷你得罪了洞神，洞神发了气，把鱼变成蛤蟆？看样子，明年这池塘不能再养鱼了。"田露富信以为真，只好垂头丧气地回去了。五公和长年们暗暗打着冷笑！

冒嫌邋遢

莫管家最贪吃，一到长工家里就要办酒肉招待他。稍有怠慢，他就要在财主面前挑逗是非，弄得长工不是被打骂，就是被克扣工钱。长工都恨死了他，一天，莫管家酒瘾发了，想到五公家里捞一餐酒肉吃。五公打好主意，决定好好"招待"他。五公在杉木板凳上糊上溏鸡屎拌堂霉，在烟袋嘴上糊上干狗屎粉粉拌蜂糖。又打了两斤苞谷烧酒，砍了几斤五花肚肉，办得周正得很。莫管家穿着长袍马褂大模大样地来了。五公连忙把他接进屋里，又喊坐，又倒茶装烟，十分殷勤。莫管家一屁股坐在杉木板凳上，绸布长衫立刻染上了海碗口大带墨汁，五公笑着忙赔礼道："昨天才洗的，怕是楼层刚才落的堂霉吧！"莫管家看见五公一笑，满肚子火气不好发作。五公装烟给莫管家吃，莫管家"吧哒"一口，脸烂得像块丝瓜瓢，一口苦水忙往外吐。五公忙赔笑道："我这烟是和头道新茶拌的，开头有点苦，过后心里又舒服又爽快。"莫管家哭丧着脸只是作声不得。不一会儿，五公把酒肉摆上了桌子，一股酒肉香味扑进莫管家的心窝窝里，鹭鸶颈根扯得长长的，饿口水顺着嘴巴直流。五公边摆边道歉说："没有什么好招待的，请莫见怪！"莫管家早已忍不住了，二话不讲，从碗里夹了一大块肥肉就往嘴巴里头送，忽然看见满碗都是黄糊糊的猪屎，一阵恶心，吃进嘴里的肥肉吐不是，咽不是。他把筷子一放，对五公说道："快给我倒碗茶来，我要漱口。"五公假装吃惊地问道："莫管家今天是不舒服吧！怎么不吃酒肉了？"莫管家只好随意答道："我已经吃过了，是到你这里来领领情。"五公作古正经地说："莫管家是大贵人，哪里吃得惯我们家的丑食，我冒嫌邋遢，你不吃我就得罪了！"原来五公事前在肉里头撒上了洗净的糠壳，莫管家哪里晓得底细，再不敢吃了。

主意摆得好

莫管家仗着田财主的势力，专门欺侮长工。一次，田财主家办喜事，一个小长工挑水不小心打烂了水缸，莫管家罚他工钱后，不准他进食，还对他罚跪，这个小长工不到半年就被他活活折磨死了。五公下决心要治治这条看家狗。

七月初七，田财主的母亲七十大寿，宾客盈门，热闹异常。莫管家给宾客端茶送水，大献殷勤。五公见厨房里有七八碗热气腾腾的茶水，装在一个镶金边的银茶盘里。当莫管家进厨房去端时，五公眼尖手快，忽地将一碗事先放在门角落里的桐油，泼在厨房的门口。莫管家兴冲冲地端起银茶盘，一出门就摔了个四脚朝天，银茶盘和茶碗被打得粉碎，热茶水淋得他直喊哎哟！

五公对田财主说："今天是老太太七十大寿，明眼人一看就清楚，这是莫管家有意冲老太太的喜。我看这事……"田财主心里有气，但不晓得要如何处置莫管家，见五公脑瓜灵，便问他的主意，五公说："这马虎不得，要罚跪三天，罚工钱三月，三天不准进食。三三得九，为老太太消灾祛难。"田财主依了五公的主意。长工们个个高兴，都说五公的主意摆得好。

莫管家当轿夫

田财主出外收租总要坐轿，长工们的肩胛皮被轿杠磨破了，莫管家还要打骂长工。有一次，田财主到山区收租，要过几座大山。五公说他最会抬轿爬山过坳，争着要去抬。抬到一座山脚下，他悄悄取出藏在身上的奶奶草①，朝脚上和手上擦了几下，他的脚和手立即肿了起来。他装着蛮痛的样子直喊"哎哟"。田财主见五公的脚手肿得又大又亮，便让莫管家赶快另找轿夫。五公边呻吟边对田财主说："老爷，这里前不巴村，后不巴店，没办法。我看只有请莫管家代劳了。"田财主点了点头。莫管家只好硬着头皮当了轿夫。他有劲，咬牙抬到半山腰，一个趔趄，连人带轿都滚到山沟里去了，田财主差点送命。从此，田财主再也不要他当管家了。

以上四则田云长　陈绍兴等讲述　向农搜集整理

---

① 奶奶草：一种野生植物，叶片有毒，皮肤与之接触即红肿。可用凉水或酸汤洗除其毒性，对人体无害。

波七卡的故事

（土家族）

⊙·············⊙

　　波七卡是土家族的一个劳动者型的机智人物。其故事闪烁着农民群众的智慧火花，在湘西土家族乡村、城镇流布，给人们的生活增添了不少笑声。

⊙·············⊙

年节猜谜

　　从前，土家族地区有个土皇帝最喜欢在年节猜哑谜。他派出大臣到处查访猜哑谜的能手。后来，他知道土家人里有个波七卡很聪明能干，精通哑谜，就把他叫去了。

　　另外，土皇帝还叫人找到了三个会猜哑谜的人。一个是当知县的，一个是中了武举人的，一个是阴阳先生。

　　到了年节这天，土皇帝把四个人召到殿上，让文武百官在一旁作陪。先赐御酒三杯，然后猜哑谜。并指定波七卡先出题，再由其他三人解猜。

　　波七卡稍一思索，就起身做起手势来。只见他上一指，下一指，左一指，右一指，前一指，后一指，然后把胸一拍，又伸出三个指头，再把两手一摊。

　　土皇帝要当知县的先猜。县太爷哪敢违令，连忙起身猜道："上奉圣旨，下管黎民，左三班，右六房，前呼后拥。本人七品县令，年节三天，必有财喜临门。"波七卡把头一摇,说:"没猜对。"

土皇帝又要武举人猜。武举人急忙起身,提提精神,猜道:"上打雪花盖顶,下打古树盘根,左插花,右插花,前弓后箭,本人是一届武举,年节三天,吉星高照,尽情欢乐。"波七卡连连摇头说:"又没猜对。"

土皇帝一听又没猜对,忙喊阴阳先生猜。阴阳先生起身,把眼镜一推,睁眼从镜框外偷偷看了波七卡一下,猜道:"上知天文,下识地理,左青龙,右白虎,前朱雀,后玄武。本人是阴阳先生,年节三天,财喜天天进门。"波七卡一听,忙站起来说,"你们只晓得猜升官发财,半点也没猜对。"

土皇帝听说半点都没猜对,忙对波七卡说:"他们无能,都没猜对,那你解释出来,让孤王欣赏欣赏。"

波七卡站稳步子,面斥土皇帝说:"我上天无路,入地无门,左思右想,前后为难。我是土家族穷人,年节三天都揭不开锅盖,你们只讲升官发财、吃喝玩乐,良心何在?"

戏弄扒手

很早以前,有个中年扒手,人称扒老二。一天,他与波七卡同路去赶场。波七卡认识扒老二,可扒老二却不认识他。

这天,扒老二穿得很阔气,头戴礼帽,身穿长袍,脚蹬崭新的皮靴,手扶文明棍,神气十足地踱着八字方步,向墟场方向走去。

波七卡早已想好了主意,决心要整扒老二一下。他手拿帽子,边走边抛,一不小心,把帽子抛到了屋顶上。波七卡装作很着急的样子,对扒老二说,"大哥,麻烦你一下,你人高手长,请帮我把屋顶上的帽子取下来吧。"

扒老二循声看去,见一个少年向他求援,他诡秘地笑笑说:"要得。我帮你取,只是眼下没有梯子,只有踩着你的肩才能上屋。怎么样?"

波七卡说:"踩我肩上,那当然可以,不过,你要脱掉皮靴再踩,要不,我的衣服被踩脏了。"

"好吧!"扒老二脱掉皮靴上了屋,刚爬到屋顶上,把帽子拿到手中,回头一看，只见少年提着一双新皮靴，边跑边嚷："扒老二！你平常专门偷别人的东西，今天也有你受惩罚的时候。你偷人家的这双皮靴，对不起，我还人家去了。"

扒老二一听，哭笑不得，光着两只脚趴在屋顶上，一副狼狈相。

整旧如新

波七卡有个姓王的老庚①。有一天赶场，两人碰到了，王老庚邀请波七卡到他家去喝新屋酒。

波七卡按时赶去，却不见新屋，便问王老庚："你家的新屋呢？"

王老庚哈哈一笑，说："没有。装了两扇新板壁，整旧如新嘛！"

波七卡没法，只好送礼喝酒。

过些日子，两人赶场又碰面了。波七卡邀王老庚到家里喝喜酒。王老庚到后不见新娘子，忙问："你还是只有旧老庚嫂子？"波七卡同样哈哈一笑，说："我给她做了一套新衣裳，整旧如新嘛！"王老庚哑口无言。

土家过个热闹年

有一年，六月旱，八月雨，田里只有几颗扁壳谷子。土里的几颗稀癞子苞谷，烂的烂了，霉的霉了，真是颗粒无收呀。土家穷人们，为了活命，只好拿起七斤半的锄头，上山挖蕨葛充饥。

眼看腊月二十八日快到了，土财佬们杀年猪，打粑粑，煮酒熬糖，搞得热热闹闹。穷人们，家家揭不开锅盖，又哪来粮钱备办年货？真是肚皮贴背心，愁眉对苦脸。波七卡把穷朋友们找来，想了一个过年的好主意。

原来，土皮庄有个土财佬，最迷信鬼神，今年六十多岁，不知求过多少神，上春才生了一个杂种儿子，起名叫"长命"。腊月二十三日，财佬婆抱

---

① 老庚：同年龄的朋友。

长命往土王庙烧香还愿。一来一去，吹了风，着了凉。长命回得家来，发热发冷，把个土财佬吓得坐卧不宁，六神无主。二十六夜里，波七卡用枞树根子做了一只三尺长的人脚板，捆在左脚上，右脚悬空，右手用树棍撑着，在土财佬家屋前屋后，走了几圈。这夜正下雪，雪地里印出了很多三尺长的独脚印。

第二天清早，土财佬出门去请药匠，看见屋前屋后尽是三尺长的大独脚印，吓出了一身冷汗。心想，我儿一定是触犯了哪路神煞，得此重病，非得酬神退煞不可。于是，药匠也懒去请了，马上回到屋里，烧香化纸，对天祈祷神煞退位。土财佬只想这么一来，宝贝儿子的病就会好了，谁知到了下半天，病儿还是昏昏沉沉，长烧不退。这一来，土财佬才想到了贾家的波七卡。这人聪明能干，什么都会，也能安神退煞。便马上亲自去请了来。

波七卡进了财佬门，前后一看，故作惊讶地说："哟！怪不得这几天有过路神煞托梦，说在我屋的东南方向，有个财福星犯凶煞，恐怕就应在你'佬佬'身上了。哎呀！如今年边无日，定煞也是一年管一年，若是过了年再安，恐怕会出祸事。"

土财佬一听，早已吓得打了一个冷战，脸都变白了。马上央求道："波七卡先生，行行好吧，麻烦你替我家安一下神，退一下煞。小儿若能去祸得福，养成人后，自当厚谢。"

波七卡说："不要忙，我先同你去看一看，万一神安反了，煞退错了，不但不灵验，神煞怪罪下来，灾难更大。"说罢，两人到屋前屋后看了一圈，波七卡说："老太爷！这是独脚大王，奉御旨巡天察地至此，专管人间祸福，你可马上准备整猪一头，整羊一头，三斤半的老鸡公一只。此为三牲祭礼，用来酬神。又要糯米菩萨一个，你今年多少岁，糯米菩萨要多少斤重，此为斋粑，用来退煞。还要香米八斗八升八合，豆腐八百八十八坨，此所谓'要得发，不离八'，用来祈福。以上各物，缺一不灵，一律在腊月二十七日申时，送往东南方向，一个山坳坳下的岩洞里，我自当书符奉请独脚大王及各路神煞，前来享用。二十八日，一众神煞上天回奏玉帝，你家自然消灾呈样。"

土财佬为了酬神送煞祈福，只好痛心地把准备过年的年猪、年羊、粑粑、豆腐、鸡公，以及六十二斤重的糯米人菩萨，准备停当，按时让短工悄悄送到了看好的地方。波七卡把短工全部打发回去，又郑重其事地嘱咐土财佬道："现在，你要笔直回家，不能东张西望。若是回头看了，邪煞又会跟你回去，那我就要到明年腊月二十七日，才能再把它送上天了。"

土财佬连连点头称是，生怕邪煞附体，埋起脑壳，一心一意，匆匆回家。腊月日子短，申时已近黄昏，等土财佬一走，波七卡就把躲在岩洞深处的穷朋友们叫了出来，背的背，挑的挑，把祭品都弄回寨了，过了一个热闹年。

你才是穷人

有一年的五月端午节，酉水河中，龙舟飞渡，锣鼓喧天，看热闹的，真是人山人海，波七卡也带了他的三个儿子挤在人群中间。旁边凑巧坐着有名的王家财佬，他嫌三个小伙子在他身旁挤来挤去，早就憋了一肚子火。他平日说话有些夹舌，这时结结巴巴地说："你们这些穷……穷崽子，到我老爷身边拱……拱过去，钻……钻过来，把老爷都快臭……臭死了。穷人硬有一股穷……穷骚。"

波七卡一听，火冒三丈，马上斥道，"王老爷，我们和你不一样，我们是穷钱穷米不穷人，你呀！年过花甲，夫孤妻单，无儿无女过日子！你才是穷人。"

扯 招 贴

从前，有个土财佬要雇一个长工，好久也雇不到了。因他家刮毒，长工们都不愿给他做工。土财佬无法，就出了一张招贴："谁人照着我的样子和我说的话去做，工钱多少不管。"

这件事被波七卡知道了，他与长工们商妥，扯了招贴去见土财佬，说：

"老太爷！我能按招贴上说的给你做工。"

土财佬一听，就很喜欢，又见他身强力壮，更加满意。

过了几天，土财佬领他去卖油。波七卡跟在后面走。天上落毛毛雨，路像泼了油一样滑，土财佬一不小心，跌了一个狗抢屎。波七卡见了，也故意跟着睡了下去，把一挑油倒得一干二净。土财佬听到响声，知道事情不妙，爬起来一看，心痛地骂道："穷鬼！你怎么把油倒泼了……"

波七卡笑着答道："老太爷！我是照你的样子做的。"把土财佬怄得说不出话来。

又有一次，土财佬要他买几根灯草回来点灯。波七卡当真只买几根。土财佬又冒火地骂他道："蠢猪！你不晓得多买点，用不完，以后好用嘛！"波七卡记到心里。

过了不久，土财佬的儿子病重，要波七卡上街去捡药和买一副棺材。哪知波七卡挑了一对箩筐，到药铺捡了两满箩药，又买了五口棺材，一起送回土财佬家中。

土财佬一见，差点气炸了肚子，又大骂波七卡道："背你个万年时，你为什么买这么多回来？"

波七卡胸有成竹地答道，"老太爷！你不是说多买点，这回用不完，以后好用吗！我连你三代人的棺材都准备了，不感谢我的操心费力，还骂我。"

几句话把土财佬当场怄得吐血，差一颗米上了西天。

以上六则张如飞搜集整理

冉广盘的故事

（土家族）

冉广盘是土家族的一个农夫型机智人物。其原型冉广盘系酉阳县大坝人，生平事迹待考。他的故事以鞭挞邪恶，为穷苦人打抱不平等内容为主，流传于今重庆市酉阳县一带土家族聚居区。

我就是怕你的那个冉广盘

有一天，冉广盘到贵州施南去赶考，半路上碰到一个妇女带一个娃儿在路边哭。他平时最爱帮助人，忙上前打听，才知道，原来母女两个逃荒到了此地，唯一的一床棉絮却被一个年轻人骗跑了。冉广盘一听这事心头就冒火，他用身上仅有的几个钱安顿母女俩住进客店。真是：不是冤家不碰头，在客店里那个妇女发现了骗自己棉絮的人，可恨的是年轻人矢口否认这回事，还把妇女骂了一顿。

冉广盘以为年轻人的欺骗行为被揭穿后会把东西还给别人，一看这样，他就铁了心要打这个抱不平。他也住进客店，设法跟年轻人搭上话，还请他喝酒。年轻人听说冉广盘到施南去赶考，像逢了知己一样，说："我也是去赶考的。"

冉广盘不停地劝酒，年轻人喝得有点晕头转向的，说了一堆吹牛的话，夸口说自己如何凶，连酉阳一带出名出色的冉广盘都怕他。冉广盘听了这些并不说好孬，只是不动声色地继续劝酒，直到年轻人大醉方休。

夜深了，年轻人睡得像死猪一样。冉广盘在店里买了一块硬邦邦的豆腐干，刻上自己的名字，用黄泥涂在上面，悄悄把年轻人骗来的那床棉絮四角盖上大印，然后和年轻人合盖这床棉絮睡了。

第二天清早，冉广盘起来就喊年轻人："快点起来，我还要赶路。"年轻人迷迷糊糊地说："你走路关我屁事。"冉广盘惊讶地说："你未必酒还没有醒呀！我要拿我的棉絮得嘛。"一听这话，年轻人的酒真醒了，他说："明明是我的棉絮，哪个变成你的了哟？"这一来，二人争吵不休，年轻人说："走，我们到衙门去打官司。"冉广盘打官司是远近闻名的，他才不怕他。

到了衙门，两个人都说棉絮是自己的，县太爷被吵昏了。只得一个个地问。他先问年轻人："你说棉絮是你的，你有啥子证据？"年轻人当然说不出个所以然来。县大老爷又问冉广盘："你有啥子证据呢？"冉广盘说："我在弹棉絮的四个角上盖上了四个私章，不信你看。"大老爷叫人一看，的确如此，于是把棉絮交给冉广盘，把年轻人痛打了二十大板。

二人一同走出衙门不远，冉广盘把棉絮交给年轻人说："年轻人要学好，不要欺负穷人，快点把东西还给别人。"年轻人接过棉絮，心头恨死了冉广盘，说："你才稀奇吧，你让我挨了一顿打不过瘾，还要我还东西给那个人？"

冉广盘心想：你这个小伙子太不懂规矩了，还要让你吃点苦头。于是他马上跑回衙门说，"棉絮又被年轻人抢去了。"

县大老爷马上派人把年轻人抓回来审问："才打了你二十大板，你嫌不够，出去又抢别人的棉絮，来人哪，狠狠地打他四十大板。"

这四十大板打得年轻人连路都走不得了。冉广盘把他背到客店，找到受骗的妇女，把棉絮还给她，然后对年轻人说："你昨天晚上说了不少吹牛的话，叫你把棉絮还给别人，你还口出狂言，现在尝到苦头了吧。告诉你，我就是怕你的那个冉广盘，冉广盘就是我。"年轻人一听他就是大名鼎鼎的冉广盘，吓得直给他磕头，说："我有眼不识泰山，以后再不敢做这种事了，请你高抬贵手吧!"

从那以后,年轻人开始学好了。

冉启强　刘应邦讲述

穷人的好朋友

冉广盘是酉阳大坝的一个单身汉。他很小的时候就死了爹娘,一间破板房和两亩地也被狠心的地主霸占了。从此,他就开始了流浪生活。

冉广盘长成了一个壮小伙子,他走南闯北,见过不少大世面。他借打短工糊口,干活很卖力,一个人顶几个人。但他最恨有钱人,农忙的时候,有钱人家争着出大价钱请他,但他对钱根本不动心,情愿去帮助那些缺少劳力的贫穷人家做活路,只跟着吃两顿饭,又不要工钱,大家都喜欢他。冉广盘还会逗乐,山歌也唱得好。

穷人喜欢冉广盘,富人则怕冉广盘。因为冉广盘最爱为穷人打抱不平,哪个有钱人欺负穷人,被他晓得了,就非把你搞得下不倒台不可。他见过世面,人又聪明,有时候连县大老爷都觉得他这个人"麻烦"。

有一次,快过年了,冉广盘回到大坝。他没得家,乡亲们都请他到自己家去过年。冉广盘走到王老汉家,见一家大小愁眉苦脸的,一问才晓得,原来就是霸占冉广盘家房子和田地的那个地主把王老汉家养的一头大肥猪抢去了,说是抵欠他的债。冉广盘非常气愤,他打定主意,非收拾地主不可。

第二天,冉广盘找王老汉要了一捧苞谷面,就到地主家的猪圈去了。他先把苞谷面撒在地上,再把地主抢的那头猪赶了出来,然后捡了一根棍子使劲地打那头猪,猪起劲地叫起来,地主一听猪叫赶紧跑出来看。

冉广盘假装被猪咬了,大声地叫唤起来:"哎哟吔,你这头疯猪,抢了我的苞谷面吃,还咬我,我非收拾你不可。"

地主一看是冉广盘,晓得他不好惹,想把猪赶进圈。冉广盘说:"你哪个的哟,未必你的猪咬了我就算了?那不得行!"地主听他口气大得很,晓

199

得来硬的行不通，就想大事化小，说："冉老弟，一笔写不出两个冉字，猪吃了你的苞谷面我赔几吊钱。"

冉广盘一听火了："光赔苞谷钱还脱不到手哟，你的猪把我的脚筋咬了，以后我残废了哪个负责哟。"他一看地主有些心虚，又说："你不治我的病，我们就到衙门打官司。"

冉广盘坚持要打官司，直到见地主急于了事，他才松口说："除非你把这头猪赔给我，我才不告你。"这一来把地主气得心头鬼火冒。但转念一想，反正打官司也要花钱，不得已，只有答应了。

除夕夜，冉广盘和王老汉一家把猪杀了，欢欢喜喜地吃了一顿年饭。地主却在想嗰个报复冉广盘，出出心头这口气。

初三早晨，突然，有两个差人到王老汉家抓冉广盘。原来地主买通县大老爷，告冉广盘骗了他的钱。

冉广盘对两个差人说，"你们歇一口气嘛，我去给牛滚个澡就走。"他把牛牵到塘边，两只手伸到牛肚皮底下左右摇动。两个差人坐在远处一看，就像是冉广盘抱起牛给牛滚澡一样。他们都听说过冉广盘的厉害，只是没见识过。这回亲眼见到了，心就虚了。一个差人说："你看他那么大的力气，连牛都抱得起，我们嗰个弄他得走。"另一个说："走到路上他莫把我们推下岩哟，干脆回去说他已经跑了。"两个人看到冉广盘牵起牛往回走来，吓得撒腿就跑了。

从那以后，衙门的差人都怕同冉广盘打交道，冉广盘的名声更大了。

刘应邦口述

以上二则连小培　李照萍搜集

李照萍整理

搭救胡顺

有个人叫胡顺，家头穷得田无一块，地无一丘，就靠帮人做事，挣点钱养活他老娘。

这年夏天，胡顺去背盐，从龚滩码头到县城二百多里路，辛辛苦苦背一趟，说是五十吊钱，如果天不帮忙，下场大雨再出个大太阳，那盐淋了雨，又一晒，化得一路滴起水走，等你背拢了，少个十斤八斤，就把脚钱扣脱一大半。胡顺明晓得这钱不好拿，可是人穷了，只有拼起命来干。

有一天，胡顺背了一大块盐朝县城走，一下一下，爬了七八个山，上坡脚发软，下坡打闪闪，脚多宽的路，一边是悬岩，一边是陡壁，一不小心背兜碰到岩上，连人都要撞下岩去。胡顺提心吊胆地走，生怕摔下崖去。人倒了霉，连天都不长眼，突然一阵大雨倾盆而下，狂风把背兜上遮的蓑衣也掀开了，胡顺连挪步都不敢了，只有让风吹雨淋。雨停了，胡顺好不容易走到一个宽敞点的地方，把背兜搁下来一看，他急得捂着头就哭起来。刚好冉广盘从这里过路，看到胡顺那背盐，已经遭雨冲走了好多，剩下的也湿透了，等太阳出来了一晒，还不晓得要化好多。冉广盘拉起胡顺说："大哥，哭也不是办法，快点背起走。"胡顺说："剩了这点盐，我拿啥去赔老板？我老娘还在屋头挨饿，等我拿钱去买米呢！"冉广管盘看到胡顺那个老实巴交的样子，心想，歹毒的盐老板是不会饶了这个老实人的，就对胡顺说："大哥，我倒是有个办法帮你救个急。"胡顺半信半疑地盯着冉广盘，冉广盘给他叽叽咕咕说了一阵，胡顺听了直摇头。冉广盘说："那我就不管你了。"说完他把胡顺的背兜朝地上一掀，盐巴滚到稀泥里，糊得稀脏。胡顺一看更急了，抓住冉广盘的衣服："你赔我的盐，你赔我的盐！"冉广盘松开胡顺的手："大哥你莫急，我赔你，我赔你。"说完他把地上的盐捧进自己的背兜，和胡顺一起朝西阳县城走去。

到了盐号，冉广盘悄悄对胡顺说："大哥，这阵你就听我的。"他们等过秤的人进里屋去了，冉广盘拉着胡顺就跑进盐号，把盐巴倒到盐堆上，过秤的人听到外头有声音，提起秤就跑出来："哎，你称都不称就把盐巴倒了。"冉广盘说："哪个没有称呢？在那边称好了的。"掌秤的说："那不行，重称过。"冉广盘说："好嘛，反正我们今天摔了跟斗，沾了泥巴的盐巴都是我们的。"说完就和胡顺到盐堆上，把有泥巴的盐都装到各人的背兜头。一个装满一背，有泥巴的盐还没择完，掌秤的一看就吼起来："你们背得起好多？"冉广盘说："嘟大两个男子，还不背两百多斤？算了算了，就算我们今天倒霉。"冉广盘和胡顺把背兜的盐一称，一个一百多斤。盐号只好付了两百多斤盐的脚资给他们。

胡顺拿到一百多吊钱，不晓得嘟个感谢冉广盘，硬要两人平分，冉广盘说："大哥，你这人太老实，拿到这钱去拜师讨点乖。"说完背起背兜就走了。

冉崇能讲述

连小培　李照萍搜集

连小培整理

巧胜顽敌

一年，过年节，土家山寨的大人、娃崽个个喜气洋洋。他们打糍粑，喝油茶汤，吹咚咚喹，跳摆手舞……陶醉在节日的欢乐里。突然，从寨外传来警报，说客王派兵来攻打山寨，扬言要征服土家人。前边苗家山寨已被攻破，现正向土家山寨杀来。土王闻报，知官兵人多势众，难以抵挡，一时急得满头大汗，不知如何是好！这时，冉广盘给土王出了一个主意。土王听了大喜，当下便照计行事，叫土兵到老百姓家里买来三百头山羊，倒吊在山寨四周的树上，在每只山羊的四脚够得着的位置，摆上一面大鼓，又指挥士兵给战马系上铜铃，拴在山寨四周的大树下，而后土家人悄悄撤出了山寨。

第二天，客王的兵马赶到土家山寨，见山寨没有动静，便擂起战鼓，狂呼乱叫着向山寨杀来。战鼓声，喊杀声，使山寨四周树上的羊和树下的战马都受了惊。那倒吊在树上的山羊，两只前脚便一个劲地在鼓上乱踢，直擂得战鼓"咚咚、咚咚"响，那拴在树下的马，更是狂蹦乱跳，掀起一股股尘土，一时间，战鼓咚咚，尘土飞扬，马嘶铃响，那气势恰似山呼海啸，真不知有多少人马！客王以为中了埋伏，立即命官兵撤出山寨，官兵吓得屁滚尿流，慌乱中自相践踏，死伤无数。直到山羊精疲力竭，停止了擂鼓，客王才停住脚步。但未见追兵，又令官兵再次杀进山寨。一看，土兵踪影全无，只有一些山羊倒吊树上拼命挣扎，一些战马在树下嘶鸣喘气。客王气得吹胡子，瞪眼睛，令官兵杀掉羊马，官兵举起刀就向羊马乱砍，一霎时，几百头羊和几百匹马统统倒在了血泊里。官兵跑了半天，肚子也正饿了，于是挖灶升火，烤羊煮马，大吃大嚼起来。谁知，正在他们吃得津津有味的时候，土王突然带着土兵杀了回来。官兵措手不及，被杀得哭爹喊娘，四处乱窜。土王乘胜追击，把官兵赶出了土家地界。

仗打胜了，土王为此举行了隆重的庆祝酒宴，他感激冉广盘为他出了好主意，便宣布要奖赏冉广盘千两黄金和一品大官。可找遍山寨，连冉广盘的影子都没见到。原来，冉广盘见土兵打了大胜仗，便放心离开了山寨，回到家乡种田去了。

田茂贵讲述

彭林绪搜集整理

孟征的故事

（黎族）

··

孟征是黎族的一个劳动者型机智人物，出自艺术虚构。他的故事流传于海南省保亭县一带黎族聚居地区。

··

巧捉猴子

五指山区山高林密，成群结队的猴子到处为害，黎族农民种植的稻子、山兰、玉米，一天到晚辛辛苦苦，到头来还是收不了几粒，整块地的作物还没有成熟就差不多都被猴子吃光了。农民们气得无奈，只好请孟征给他们想办法。猴子嗅觉灵，动作敏捷，很狡猾，不容易捉。用什么方法整治它们呢？孟征想了好久，终于想出一条妙法来；一天，孟征在深山里看见一群蜜蜂在采花，便走上前像是好心似的劝告它们说："蜜蜂弟弟，你们可要当心啊！猴子说你们把山里的花都采光，结不出果，它们没有东西吃，要来咬死你们了。"蜜蜂听了大怒，叫嚷着要跟猴子评评理。孟征见蜜蜂已经上当，便又给它们鼓气说："你们别怕，你们兄弟多，跟猴子斗，一定赢。"又过了一天，孟征找到了猴子，说："猴子哥哥，你们可要注意呀，蜜蜂说你们整天在果树上跳来跳去，踩落了花粉，它们采不到花要来整你们了。"猴子听了也像蜜蜂一样大怒。孟征为了使猴子上当，活像不屑一顾地对它们鼓励道："蜜蜂一个个饭筷头大，你们一爪一个，还怕杀不了它们！"

蜜蜂和猴子听了孟征的话后，定了一个日子到溪边去决斗。决斗的这天，孟征预先在溪的下游安了个大竹笼。所有的蜜蜂和猴子都投入了战斗，蜜蜂多，小巧灵活，把猴子蜇得嗷嗷直叫，痛得它们满地翻滚。孟征站在溪边看热闹，他大声地嚷着说："猴子哥哥，快跳下溪！顺着水泅，千万不要往上跑！顺着水走蜜蜂就闻不到你们的腥味了。"猴子听从孟征的话顺着水游去，结果，一个个都游进了孟征装在水底的竹笼里。全部的猴子都捉住了，唯有一个母猴逃了出来。传说现在所有的猴子都是这个母猴的子孙后代。

捉弄财主

孟征盗富济穷出了名，有钱的财主恨透了他，但孟征偷得巧妙，神不知鬼不觉，又没有什么把柄给人抓在手里，因而财主们对他无可奈何。一天，附近的一个大财主对孟征说："听人家说你很会偷东西，我家有一只羊，要是你能偷走，那就算我输给你，要是偷不走，哼……"财主用鼻孔打了个哼哼。

孟征知道这是财主故意想办法要整治他，寻思片刻，想出了个妙计，欣然答应了财主提出的条件说："好吧，偷不走你的羊我给你当一辈子工仔。"

条件讲妥。当天夜晚，财主为了不使孟征真的把羊偷走，趁人不注意，特地悄悄地把羊从羊栏里牵到后山坡，缚在深山里。孟征早就料到了这一着，半夜里，他走到财主家的外面学羊擦痒的样子用屁股擦围墙。果然不出所料，孟征擦围墙的声音惊动了财主两公婆。财主婆有些不放心地问财主公："你把羊缚在那里，是不是索断羊走回家来了？"

"我缚在后山坡酸豆树头。缚了三条索，断不了。"

孟征站在外面听得清清楚楚，一会儿，便走到后山坡把羊牵去杀了。杀了羊后，他把羊肚放到睡在床上的两个财主女儿中间，羊头放进火塘里，羊尿脬吊在财主公的脖子上，羊肠吊在门楣上，羊皮铺在大门口。把大饭锅倒过来盖在门前的垃圾堆上，饭盆翻过来放在屋角。睡到半夜，财主的两个女儿碰到湿漉漉软绵绵的羊肚便嚷了起来，姐姐说妹妹生了孩子，妹妹说是姐姐生的。两人争吵不休，吵得地主婆睡不着觉，便说："你们别吵了，等我点火看看。"财主婆爬下床来，看见火塘里有两颗闪光的火星。她走到火塘边蹲下来吹火，一蹲下身，头就碰了羊角，痛得她"哎哟，哎哟"地乱叫。财主公听见财主婆喊叫，以为出了什么事，忙爬起身来。他坐起床一下子就摸到了吊在脖子上的羊尿脬，愤怒地说："你死不死我死了，我的尿脬走上脖子了。"

财主公走到门口，摸到了挂在门楣上的羊肠，以为是毒蛇，嚷着说："哪来这么多毒蛇呀？"他举起木棒朝羊肠乱击，谁知把满屋子的饭碗、菜盘打得稀巴烂。走出门口，他一脚踩在羊皮上，摔得四脚朝天。财主公气了一肚子火，骂道："这两只死狗都到哪里去了。"他看见垃圾堆上黑乌的饭锅以为是黑狗，便一棒打去，只听得当的一声响，锅破了。他转头看见屋角的饭盆，以为是白狗，又一棒打去，盆也破了。

第二天早晨，财主爬起床来，看见满屋子的羊皮、羊肚、羊角……知道上了孟征的当。财主找到了孟征，对他说："我还有一只鸡，要是你今夜偷去，我永远服你；如果偷不走，送你到县里严办。"孟征笑眯眯地点点头。当天夜里，财主两公婆吸取了前夜的教训，他们坐在火塘旁轮流抱着鸡。男的抱了一会儿又交给女的抱，就这样反复交换，一直挨到了后半夜。他俩抱鸡的情景，躲在屋顶上的孟征看得一清二楚。当鸡啼第三轮时，孟征看见财主两公婆都打盹了，便从屋顶上抱着一只鸭用绳子吊下来，悄悄地站在他们身后见机行事。当财主公闭着眼睛把鸡交给财主婆时，孟征急忙把带来的鸭塞给财主婆，却把鸡拿走了。

财主婆把鸭抱了一会儿，摸着鸭的嘴巴，闭着眼睛问财主公："怎么鸡的嘴是扁的？"

财主公也困得睁不开眼睛，装得很有把握地说："鸡嘴扁是鸡要啼了。"

早晨醒来，财主两公婆看见手里抱着的是一只鸭，才知道鸡被孟征换去了。

以上二则王那咬讲述　符震搜集整理

阿亮的故事

（黎族）

<hr style="border:none;border-top:1px dotted #000"/>

阿亮是黎族的一个劳动者型机智人物。其故事大多以嘲弄和惩治黎头、山霸为内容，流传于海南省陵水、保亭、崖县一带的黎族聚居区。

<hr style="border:none;border-top:1px dotted #000"/>

跳舞的故事

有一天，阿亮正沿着响水河走着。他一边走，一边和河边犁田的人谈笑对山歌。忽然，远处传来了"嘚嘚"的马蹄声。他抬头一看，原来是六弓峒的峒主来了。峒主骑着马儿来到阿亮的跟前，问道："阿亮，你这么高兴是要到哪里去呀？"

"七弓峒有人结婚，我要去那里跳逗娘舞玩耍呢！"阿亮佯装高兴地说道。

这个六弓峒的峒主，早就知道阿亮能歌善舞，便连声说道："你先跳给我看一看吧！"

"河里无水不能唱歌，山坡无草不能放牧。我跳舞用的扇子还在河那边呢，不能跳哇！"阿亮显出无可奈何的样子。

"那怎么办呢？"

"要不你把马借给我骑过河去拿扇子吧，用不了一筒烟的功夫就回来了。"

这峒主饱食终日，无聊得很，很想看跳舞，立即答应了。

阿亮牵过黎头的马，往上一跨，跑到河边又把马拉住，掉过头来对峒主说："你的马是匹高贵的马，不能驮我这样穿得破破烂烂的人，还是把你的衣裳也借给我穿吧！"

峒主见阿亮夸他的马和衣服，像喝了一坛糯米酒一样，心里甜滋滋的，立即脱下自己的外衣交给阿亮。阿亮穿上峒主的衣裳，便扬鞭催马过了河。到了对岸，他掉过头来对峒主喊道："谢谢你把马和衣裳送给我，我得喝结婚喜酒去了。"

峒主这时才恍然大悟，知道自己上当了，急得又是喊又是跳的。

阿亮见状，便哈哈大笑地说："你的舞跳得很好哇，不用我跳了！"

宝贝的土锅

刚过春节，家家户户都忙着上山砍山兰。有一天，阿亮从山上砍山兰园回来，又渴又饿，走到路边大榕树下，放好砍刀，便取下土锅生火做饭。刚做好饭，见山路那边有几个肩挑担子的挑夫，赶着几头黄牛走过来，后面还走着个头戴棉丝帽，身着织有各种图案衣服的人，看那气派准是个有钱有势的家伙。阿亮眼睛一眨，主意来了。他迅速将火扑灭，用沙土盖好火炭。不一会儿，挑夫们走到大榕树下，阿亮便招呼道："脚佬①，天气热得打狗也不出门，歇一会儿再走吧！"

这伙挑夫早就累得汗流浃背，渴得喉咙冒烟。不等阿亮说完，就撂下担子，吵吵嚷嚷要水喝。还指着那戴棉丝帽的人说："他是半弓村的灶官②呢！"

"啊，原来是灶官大人，没有好酒好茶接待，请喝点稀粥解渴吧！"阿亮说着，便拿出椰子碗，从土锅里装一碗稀粥送给灶官。

---

① 脚佬：即老乡。
② 灶官：黎族地区新中国成立前的官名，相当于甲长。

灶官用手接过稀粥，眼睛却睁得大大的，直瞪着土锅，惊讶地说："怎么？你不生火也能煮熟稀饭吗？"

"哈哈，"阿亮笑了笑说："灶官大人，你别看我这个土锅黑不溜秋的，它可是个宝物呢！不用下米下水和烧火，也能变出粥来。"

"什么？这是个宝物？"灶官那滴溜溜的贼眼瞪得更大了。

"是啊，我这个宝物不仅能变出稀粥，其他东西也能变出来呢！"阿亮边说，边将土锅里的稀粥盛给挑夫们吃。

灶官一听说这个宝物什么都能变，瞪得大大的贼眼立即笑得眯成了一条缝。他想：我如果得到这个宝物，天天变金变银，那不就是黎家最有钱的人啦！他越想越乐，垂涎直流，便对阿亮说："老弟，把你这个黑土锅卖给我吧！"

"我这个宝贝儿是不能卖的！"阿亮连连摇头。

灶官又说："你不卖？那我用这几头牛跟你换。这几头牛值一千多银子，你数也数不过来呢！"

"不，几头牛能换到这样一个无价宝吗？"阿亮又连连摇头。

"好吧，"灶官咬咬牙，半哄半吓地说，"连这几挑财物都通通给你。我这个灶官嘛——以后也不会亏你的。"

"唉，灶官老爷，"阿亮装作很不乐意的样子，"你既然非要这个宝物不可，那我就半换半送给你吧。"

阿亮一说，灶官像只饿豹捉到梅花鹿一样，抱起土锅就想走。阿亮立即叫住他："我还没有教你如何使用呢。回去以后，你想要什么东西，就把它放在地上，口里喊着想要的东西，再用木棍敲两下，它就会使你满意的！"

灶官很害怕阿亮变卦，"嗯"了一声，带着挑夫马上上路。回到半弓村，为了炫耀自己的"宝物"，他在村里转了一圈，大声喊道："大家快来看我用几头牛和几担银子换来的宝儿吧！"

听到灶官的吆喝，村里的男女老少，都围到灶官的大院里去想看个究竟。灶官看到全村人都来得差不多了，便找来一根木棒，把土锅放在地上，一边叫着"宝贝，宝贝，快给我银子！"一边用木棒将土锅敲两下。可是，他掀开土锅盖，里面仍是空空的。有些人便小声嘀嘀咕咕："这不是个古不溜秋的土锅吗？哪里是什么宝物呢?"有些愣头后生还禁不住笑出声来。这一下灶官可火了，骂道："笑什么？是我敲轻了么!"他举起木棒狠狠地敲了下去，"呱"的一声，土锅被打破了，灶官的心也被敲碎了，大伙儿却哄笑着走了。

以上二则陈太桂　蓝仁义搜集整理

打灰的故事

（黎族）

○·····················○

打灰是一位劳动者型机智人物，出自艺术虚构。他的故事诙谐风趣，脍炙人口，流传于海南省保亭县一带的黎族聚居区。

○·····················○

骗 汉 商

从前，有一名叫打灰的人。有一天，他去岳父家里喝酒，喝醉了便倒在岳父的床上睡，正要闭眼，却见床头上吊着一个小葫芦。他起来一看，见装着蜜糖，满心欢喜，马上用箭尖刺破一个小洞。他仍旧睡在床上，张着口、闭着眼，让蜜糖滴在嘴里，不久就睡熟了。次日天亮时，岳父叫他起来吃饭，可是他怎么也不能起床，原来蜜糖滴满了他全身，把他粘在床上。他猛一用力，却把挂在屋梁上的山猪牙、鹿角等都震得掉下来了。岳父大怒，骂他："你这个衰仔，搞掉了我这些东西，我以后怎会打到山猪呢?"打灰忙说道："我有办法，您不要愁，我赔给您，您要一百只我赔一百只。"接着他叫岳父在山上挖一个坑，把他埋在坑里，只露出眼睛和鼻子. 然后筑围篱，用一条藤系在门上，他的手在坑里牵着藤。看见山猪、箭猪、鹿、熊、猴子等野兽经过，他就猛转动着眼睛，鼻子发出"哼、哼"的声音。那些野兽见了很奇怪，走近来看，都不知道是什么东西。正在我看你你看我时，打灰猛拉

·211·

藤条，把门关紧了。他马上爬起来，跑去告诉岳父。岳父走去一看，恰好是一百只。打灰要了一只鹿，用线缝了鹿的眼皮，就骑上走了。在路上，他见一个汉族商人骑马走来，他对汉商说："您好，我这匹马多么好，头上的角可以挂很多东西，我的包袱、米袋都挂上去。而且跑起来像鸟飞那样快，真是一匹宝马。"汉商动心了，要和他换，他不愿意，汉商说了半天好话他才肯换。汉商骑上鹿后，他说："我的马走得快，您坐不牢会跌下来的，我把您的脚绑在马身上就不会跌了。"接着又拆开鹿眼的线。鹿看见人，吓得乱跑，穿过树林，钻进荆棘，汉商被碰倒了，打灰却骑马大笑而去。

走了一段路，他又见一个汉商挑刀来卖给黎人。打灰就坐在路旁，把糯米糕埋在地下，然后用刀挖。汉商见他挖了一下，就拿出一块东西吃，觉得奇怪，问道："你挖什么吃？"他说："我挖地糕吃。"汉商说："好吃吗？给一点我试一试。"他挖了一块给汉商，汉商爬山越岭走来，肚子很饿了，嚼着那块糕更觉得香甜，问他："你怎么知道这里有糕呢？"他说："我这把刀到哪里都可以挖地糕吃。"汉商心里想道："他那把刀这样好，如果和他换过来。那么我以后走路就不用带米带菜了，到处可以挖地糕吃，多好呢！"于是对他说："你的刀只能挖地糕吃，我的铁刀用处很大，做工又快又省力，真是好极了。拿一把跟你换那把刀好吗？"起初打灰说不愿换，后来说了几次肯换了，汉商欢天喜地走了。

走了很远。打灰停下来煮饭吃。快要煮熟的时候．远远见一个汉商挑铁锅来，他连忙拾了三块石头另在一处安一个灶。放煲上去．把原来那个灶拆掉，火也弄熄了。汉商来到后，见他没有烧火，但煲里的米却滚沸着，非常奇怪，他说："我的煲是不用烧火的，只放水放米，过了一会儿，就煮熟饭了。"汉商心里想："出门的人带上这个煲，不用捡柴不用烧火，走到哪里就在哪里煮饭吃．真方便极了。如果他肯跟我换就好啦！"便对他说："我这些铁锅很耐用，用到子子孙孙哪代都不会破，我拿一个跟你换好吗？"打灰欢喜地说："铁锅这样耐用，换吧。"汉商换得煲，高兴地去了。走了一段路汉商便安灶煮饭吃，放水放米后，等了很久。没有水泡，又等了很久，气都没有冒出来。用手一探，水还是冷的，这才知道上当了，气得叫起来："从来只有我骗人，这回却给黎人骗了，真倒霉！"抓起煲连水带米抛到山谷里去了。

采录于保亭县南圣村

骗　熊

有一次，打灰看见一只山猪走过，他指着树下的蚂蚁窝对山猪说："喂，山猪大哥，我听蚂蚁说要咬你的眼睛和鼻子，你要小心点呀！"山猪昂着头说："哼，蚂蚁那么小，我一冲过去，全窝都会给我踩死，你看吧！"说完就向着蚂蚁窝冲过去，谁知撞着打灰预先插在树下的箭，刺中颈喉死了。打灰正要杀来吃，却见熊走来，他怕熊和他争吃。正在想计，一抬头望见云在天上走，便指着云对熊说："你到那里去拿火来，我们烤山猪肉吃，"熊去后，他架柴烧火烤山猪肉吃。把肠留下来，用肉和肝灌得满满，煮熟后系在腰间。熊站在地下，眼巴巴地看着云走，没有办法上去，只得回来。打灰一见就骂道："你这个家伙，拿火拿这么久，给山猪逃走了，吃什么？"说罢便叹气。过了一会儿，他拍拍肚子，拖出一段猪肠割下来吃，熊问他："你吃什么？"他说："没有什么吃，只好割自己的肠吃。"熊说："给一点我尝一尝，看看好不好吃。"他割了一段给它，熊一边吃一边说："很香啊！再给一点我吃吧！"他生气地说："净吃我的怎么成呀！你也要割自己的来吃。"熊说："我怕痛。"他说："我教你一个法子，你闭着眼睛，我来替你割就不会痛了。"熊依他说，紧闭了眼睛，他就拿着刀对熊的颈喉用力刺下去，然后自己跑进一个小洞里藏着。熊跳了几下就死了。过了很久，他看见一只蚂蚁在洞前走过，他问蚂蚁："你看见熊死了吗？"蚂蚁说："早已死了，我已吃饱了它的血。"于是他钻出来，又烧火烤熊肉吃，拿了熊胆便走了。

鹿肉、青蛙汤

有一次，打灰听见青蛙在水里叫，又见三只鹿走来，他对鹿说："喂，鹿兄弟，我听青蛙说要吃你们的肉哩！你们听一听。"三只鹿竖起耳朵，果然听见青蛙"咯、咯"地叫，气得叫起来："这个小东西真大胆，等我们喝干了水，就踩它成肉饼，看它说不说。"等到三只鹿都喝胀了肚子，打灰听见鸟在树上"比卜、比卜"地叫，便喊道："喂，你们听一听，有人来打猎了，快走快走。"吓得三只鹿猛跑，有一只鹿跑不远，胀死了。他便又烤又煮鹿吃。有一只青蛙从水里走出来说："你吃鹿肉吗？给一点我吃吧！"打灰说："你自己去锅里拿吧！"蛙往锅里一跳，给烫死了。又有一只青蛙走来，打灰说："刚才你有一个兄弟向我要鹿肉吃，我叫它到锅里去拿，现在正在锅里吃着，你快去吃吧，迟些给它吃完了。"这只青蛙也往锅里跳，也烫死了。又有一只青蛙走来，他也叫它快去吃。这只青蛙一跳，恰好跳在锅里和肉上，烫脚很痛，就跳出来走回水中去了。打灰喝着汤，哈哈大笑着说："好味道，鹿肉加青蛙汤，真好吃。"

猴子上当

有一天，打灰到溪里去捉鱼，看见一群猴子在树上玩，他心里说："我要收拾这群家伙。"他就堵水，安上鱼笼，走去指着一个蜂窝对猴子说："喂，兄弟们，蜂说你们在树上跳来跳去，吵吵闹闹，它们说要咬你们哩！"猴子说："怕什么，我们一捉着就捏死它们。"于是成群猴子就去捏蜂窝，谁知"嗡、嗡"全窝的蜂都飞出来，刺得猴子"吱吱"乱叫，个个都脸肿眼青，抱着头乱走乱跳。他见了大笑，忙喊道："走上山得咬死，跳下水里逃生。"猴子就争着跳下水去，但都走进鱼笼中去了，来一个捉一个，来两个捉两个，猴子全给捉完了。

打灰与螺比赛

有一天，打灰经过溪边，看见一个螺在水中行着，他冷笑着说："螺呀，你行得这样慢，如果爬一块小石头，爬一年也爬不完。"螺说："虽然行得慢，可是你也不会比我快。"打灰说："好，你敢跟我比吗？我到哪里，叫你，你要应，你不应，就是跟不上我。那时你可倒霉哩！"螺说："好吧，我跟得上你，以后不准你喝我的水，跟不上，由你怎样办都好。"说完后，螺马上通知住在各条溪里的兄弟姐妹。打灰走到一条溪边时，喊道："螺呀！"溪里的螺就齐答："喂！"打灰再向前走，又到一溪边时，喊："螺呀！"溪里的螺又齐声应道："喂！"他心里慌起来，急急向前走。走到第三条溪时，螺又应他，他更心慌。一气走完第四条溪，螺还是应着他。他累了，双腿酸痛，喘着气，可是又不敢停下来，还是咬着牙走。走了一条又一条干涸的溪，螺还是应着他。走到第五条溪时，他走不动了，觉得天昏地转，腿痛得好像要断，嘴里焦得像要裂开，心也像要跳出来。突然，他栽到地上，死了。

以上五则讲述者：王老秀

采录者：云博生

采录于海南省保亭县南圣村

蓝聪妹的故事

（畲族）

○·····················○

蓝聪妹，又叫蓝七妹，是畲族的一个劳动者型女性机智人物，出自艺术虚构。其故事流传在浙江兰溪、丽水一带畲族聚居地区。

○·····················○

稻谷与稗子

畲山岙的畲民除了"坐山吃山"外，还租了平川畈财主刁贵家的一些薄田过日子，人们便称刁贵为"刁东家"。

这年，山上的布谷鸟又叫了，该是种田的季节了，可是畲民们连谷种还没着落，大家不由得跑到蓝聪妹家，让聪妹给想想法子。

第二天，聪妹来到刁家借谷种。刁贵一见有人来借谷种，便在谷种里掺进三分之一稗子，借给了聪妹，并讲定等日后田里禾苗长成后，按长势再定利息。聪妹满口答应，挑着谷种回到山岙里。

聪妹将谷种分给各家播种。过几天，种子发芽长出秧苗来了，经过精心管理，秧苗长得很好。到了种田这天，聪妹让各家把秧田里长得特别高大的稗子秧先拔出来，全部插在一丘平整肥足的田里。

一个多月以后，一天，聪妹听说刁贵带了赖管家来看庄稼长势了，便特地约了几个小伙子来到稗子田精耘。刁贵在田间转来转去，最后来到稗子田边，一看田里禾苗长势特别好，便选定了这丘田。聪妹和耘田的小伙子装出无可奈何的样子勉强答应了。刁贵怕她反悔，便当即让管家写下二份文书，一份交给聪妹，他自己收藏一份，洋洋自得地摇着扇子回家了。心想：聪妹到底是个不懂事的丫头。

稻子成熟了，聪妹和大伙忙着在田里收割。姑娘们边割边唱起山歌，小伙们肩挑黄灿灿的稻谷回家。

大路上，刁贵来了。他带领着家人，赶着牛车，走得满身臭汗淋淋。他来到了亲自选定的田边一看，呆住了。原来田里长的全是稗子，鼻子、眼睛气得歪到一边去了。

上　弹

冬天，是畲山峇毛竹园里采收冬笋的季节。这年刚碰上冬笋淡年，人们都舍不得挖。可是，连日来人们却发现了不少冬笋被挖后留下的洞痕，看看又不像是野兽糟蹋的。仔细一查，原来是刁家人偷挖的。怎么办呢？大家又去找蓝聪妹商量。

第二天，聪妹就和几个小伙在进毛竹园的必经山路上压弯几株大毛竹，设下捕捉野兽的毛竹弹。天黑以后，刁贵便带着三四个家人抬着大筐黑灯瞎火地摸上山来。为了给家人壮胆，肥猪般的刁贵爬在最头里。

突然，"咔嚓"一声，刁贵肥胖的身躯被什么东西紧紧地箍住，猛一提，四肢离地。刁贵才发出"啊"的一声，便被吊在半空中荡起秋千来了。跟在后面的家人听到主人的喊声，还以为遇上了猛兽，连人带筐滚下山去逃回家中。

一直躲在树丛里的聪妹和小伙子们听到响声，点起火把围上来一看，只见弹上挂着一个黑乎乎的胖家伙，大家七手八脚地上去把胖家伙放下来。聪妹忍住笑，装作同情的样子说："哎呀，原来是东家呀！我们还以为逮上一只大野猪呢！这样大冷的天气，东家你不在家钻暖被窝，为啥偏要到这里来上当（弹）呢？"

刁贵用手抓了抓被手指般粗细的藤条勒出来的伤痕，气得脸像猪肝色，嘴巴也歪到一边。他只得自认晦气，双手捧住大肚子跌跌撞撞地下山去了。

三间新房

刁贵被蓝聪妹一连几次调排吃了大亏，使他连日来坐卧不安，茶饭无味，寻思要狠狠治治聪妹。一天，他终于想出了一个馊主意，他让管家把聪妹那会点泥瓦手艺的老阿爹找了来。老实巴交的阿爹来到刁贵家，刁贵便说："老爹啊，我想在你们畲山脚造几间房子给牛过冬，也可趁冬闲在山上放牧。我访了几天，附近又没有多少能工巧匠，想来想去只好跟你商量。只是我要造的这房子，不砌一块砖，不涂一撮泥，不盖一片瓦，不覆一把草，不钉一枚钉，不系一根绳。因为我等着用，现限你三天时间造好付用，如果违期，可别怪你东家不客气，你就乖乖地把你家那个聪妹姑娘送过来给我做偏房！"

老阿爹一听，可犯了难啦。不要说不准用这些材料，就是用，三天也盖不成三间房啊！这不是明明存心要糟蹋我女儿吗？他愁眉苦脸地回到家，把原委告诉了聪妹。聪妹宽慰阿爹说，"爹，不用急，三天之内把房子盖好不就好了吗？"

第二天一早，聪妹约了村里的小伙子和姑娘们，磨快了把把柴刀，来到山吞里的毛竹园里，砍竹子的砍竹子，剖篾的剖篾，摘箬叶的摘箬叶，仅仅花了两天两夜功夫，就编成了三爿大大的箬帘。第三天天未亮，小伙和姑娘们便来到山上，一齐动手砍倒几根粗大的毛竹，又动手扎屋架，再把竹片串扎成竹筏子作墙，最后盖上箬帘。用竹篾系得扎扎实实。到太阳落山时，三间宽敞的竹房终于盖成了。

验收这天清早，刁贵便吆喝着家人，自己坐着过山笼进山来了。刁贵穿上一套新袍褂，满脸喜色。在过山笼后面，还跟一顶四人抬的大轿子。刁贵晃晃悠悠地坐在笼里，心里盘算着：我东家的如意算盘打着了，这个聪明的泼女崽终究逃不出如来佛的手掌，这偏房她该是做定了！

刁贵不断地催着家人，转过几道山弯弯，不觉已来到山岙下。刁贵睁眼一望，却傻了眼。三间黄顶青墙的新房矗立在眼前。刁贵感到眼前发黑，便从过山笼里倒栽下来。

"先苦后甜"

财主不但少给长工的工钱，而且还常常到长工家吃白食。所以，聪妹想替长工们治治财主的白食嘴。

一天，正是油菜开花的时候，聪妹见财主远远走来了。就放下手中的活儿，从油菜花上捉来了一只蜜蜂，拔去了蜂刺。等财主快要走到时，聪妹把背朝向财主，仰着头，把捏着蜂的手塞到嘴巴里，一边自顾自地念着："真甜呀！到底没冲过水的蜜喔！"

财主在她背后看了一阵儿，不懂是什么意思，便问道："聪妹，你这是干什么的呀？"

"啊呀，吓了我一跳。东家，我是在吃蜂糖呀，难道你不知道蜂糖是蜜蜂吐出来的吗？你看，这蜂胀鼓鼓的肚子里全是糖，可甜啦，这是没有冲过水的纯蜂糖呀？"

财主觉得有理，而且又亲眼看到聪妹把一只蜜蜂放到嘴里，甜滋滋地"咕咕"地把蜂糖吞下肚去，不觉喉咙直打滚，口水也流出来了。只是不好意思开口。聪妹早就看出财主的心思了，于是说："东家，你也吃点吧。"

财主忙点点头，笑眯眯地说："吃点试试看吧。"

于是，聪妹到油菜花上捉来了一只蜜蜂，告诉财主小心捏住翅膀，再放到嘴里。当财主把蜂刚放到嘴里时，只听他"唔！……"地怪叫一声，然后双手没命地在舌头上乱抓。

聪妹早知道这是为什么了，但她仍不紧不慢地说："不要叫'苦'嘛，先苦后甜嘛，你放蜂的方法不对。来，我替你放，保险甜的。"想到蜂糖的蜜甜蜜甜，财主的口水又上来了。他想也许真是自己放蜂的方法不对吧。于是，走到聪妹面前，张开嘴，聪妹把刚捉来的一只蜂朝财主嘴里放。财主想到刚才被蜂叮得难受，突然合上了嘴。就在这时，聪妹把蜂往他嘴上用力一碰。

"哎哟！天哪！"财主又怪叫了一声。

聪妹笑笑说："当然甜哪，我说保险你甜，就甜嘛，不会错吧，啊？"

不 用 扛

因为聪妹家穷，她妹妹——聪弟家和她姐姐——聪英家都比她家好。所以，爹娘看得起姐妹家，而对聪妹一家则很冷淡，更是瞧不起聪妹的丈夫。聪妹很不服气。

一天，聪妹夫妻俩去娘家，正好蓝聪弟夫妻俩也在娘家。这时，聪妹爹正在杀鸡呢。他看到门外聪妹夫妻俩来了，连忙把刚杀死的鸡一把塞进身边的箩里，盖好。这一切都被聪妹看到了。她悄悄地对丈夫说了几句。丈夫慌忙走进门对岳父说："岳父，向你借只箩用用。"说完，捡起岳父身边那只箩转身就走。岳父急得结结巴巴地说："鸡……鸡……"说着，就赶忙去夺箩。聪妹一把拖开爹说："不用扛。他拎得动，还是拎好。"一边对丈夫说："你快拎回家呀，家里还等着用呢。"

丈人拎着箩飞快地跑了。

以上五则吴耀成搜集整理

打 官 司

财主发福家的山上少了十根杉树，硬说是老实巴交的阿民偷的，并且向县里告了状。阿民急得没办法，只好来找蓝聪妹。聪妹想了想，告诉他如何上堂对付审问。

过了几天，县官果然传发福和阿民上堂听审了。

县官喝道："阿民，你为什么要偷发福家的杉树？快说！"

阿民说："老爷，小民实在没偷发福家的杉树，他家的杉树也实在没有少去呀。"

发福说："老爷，他竟骗到你的头上来了。明明是被偷去十根嘛。"

阿民说："老爷，他才真正骗到你的头上来了呢，不信，你问他，他家山上原来有几根杉树，现在还有几根？"

县官想：这倒也是很有道理的，为什么自己就没想到呢，这就是自己糊涂了，于是问道："发福，你家山上原有几根杉树，现在还有几根？"

发福听了暗暗叫苦：天哪，自己从来没有去数过那一大片山上的杉树，再说去数吧，又怎么数得清那一大片杉树呢？发福被问得张嘴结舌，两只眼珠瞪得险些蹦出眼窝。

阿民说："老爷，你看，是谁骗到老爷头上来啦？他根本就说不出自己山上原有几根杉树，现在还有几根，这明明是诬告嘛，这又该当何罪呀？"

县官想：对嘛，他连自己山上原有几根杉树，现在还有几根也讲不清楚，怎能说被偷了呢？无根无据，这案怎么判呢？对了，不如顺水推舟，了结此案。于是把惊堂木一拍，喝道："原告发福诬告被告阿民偷杉树十根。本县判定：罚发福送上好杉树十根给阿民，作为赔礼道歉。退堂！"

"没泥哪来的谷米"

有一回，蓝聪妹家没米做饭了，不得不叫丈夫到财主家去借五升米。

丈夫从财主家借得的五升米，几乎三分之一是谷。当时，他对财主说："东家，这米里的谷多呢。"

财主回答说："有谷才有米，没谷哪来的米？谷米还不是一样的！"

丈夫没办法，只得拎着米回家了。他把财主讲的话学了一遍。聪妹听了，立刻拿了一只畚斗，装了半畚斗的泥，递给丈夫，说："你把这五升米还给财主。"

聪妹见丈夫不懂她的意思，还待着，就吩咐他几句，丈夫听了，笑着去还"米"了。

他一到财主家，就对财主说，"东家，这五升米还你。"

财主一看，全是泥，火了："这是泥！哪来的米？"

聪妹丈夫说，"有泥才有谷，有谷才有米，没泥哪来的谷米？泥米还不是一样的！"说完，把泥倒在财主家，转身就走了。财主气得眼珠半天也没转一下。

拾"毡帽"

财主和财主婆都是小气鬼，贪财迷，天生的一对近视眼，见到什么东西都往家里搬，不管谁家的，甚至连长工的东西只要被他们看到，都设法搬到自己家里去。长工们可恨透了。

一天，天就要黑了。蓝聪妹见财主家门外有一堆牛粪，立刻想出了一个主意。她赶忙跑进财主家，手指着大门外那堆牛粪说："东家，你看，谁把毡帽掉在大门外了。"财主看到门外地上"果真"有一只毡帽，就大步往外走去，财主婆听说有毡帽捡，也赶紧跟了去。

财主走到"毡帽"旁，腰一弯，伸手向"毡帽"抓去。

"啊呀！是牛粪！"财主肚里暗暗叫苦，可是面子不可失呀，于是只好说："毡帽太破了。"说完使劲地甩手。

财主婆听了，气鼓鼓地说，"笨蛋，破了，也可以垫鞋底嘛！"说着，一弯腰，也伸手去抓那"毡帽"。"啊呀！是牛粪！"财主婆暗暗叫苦，可是面子不好丢呀，于是也只好说："毡帽实在太破了！"

这边，聪妹和长工们用双手捂住嘴巴大笑。

以上三则雷土根搜集整理

222

德布库的故事

（达斡尔族）

德布库是达斡尔族的一位劳动者型机智人物。其故事在黑龙江省讷河、齐齐哈尔等地的达斡尔族聚居区广为流布，很受民众喜爱，在内蒙古呼伦贝尔鄂温克族聚居区亦有流传。

拉　柳　条

有一天，德布库套上老牛车，到东沟子去拉柳条子。到了地方，就把割下来的二百多捆条子装到车上，像小山似的，他赶起老牛往回走。

出了沟堂子，就上岗了，老牛怎么也拉不动。德布库挺生气，他把老牛卸下来拴在车后脚锥上，自己钻到车下，扯起两个轱辘，扛起一车柳条就上岗了。可走着走着，就觉得后面一拽一拽的，扭过脖子往后一瞅，原来老牛跟不上趟，叫他扯得直打晃。这一下德布库火了，他放下车，一脚把老牛掀倒，把四个蹄子绑一块，扔到车上，四脚朝天塞在柳条子里，气哼哼地说："没有用的东西，咱俩掉个个儿，你歇着去吧！"

说完，德布库走到车前，扯起车辕，又拉过一道岗，就进了屯子。

暗访郭布库

德布库听说他本浅屯有个郭布库，也和他一样有力气，很想去会会这个"力友"。

一天，德布库借着去东布特哈①办事的机会，到他本浅屯去了。

他一进屯子，见大道旁边一个用树条子夹的院子里有个年轻人，正在低着头做大轱辘车。德布库走到那个人跟前问："请问，这个屯子里可有个叫郭布库的人？"那个人正低头往车轱辘里穿车轴，听到有人问话，抬起头来看了看，用手举起带着一个车轱辘的车轴，指着前边说："他住在屯子那头，不太远就是。"说着话，腾出一只手，把另一个大轱辘车的车轱辘轻巧地安上了。德布库见到这情景后，吃了一惊，心想：郭布库屯子里不出名的人都这么厉害，郭布库的力气一定比我还大，还是回去吧！想到这儿，德布库转身返回西布特哈②去了。

巧遇郭布库

德布库暗访郭布库回到家不久，听说那个用一只手举着带车轱辘的车轴给他指路的人，就是他要访的郭布库，想会会郭布库的心就更切了。

说也凑巧。一天，德布库坐在尼尔基渡口的小道中间正歇脚，从背后走过来一个年轻人，什么话也没说，到跟前儿将他轻轻一抱，抱到路旁边的一个小土堆上。

德布库吃了一惊，回头一看，见是个年轻人，顺口说道："你这个小人儿，真不懂事！"说完，又慢慢地闭上眼养神——这个年轻人好面熟啊？在哪见过呢？德布库想了好一会儿，突然想起了："哎呀！这个不就是前不久

① 东布特哈：达斡尔语，地名，今讷河市。
② 西布特哈：达斡尔语，地名，今内蒙古自治区莫力达瓦达斡尔族自治旗。

自己去访的郭布库吗？"他忽地从小土堆上站起来，大步流星地朝郭布库走过去。这时，郭布库已经站在船上，等德布库赶到江边，船已经离开江边三丈多远了。德布库对船上的郭布库惋惜地摆着手说："郭布库，你过江以后在江那边等我！"

郭布库冲喊他的老头儿望了一眼，见那个老头儿手里攥着的几块鹅卵石，经他轻轻一攥，都变成了细沙粒从手指缝里流出来了。郭布库想，这老头儿准是德布库，他的力气也太大了！两虎相斗，必有一伤。郭布库有些后悔刚才把老头儿抱到小土堆上的冒失，所以等船一靠岸，没等德布库过江，就回到他本浅屯去了。

铲　　地

还在德布库十几岁的时候。一天，德布库的爸爸对德布库说："前几天老下雨，谷地里的蒿草都比谷苗高了，今儿个去铲谷子去吧！"德布库吃过早饭，扛起锄头就下地了。

天快晌午的时候，德布库的爸爸有些不放心，给德布库带了一些午饭，就到谷地去了。他到了谷地一看，可就傻眼了：德布库把谷苗都铲去了，只有蒿草还在地里长着。他气呼呼地走到德布库跟前儿，伸手夺过德布库手里的锄头，气得嘴哆嗦着说："你怎么把蒿草都留下，把谷苗全给铲去了！"

"您不是告诉我铲谷子吗？"德布库不服气地顶撞说。

"你这个秃头，养你有什么用！"说完，德布库他爸拍了一下大腿，气呼呼地回家了。他回到家里，准备了几包打猎用的枪药，等着晚上德布库回家，打算哄着他吃了，药死他。

德布库铲了一天地，晚上回到家里又渴又饿，所以也没问什么饭，端起饭碗就都造巴了。

德布库吃了拌枪药的饭，不大一会儿，觉得肚子疼得厉害，就去问他爸为啥吃了饭肚子这么疼。问了几遍他爸也没吱声，一赌气，德布库就贪黑跑到前屯他舅家去了，到了那里，他舅见他肚子越疼越厉害，就问他晚饭都吃了啥啦？德布库就把晚上吃饭觉着牙碜，还有股子枪药味的事说了一遍。德布库的舅舅知道他准是吃了枪药，没有别的办法，只好想法让他赶紧消化。于是，德布库的舅舅就找人装了两大袋子砂子，又从邻居家找来两个腰粗膀宽的小伙子，准备把砂袋子挂在梁杈上，让德布库打砂袋子消化枪药。

可是那两个人挂了好半天，连一个砂袋子也没挂上去。德布库看见了，走到跟前儿，哈腰就抱起来一个就挂上了。两个砂袋子挂好，德布库就按着他舅舅说的办法，连夜打起砂袋子来。经过三天两宿，德布库肚里的枪药总算消化了。可从此，德布库身上的皮肤不但像枪药一样黑，力气也大得特别惊人。据说，现在帽顶山西北公路旁边那一块两间房子大的巨石，就是德布库当时从山顶上搋下来的。

扔牛过河

有一天，德布库从仙泉回家。在离博尔多①不远的一条河边，遇见两个赶着牛群的牛贩子正蹲在那发愁。德布库好奇地上前问他们为啥事愁眉不展，其中一个人答道："唉！别提了，我们从外地买回来一群牛往家赶，谁知道这些牛从没见过河，不管怎么打，死不下水。现在河水涨得邪乎，水深流急，唉！我们怎么能不愁呢？"德布库听完笑了笑说："哎呀！两个大活人叫几头牛难住了？要搁我呀，不用赶，它们就会顺顺溜溜儿地游过去。"那两个人一听赶紧说道："这位老哥要真能让牛游过河去，我们俩到了博尔多城一定请老哥饱吃一顿。"德布库听了嘿嘿嘿地笑着说道："饭嘛！可不吃，不过酒可得喝足。"两个牛贩子急忙说道："好！一言为定，说干就干！"话音刚落，德布库就动手干了起来。只见他把牛用双手举过头用力一扔，"扑通"一声就把牛扔到了河中间，牛一到水中便用力游了起来，不一会儿就游过了河。就这样，德布库不一会儿工夫就"扑通扑通"地把牛全扔过了河。等到两个牛贩子也过了河后，德布库才从岸边抱起一块比桌子还大的石头，

---

① 博尔多：今讷河市城区。

不慌不忙地走进河里。没走几步，河水就没了他的头顶，待了老半天儿也不见人上来。两个牛贩子吓坏了，又等了一会儿，才见德布库从河岸边上冒了出来。只见他喷着水气走上岸来，把手中的石头扔到地上，便和那两个人赶着牛群进了博尔多城。

到了城里，两个牛贩子找了一个大饭馆，要了一桌子酒菜，三个人便喝了起来。酒不知喝了多少，反正喝得两个赶牛的人事不醒。德布库一直喝到店家再也拿不出一滴酒来时，才舔嘴巴舌地放下酒碗，迈着四方步，溜溜达达地出了店门。

打抱不平

有一天，德布库喝完了酒在大街上闲溜达。溜达到街口，见前面吵吵嚷嚷的围了一大帮人，便好奇地走上前去。只见人群中间停着一辆带篷的勒勒车，一个满脸横肉的人正呼喊着另外两个人，连推带拽地想把一个年轻貌美的姑娘拉上车。乌音厄哭着喊着说什么也不干。地上躺着一个老年人，老人的头被打破了，血流了一地，只见他两只手紧紧抱住了那个满脸横肉的人的腿，死也不放。周围有不少看热闹的人气得紧鼻子瞪眼，敢怒不敢言。

德布库向身边的一个老奶奶打听是怎么回事。老人家一边流着眼泪一边轻轻地诉说起来：原来这一老一少就住在这街口附近，老人的儿子和儿媳妇死得早，扔下了一个女儿。爷孙俩靠打猎和给人家缝缝连连过日子。生活虽说很清苦，一家人倒是每日里高高兴兴、顺顺当当的没有啥愁事。

有一天，博尔多城的花花公子鄂库尔在街上碰见了他的孙女赛银乌音，便立刻派人到家说亲。老爷爷知道鄂库尔平时的德行，他依仗自己的舅舅在北京浩特当官，时常欺男霸女无恶不作，老人家说啥也不答应这门亲事。鄂库尔一看软的不行就动硬的，今天套上勒勒车，领着两个家奴前来抢亲……德布库听到这里气得两撇胡子一撅一撅，走上前去二话没说，照着鄂库尔就是一拳，一下子就把那小子打了个仰八叉。两个家奴看到主人挨打立刻扑了过来，德布库迎上去三下五除二地把那两小子打了个嘴啃泥。鄂库尔一看不好，麻溜地爬起来跳上勒勒车，想赶着车逃跑。德布库不慌不忙用一只手抓住勒勒车后面的横杠，笑着说："哈哈！我看你小子往哪儿跑！"说完两腿叉开一站，不管鄂库尔怎么拼命打马，勒勒车纹丝不动。这时，那两个家奴也从地上爬起来，帮着马拼命拉车，只见德布库把手一扬，说了声："去你的吧！"连人带车马一下子扔出去三丈多远。这下可出乐子了，勒勒车摔散了架，车上的鄂库尔连摔带砸断了一条腿，那匹马也摔得爬不起来了。两个家奴也摔得头破血流。旁边看热闹的人们看到无恶不作的鄂库尔得到报应，都开心地大笑起来。

鄂库尔疼得叫唤了一阵儿，让两个家奴架着他一路哼哼叽叽一瘸一拐地走了。

人们把德布库围了起来，只见他脚上穿的其卡密都挣破了。刚才他站过的地方陷下去一个坑。

德布库安顿好了爷孙俩，为老爷爷治好伤，就回西布特哈去了。

与仙女打赌

听老一辈说，很早以前在离五大连池不远的地方，有一座立陡立陡的小山，山上住着一位仙女。

有一天，仙女听说西布特哈有一个叫德布库的大汉，不但身高力壮，酒量也大得出奇认识他的人都说从来就没见他喝醉过。仙女很想会会这个从不醉酒的达斡尔人，于是就下山直奔西布特哈去了。

仙女走到半路，掐指一算德布库不在家，出远门去拖罗①打猎去了。仙女二话没说又撵到德布库打猎的地方。

德布库这几天打了不少猎物，除了几只狍子和狼，还打死了一头比自己个头还高的大黑瞎子。德布库一高兴，把带来的几葫芦酒全搁巴了个底朝天。这下可坏了，断了酒德布库吃啥东西也没味道了。当天晚上天刚擦黑儿

---

① 拖罗：达斡尔语，大兴安岭。

的时候，他只吃了几口烤肉便蔫蔫巴巴地躺下睡着了。

第二天刚放亮，猛不丁的一阵浓浓的酒香味使德布库打了个啊嚏，于是他就迷迷糊糊地顺着香味走了过去。德布库走哇走哇，酒味不知不觉把他引到了一座美丽的山岭前，他抬头一看，只见一个如花似玉的乌音厄正在山坡上用水浇地。等到他走到跟前再一看，嗬！这哪是水呀！是用飘着香味的酒浇地呢！德布库看了馋得直劲吧嗒嘴，哈喇子都快流出来了。他长长地吸了一口气说："哎呀，这么好的酒，怎么白白地泼在地上？"只见那上乌音厄慢慢腾腾地抬起头，带搭不理地说："年轻人别急，慢慢看着吧。"德布库听了也不好再说什么，只好强忍着酒瘾低头看着乌音厄用酒浇地。

说来也怪，只见刚才用酒浇过的地方拱出了几片绿叶，乌音厄每往地上浇一次酒那叶子便两个变成四个，四个变成八个，不一会儿工夫，就抽出了枝条，长出了枝杈。当长到二尺多的时候，枝条上开满了一朵朵像星星一样的小花。又过了一会儿，花落了，在花落的地方又长出了一颗小绿果。绿果长得很快，眨眼间长得有饭豆大小。渐渐绿果变成了紫色每颗果上都闪着紫色的光，飘出一阵阵浓浓的酒香，馋得德布库恨不得伸手撸一把扔进嘴里。这时只见那个乌音厄笑了笑说："人家都说你喝酒海量，从没醉过，今天咱俩打个赌好不好？"德布库听了，一边嘿嘿嘿地笑一边说："要说赌别的咱不敢说，要说赌喝酒那你可是输定了，别说让我喝喇迷①了，就是能让我喝个六七分解解馋就算你赢了。好，咱们说赌就赌，拿酒来！"只听那个乌音厄冷笑了两声说道："今天咱不用赌喝酒，只要你能把这枝子上的'都思果'都吃掉而不醉倒的话，就算你赢了。"说完，乌音厄便把枝子上的小紫果都装进了一个小皮口袋，交给了德布库。德布库接过袋子刚想抓一把往嘴里送，"慢着！你现在顺着来的路往你放猎物的地方走，边走边吃，如果你能走到地方醉倒的话，你就算赢了。不过咱俩有言在先，我输了一辈子不嫁人，你要输了一辈子别娶老婆。"德布库听完差点没乐出声来，他暗想："这个小丫头算输定了，不过这么俊的乌音厄一辈子不找婆家可太可惜了。"于

---

① 喇迷：方言，糊涂。

是他说道："好吧，咱们一言为定！我这辈子不娶老婆没啥，你吗……"话说到这里德布库抬头一看，那个乌音厄不见了，只听见半空中响起了一阵银铃般的笑声。

德布库一边往回走，一边一把一把地从皮口袋里抓着果子吃。说来也怪，果子一到嘴里就变成了酒，这酒比陈年老酒味还浓还冲。更奇怪的是皮口袋里的"都思果"光吃不见少。

德布库一边走着一边吃着，渐渐地他觉得天和地开始晃荡起来，两条腿也不听使唤，走起路来直打摽①，有点分不清东西南北了。德布库一边吃一边离拉歪斜地走了足足一整天。后来，他只是一把把地把果子从皮口袋里掏出来到处扔着撒着，他醉得早已找不到嘴在哪儿了。

最后，德布库实在挺不住了，就倒在山坡上睡着了。他一直睡了七天七夜，身上散出的酒气冲天，什么野兽也不敢近前。

德布库醒来后发现那个皮口袋不见了，脑袋瓜子昏沉沉的，把乌音厄告诉他"都思果"的名字也记差了，记成都柿果了。

因为德布库酒醉后把果子一把一把地到处撒，所以，从那以后，大兴安岭到处都有那种结紫果的都柿果树了。又过了些年，连小兴安岭也都有了这种都柿果树了。不过，因为再没有仙女用酒浇它们了，所以，后来结的都柿果酒味也没有先前浓。不过，谁要是贪吃过量的话，还是要醉成烂泥的。从那以后，德布库一辈子没娶老婆，打了一辈子光棍。

以上七则杜长富　杜荣山　郭乍库讲述

鲁　荒　倪笑春　王金玉　杜世文采录

孟玉成　杜玉山翻译

---

① 两条腿……直打摽：形容喝醉酒，走起路来里倒外斜的样子。

嘎拉古泰思的故事

（达斡尔族）

嘎拉克泰思是达斡尔族的一位劳动者型机智人物。他的故事大多以智斗财主为题材，在黑龙江省齐齐哈尔一带的达斡尔族聚居区流传。

饮　马

有一天，财主叫嘎拉古泰思去饮马，嘎拉古泰思问："井沿上没有木槽子，怎么饮？"财主瞪起眼睛说："我是老爷，你是扛活的，也敢犟嘴！"

嘎拉古泰思再没吱声，把马牵到井沿上，摇起辘轳，打上来一柳罐斗子水，拎到马跟前饮起来。柳罐斗子有横梁挡着，马嘴伸不进去，只能喝着一少半儿，剩下的水，他就举起柳罐斗子倒在自己头上了。

嘎拉古泰思回来了，财主很奇怪地问他："嘎拉古泰思，你怎么满头是水？""回老爷，饮马饮的。""你怎么饮的？""当然是用脑瓜壳。"

"荒唐，荒唐……"财主摇着头要走。嘎拉古泰思说："老爷别走，我这脑壳装上水，听见龙王爷说话了。"

"说什么话啦？"财主转身问。

"他说，财主心黑了，要用天火烧！"

"啊？"财主吓得惊叫起来。

"真的，他说老爷的心是黑的。"

"荒唐，荒唐，我的心怎么会是黑的？"

嘎拉古泰思赶紧从靴子里拔出尖刀说："对了，老爷是不是黑心，咱们可以扒出来看看。"财主一见，吓得拔腿就跑，嘎拉古泰思说："老爷，你跑什么？我的脑袋壳能摘下来饮马，你的心还不能扒出来看看？"

"荒唐，荒唐……"财主头也没敢回，就跑远了。

送老婆回娘家

嘎拉古泰思的老婆去住娘家，要过江。江边上有一只小船，两个船家是把兄弟，都不是好人。嘎拉古泰思说："你放心去吧，他俩会很好招待你的。"老婆半信半疑，嘎拉古泰思又嘱咐她几句，叫她照办，她才笑了。

嘎拉古泰思把老婆送到江边，叫过船家说："我要去跟老虎算账，跟狮子摔跤，不能送老婆了，你俩能不能帮忙？"

"能，能……"两个人答应着。搭眼一看，嘎拉古泰思的老婆像仙女似的，顿时生了歹心。

两个人小心翼翼地把船划到对岸，又把嘎拉古泰思的老婆让到屋里，敬上烟茶，焖上了稷子米饭，熬上了鲫瓜子汤。这时两个人都在暗打主意，要除掉对方，独占这个漂亮女人。嘎拉古泰思的老婆乘机向老大小声说了几句话。老大乐了，说："老二，好好看着她，我去打点酒。"说完就拎起酒瓶子走了。嘎拉古泰思的老婆见老大走了，就对留下的老二说："我那个嘎拉古泰思说你是好人，可他……"老二一听就明白了，心里话：先下手为强，他磨了一把快斧，藏在门后等着。老大打酒回来，刚一进门，老二一斧子就把他砍死了。

老二哈哈大笑，以为一切都成了，乐得拾起瓶子，仰起脖子，咕嘟咕嘟地喝起来。谁料刚刚喝到半瓶，他就摔倒死去了。原来老大为了独占漂亮女人，在酒里下了毒药。

这就好了，除掉两个坏蛋，嘎拉古泰思的老婆平平安安地去住娘家了。

打　鱼

　　财主馋鱼了，叫嘎拉古泰思去打鱼。嘎拉古泰思说："老爷，你福气大，最好能在我旁边看着。鱼虾见你在，爱上网，而且打上鱼来，有你在一条也不能丢。"财主一听，认为这个主意很好，因为他怕嘎拉古泰思偷鱼，就满口答应了。

　　嘎拉古泰思拿起冰镩，扛着搅网，来到江上，凿开几个冰窟窿，真的打了好多鱼。财主一见，眼都红了，生怕鱼丢了，一会儿也不敢离开，并说："嘎拉古泰思，我看着鱼，你回去套车来拉吧。"

　　嘎拉古泰思答应一声就走了。他跑得满头大汗，气喘吁吁，刚进财主家门，财主婆就看见了，忙问："嘎拉古泰思，出了什么事？""不好了，不好了，老爷掉进冰窟窿里去了！"嘎拉古泰思说着，赶紧卸下一扇门板，扛起来就往江边跑。财主婆吓得放声大哭，一边哭着，也向江边跑来。

　　嘎拉古泰思先跑到江边，见财主还坐在那里安安稳稳地吸烟，就喊："老爷，不好了，老爷家着火了，这不，我好不容易卸下一块门板！"财主一听，腾地站起来，不料长袍冻在冰上，扯掉一大块。刚一迈步，脚上的奇卡密也掉了一只。跑不多远，头上戴的水獭帽子也掉了。抬头一看，可不是，只见他老婆披头散发，哭着从对面跑来，更信以为真，也大哭起来。财主婆见男人这副模样，还以为是屈死鬼诈尸了，转身就往回跑。一个前边跑，一个后边追，大野甸子上可就热闹了……

　　嘎拉古泰思从后边追来，喊着："老爷，鱼还要不要？""还要什么鱼，我要救火，要水！要……"

　　嘎拉古泰思咧嘴一笑，干得了一大堆鱼。

以上三则敖玉芝　何今声　金一珍讲述

李福忠采录　喜荣翻译

乌拉迪·莫尔根的故事

（达斡尔族）

○·····························○

乌拉迪·莫尔根是达斡尔族的一个劳动者型机智人物，出自艺术虚构。他是个猎手，力大而富有智慧。其故事表现了他智勇双全的性格特征，流传于新疆达斡尔族聚居区。

○·····························○

吓跑了"大力士"

早先，有一个达斡尔人众所周知的汉子，名叫乌拉迪。他是个猎手，胆大无畏，力大无比，人们都管他叫乌拉迪·莫尔根[①]。

一天，邻屯一位自夸自己是"大力士"的人，来找乌拉迪·莫尔根。他来到乌拉迪·莫尔根的家门口，对正在忙着做木工活的乌拉迪·莫尔根说："喂，请你告诉我，乌拉迪·莫尔根住在哪儿呀？"

乌拉迪·莫尔根站起来，将那人上下打量了一番，说道："怎么，你找他有事吗？"

"我想跟他比比力气。"

"唔，原来如此！"

说罢，乌拉迪·莫尔根将踩在脚下准备做车架用的直径足有一米粗的一

---

① 莫尔根：达斡尔语，是猎人、猎手的意思。

根榆木，用斧子轻轻砍了一下，就砍成了两截。然后，他将半截拿在手里掂了掂，漫不经心地用木头向前指了一下，说道："那儿就是他的家呀！"

那人见此情景，惊恐地自语道："这么重的木头，在他手里轻似稻草。这里的一般木工都这样有劲，乌拉迪·莫尔根就可想而知了。"想到这里，那人急忙上马转身溜走了。

较　量

一天，乌拉迪·莫尔根正在家里吃饭，忽听门外有人喊着他的名字，叫他赶快出来。那人等了半晌，见乌拉迪·莫尔根还不出来，便破口大骂道："喂，乌拉迪！你要是没死，就快出来！我要和你比试比试，看看谁厉害。你若不出来，就说明你认输了。"

乌拉迪·莫尔根在屋里大声说道："要我到门口迎接，你又不是我的父亲。你有事就自个儿进呗。"

那人下了马，手持马鞭跨进大门，走入屋里，傲慢地站在乌拉迪·莫尔根面前。乌拉迪·莫尔根起身跟他较量。彼此相斗了一阵，乌拉迪·莫尔根突然将那人高高举起来，从天窗眼里搡出去，说道："常言说：失败了的英雄无脸从原路回去。请你从天窗里溜出去吧！"

那人输了，从屋顶上跳下去．狼狈逃走了。

以上两则巴尔登搜集

郭布勒　白玲翻译

潘曼的故事

（仫佬族）

○·····○·····○

　　潘曼是仫佬族的一个劳动者型机智人物。他出身贫苦，当过长工，为人聪明机智，诙谐幽默，爱打抱不平。因他与官府和财主作斗争时，曾扮瞎子，所以人们又称他"潘瞎子"。其故事流传于广西罗城县一带，深受仫佬族人民喜爱，几乎家喻户晓。

○·····○·····○

最好吃的和最不好吃的

　　春去秋来，潘曼在财主家打工快满一年了。

　　一天，财主对潘曼说："恭喜你呀，过几天就给你发工钱了。别人都夸你是个最聪明的人，我想出一道题考考你，答对了，多发十文钱，若答不出来，我就扣你一半的工钱，敢答应吗？"

　　这家财主是个守财奴，他把金钱看得比命还金贵。每次给长工发工钱时，他都心痛得眼睛要流血，总要想方设法克扣。潘曼听财主这样讲，知道他又要要花招了，就说，"可以呀！"

　　财主说："我问你，世界上什么东西最好吃又最不好吃呢？"

　　世界上能吃的东西好吃就是好吃，不好吃就是不好吃，那有既好吃又不好吃的东西呢？财主自以为聪明，可以难住潘曼了，心里暗暗高兴。

潘曼想了又想，然后到厨房里端来一碗硬糠饼，对财主说："这就是你问的东西。"

财主一看，莫名其妙，说："这是什么东西呀？"

潘曼说："老爷，这是你家每天用来给我们长工吃的硬糠饼，你说它味道如何？"

财主心想，这是用来给长工当饭餐的，怎么能说不好吃呢？于是就说："这是最好吃的东西。""那你就吃一口吧！"潘曼接着说。

财主刚把硬糠饼放在嘴里，那又馊又酸的气味就使他感到一阵恶心，只听得"哇啦"一声，满肚子的臭水都倒出来了。

潘曼把脸侧过一旁，说："老爷，这就是世界上最好吃又最不好吃的东西。你说对不对？"

财主一嘴苦水，答不出话来，只好认输。

"哎哟"最毒

财主输给潘曼后，又气又恨。几天后，他又对潘曼说："潘曼呀，上次我输给你十文钱，这次我想请你办件事，办到了，给你双倍工钱；如果办不到，我就扣你全年工钱，你敢答应吗？"

潘曼知道这家伙贼心不死，决定再整治他一下，就说："有什么事要办的，你说出来好了。"

财主说："我给你十文钱，请你上街帮我买个'哎哟'回来。"

潘曼上街去了，回来时，双手抱着一个有盖的黑砂罐，说："老爷，'哎哟'买回来了。"

其实，"哎哟"是什么东西，连财主自己也不知道，他以为这回一定可以把潘曼难住了，谁知潘曼却说买回来了。

财主不禁吃了一惊，问道："在哪里？"

潘曼用手指着砂罐说："在这里面，你只要把手伸进去就知道了。"

财主把手伸进砂罐里，突然"哎哟"、"哎哟"地大嚷起来。原来砂罐里装的全是山上的大黄蜂，把财主蜇得比刀割还痛。

潘曼说："这就是'哎哟'！"

财主被马蜂蜇糊涂了，一边甩手一边问："这'哎哟'怎么这样狠毒呀！"

潘曼说："嘻，这'哎哟'哪比你老爷的心狠毒呢！"

财主害怕潘曼又想出什么法子来整治自己，只好老老实实地付给他双倍工钱。

以上二则谢代龙讲述　吴保华搜集整理

山猫与镰刀篓

有个财主花名叫山猫。一天，他来到潘曼的弟弟亚直家里说："亚直呀，你今年都二十几了，也该成个家啦。明年你到我家来帮忙吧，勤快点，我一年给你两头牛。卖了牛好讨个老婆呀！"亚直为人老实，二话没说就答应了。

亚直到山猫家，风里来，雨里去，白日劳累一天，晚上去看田水还背着玉米到田边去剥。

年底，亚直问山猫要牛，山猫却冷笑着说："你真懵懂，我是讲一年给你两瓢油，不是什么两头牛。打一年工就给两头牛，世间哪有这种事！"亚直吃了亏，只好回家告诉哥哥潘曼，潘曼给他出了个好主意。

第二年，亚直来到山猫家，对山猫说："老爷呀，去年我没听清你的话，那都怪我。你老人家待人真好，我愿再帮你做几年工，每年只要一镰刀篓的谷种，种在你的田里，收得几多要几多。"山猫听了，高兴得一口答应了。

亚直上山做活路时，天天去找山竹。年底，他就用那些山竹做成了一个从未见过的大镰刀篓。拿去向财主要谷种。这个镰刀篓几个人才能扛得动，用梯子才能爬到口子上。山猫一看，连声叫喊："这不是镰刀篓！这不是镰刀篓！"两人争执不下，就到众人面前去评理。

圩日，赶街的人来来往往。亚直和几个长工把竹篓抬到路边，拉着山猫守在一旁。挑鸡的、抬猪的、牵牛的、扛竹子的，赶圩路过这里，个个都说："哎呀！这镰刀篓真够大，从来也没见过。"众人都这样说，山猫好比哑子吃黄连，有苦难言。

亚直得了满满一大篓谷种，就种在山猫的田里。只一年，就收得百多担谷子。第二年真的讨了老婆成了家。众人都说："这回山猫挨老鼠咬了裤裆，失老底了。"

吴善福讲述　开庭　阿明搜集整理

是谁把牛偷走了

县城里有一户贫苦农民，被人偷走了一头耕牛。到县衙门报案，县官说："牛是你的，你管不好，给人偷了，活该！"

这农户呼天天不应，叫地地不灵，一家人哭得死去活来。

潘曼听说这件事后。安慰主家说："牛已经被人偷走了，哭是哭不回来的，还是想办法去寻回来吧。"

"寻？哪有这样容易。案子报到官府，县官都不管了，我们哪里去寻呢？"主家哭得更加伤心。

潘曼想了想，猛然醒悟说："我知道牛的下落了，我知道牛的下落了！只要你们有胆量，我保证帮你们把牛找回来。"

农户一家人听潘曼说能把牛找回来，高兴得一个晚上都睡不着觉。

第二天一早，潘曼和这家户主，又到县衙门去告状。县官接过状纸一看，脸色由红变白，由白变青，胡须翘起三寸高。原来状纸上告的偷牛人就是县官老爷。

"胡说，我堂堂父母官，哪会去干那偷牛盗马之事，侮辱本官。应该重罚。来人，给我把这两个刁民各打五十大板。"县官把惊堂木重重一拍，大声呵斥，两旁喽啰一哄而起。

这户主从来没有见过这种场面，吓得浑身直打哆嗦。潘曼却神态自若地向前跨了一步，说道，"启禀父母官，这小小罗城，四个城门四条大路，你知县不知，护城不护，真是白吃俸禄；我的牛栏固如铁桶，你的城门烂如豆腐。半夜三更牛被偷，你说是何缘故？"

县官被问哑了口，不知怎样对答。

潘曼又说："这区区小事，你若不办，小人只好告到州府，谁输谁赢，请老爷三思！"

县官自知治县不严，亏了道理，又怕事情越闹越大，引火烧身，乌纱帽难保，只好赔农户一头耕牛，了结此事。

谢家茂　邓福修　银世仁等讲述
吴保华　刘冠利搜集整理

带靴告状

有一年，从很远很远的地方调来一位穿靴子的新知县。他见仫佬人一年四季都穿草鞋、布鞋，很不高兴，于是下了一道手令：凡罗城军民人等，一律穿靴子，禁穿草鞋、布鞋上街，违者以不服王法论处。

手令一下，不知害苦了多少平民百姓。很多人买不起靴子，买了靴子的也穿得很不习惯，个个叫苦连天。

一天，潘曼去见知县，两眼盯着他那黑得发亮的靴子，问道："大人，你这对靴子真漂亮啊，不知是从哪里买来的？"知县架起二郎腿，上下不停地摆动着，十分得意地说："这是我们家乡的特产。"潘曼说："大人家乡的东西实在太好了！你要我们仫佬人一律穿靴子，可惜没有好鞋样，我想借大人一只靴子回去给大家做个样子，让他们都买这种靴子，穿这种靴子好吗？"

知县见有潘曼这样的顺民，心里很高兴，就把靴子借给了他。

潘曼得了靴子，便带着到州府去告状，对州官说："新任罗城知县，目无法纪，开口骂人，闭口骂人，还用靴子踢人。那天我路过衙门，他用靴子向我踢来，幸亏我眼明手快，抓住这只靴子，不然就白挨他踢一脚。大人如不信，可到罗城乡间查问。"州官大人派人下来调查，老百姓恨透了那新来的知县，都一口咬定潘曼所说的话句句属实。

不久，这位新知县就被调走了，他的手令也作废了，仫佬人又可以穿上自己做的既软又轻巧的草鞋和布鞋了。

谢家茂　邓福修等讲述
吴帮国　吴保华搜集整理

当差的也挨了五十大板

县衙门里有几个当差的，狗仗人势，狐假虎威，每次下到乡里，总要老百姓请客送礼。稍微有一点不够称心如意，就把人家搞得老小不安，鸡犬不宁。

一天，他们一伙来到潘村。潘村离县城只有两里路远，潘曼的家就住在这里。

潘曼知道他们来了，就到村头去接。他笑嘻嘻地说："我们村虽然在县城脚下，但是村小人少，没有什么好招待的。我家有头猪崽，如果众位不见笑的话，我想做一餐烧肉慰劳慰劳兄弟们。"

这帮当差的听说有烧猪肉吃，一个个口水流下三尺长，一哄而起，涌进了潘曼的家。

猪崽杀好了，没有柴火烤。潘曼说："叫两个兄弟爬到我家房子上，掀开瓦片，取下瓦角来烧。"

猪肉烧好了，酒也送来了，酒肉送香，这帮家伙饿得喉咙长出手指，一个个狼吞虎咽。

趁着这帮当差的有了几分醉意以后，潘曼悄悄地走出了家，一溜烟跑到衙门里。潘曼对县官说："大慈大悲的父母官呵，救救我们百姓吧！你们当差的下到我们乡里，胡作非为，拆民房，杀民猪。这日子叫我们怎么过呀！"围上来看热闹的老百姓，早就恨透了这些当差的，现在又听说他们在乡下拆民房，杀民猪，一个个怒气冲冲，咬牙切齿。

这任县官自称为官清廉，爱民如子。听潘曼这样一讲，又见众人气鼓鼓的，怕众怒难息，立即命人下去调查，并说："如果事实果真如此，捉来后每人各打五十大板。"

一会儿，下去的差人回报："潘曼讲的情况属实。他们一个个喝得醉醺醺的，还在猜拳打码呢。"县官气极了，令士兵把那几个差人捉来，不容申辩，各打了五十大板。老百姓见了，乐得哈哈大笑。

无底油筒

县城里有个油商，为人吝啬刻薄。乡下人每次进城和他打油，他总要克扣秤头，短斤少两。他有个油提，只有十五两，硬说是一斤，大家恨透了他。潘曼见这油商实在可恶，有心教训他一下。

一天，潘曼装成一个从大山里出来的农民，肩上扛着一根长长的竹筒，来到油铺面前。

"打油。"潘曼边喊边从肩上放下竹筒。

"油筒呢？"油商问。

"就用这个竹筒装。"

"你要打多少油？"

"装满这个竹筒行了。"

油商看了看这根长长的竹筒，又看了看这个老实巴巴的山里人，心想，这个竹筒少说也能装二十多斤油，我少打给你两斤三斤，量你也不知道，于是，笑着说："是啊，山里人嘛，难得出山一趟，应该多打一点回去。"

潘曼说："老板，你先给我装好，我到对面店铺扯几尺布，回头再给你算钱。"

真是瞌睡遇上枕头，油商正愁没有机会下手，听潘曼这样一讲，脸上乐开了花，忙回答说："这事好办，这事好办。"

油商见潘曼进了对面店铺，马上打起油来。竹筒太长了，他把它斜着放，一头靠着油桶，一头伸到大街。

一提、两提……十提、十五提……油还是不见满起来，油商感到有点奇怪。

这时，过路人大惊小怪地喊起来："油老板，今天开恩呀，怎么用油来敬天敬地呢?"

油商停手一看，满街上都流满了油。原来这个竹筒两头都是空的。油商知道被人耍弄了，当场气得昏倒过去。

以上二则谢代龙讲述　吴保华搜集整理

李海进的故事

（毛南族）

◦ ⋯⋯⋯⋯⋯⋯⋯ ◦

　　李海进是毛南族的一个著名机智人物。他足智多谋，胆大心细，爱打抱不平，肯为穷苦百姓出气。土司官府听到百姓称赞李海进，很不服气，要和李海进比个高低。一连比了几次，那些骑在百姓头上作威作福的家伙总是以失败告终。其故事流传在广西环江一带的毛南族聚居区，很受群众喜爱。

◦ ⋯⋯⋯⋯⋯⋯⋯ ◦

莫踩断禾根

　　自从八月十五打月①蒙官②吃亏以后，事隔半年多，蒙官才想出一个报复李海进的法子。

　　他和李海进约定：俩人换工做活路，李海进给蒙官家锄玉米，蒙官给李海进家耘田。

　　趁着后半夜的好月光，李海进悄悄进了蒙官的玉米地，等日头刚出来，他已把一大片玉米除了草、壅好土，跑到坳口大金刚树下躺着乘凉了。

　　李海进给玉米除草时，每一锄都锄近玉米根，把玉米须根锄得断的断，

―――――――――

① 打月：即八月十五中秋节赏月。
② 蒙官：环江县川山、下南一带的土司。

伤的伤。

日头偏西时，蒙官摇着大蒲扇走上坳起。李海进装做饥渴难熬，毒热难顶的样子喘着大气。蒙官暗暗好笑地说："老朋友，辛苦了！我忙着催管家打酒买肉等你，竟忘了带茶水来。"

"啊！朋友，一家人不讲两家话，你先到地里看看，土壅得好不好。"李海进也笑着说。

蒙官走进玉米地，见玉米叶晒蔫了大半，发起火来："李海进！你是怎么锄的地？玉米都晒死了！"

李海进哈哈大笑说，"啊呀！我只顾除草壅土，忘了给玉米淋水，玉米叶怎么不晒蔫。就像你只顾催人打酒买肉，忘了给我拿茶水一样，有什么好发火的呢？"

蒙官一听，心虚了七分，晚上还要白赔一餐酒肉，气得七窍生烟。

轮到蒙官给李海进家耘田了，蒙官一心要报复，天麻麻亮就带了一帮家丁，下到李海进的水田，猛踏猛踩，泥土踏烂，野草踩死，禾苗也被弄得东倒西歪。这样一直做到中午，个个累得坐在田基上歇气。

李海进挑了一担稀饭走到田边，看了看自家的水田，说："你们辛苦了！先喝口稀饭解解渴吧！我回家去办酒肉等大家。你们下田可千万要踩轻些，踩断了禾根不要紧，累死了人就难办了。"

"你怕踩断禾根，我偏要踩断禾根！"等李海进一走，蒙官逼着众人下田，猛踏猛踩，一直踩到月亮升起来才收工，累得有酒不想喝，有肉吃不下。

几天以后，蒙官特意去看禾苗死了多少，谁知禾苗正要踩断旧根才好发新根，反倒长得绿油油的，又粗又壮，气得蒙官直埋怨谷神暗中给李海进帮了忙。

蒙官吃了李海进几次亏，便乘着皇帝南游之机，把李海进送进行宫做侍臣，想借皇帝的手来整他。

十里宽的蚊帐

一天早朝，蒙官说："万岁啊，这季节虫子多，白天蠓子叮人，晚上蚊子咬人。还是叫聪明能干的李海进去做一床十里宽，十里长的蚊帐，把行宫罩起来，就不怕蠓蚊咬了。"

糊涂的皇帝觉得很对，就要李海进去做蚊帐。

两天以后，李海进气喘吁吁地进宫对皇帝说："万岁啊，好容易才把蚊帐做好了，你叫蒙官回他家竹园砍几根十里长的竹竿，才挂得起来哩！"

蒙官一听，吓破了胆，赶忙争辩说："万岁啊！这是李海进想害我，我家竹园里，莫讲有十里长的竹子，十丈长的竹子也长不出。"

"万岁啊！先听我讲一件事吧，有一天我射下一只飞雁，正好落在蒙官的竹园里。我去取，蒙官却说是他家养的雁。我说是从天上射下来的，他争道：'不管是在竹林上空射下的，还是在竹林地上射死的，通通是我家养的雁。'万岁啊，试想一想，他家竹园里，如果没有十里二十里长的竹子，怎么能从地下管到天上呢？"

黑白不分的皇帝一听，马上要蒙官回家把竹子砍来。蒙官自讨苦吃，从此，再也不敢和李海进斗了。

以上二则覃汉荣讲述　蒋志雨搜集整理

皇　帝　米

毛南人把玉米称为"务皇"。"务"，毛南语就是"米"，"务皇"，就是"皇帝米"。为什么把玉米叫做"皇帝米"呢？相传和李海进有关系。

贪吃的皇帝尝遍山珍海味还不满足，天天派蒙官到民间搜刮好吃的东西，闹得毛南山乡连鸡狗都不安宁。

李海进十分同情老百姓，白天吃不下饭，晚上睡不着觉，终于想出了一个对付皇帝的法子。

一天，他对皇帝说："万岁啊！我打听到民间有一样珍贵的东西。"

"什么物件？"

"一种很好吃的东西！"

"啊呀！都有哪些好处？"

"好处多极啦！"李海进故意慢慢地数，"土民百姓吃了它，人越长本事就越大，能使竹木土石变成青砖红瓦、雕龙画凤的亭台楼阁，能使谷米山泉变成香醇的美酒，能把虎豹熊罴挖肝割掌烹成珍肴美味……"

皇帝听得入神，不觉叫道："爱卿！那东西你可见过？"

"见过，还吃了不少呢！"

"那为什么不见你拿来献给寡人？"

李海进一听，苦着脸说："万岁啊！拿是可以拿来，但那是神仙赐给凡间善人的东西，万岁吃了怕也不灵验。"

"胡说！"

没等皇帝发作下去，李海进摘下乌纱帽，一字一句地说道："微臣冒死讲啦！万岁啊！试想一想，那神仙素吃淡饮，不近荤腥，戒掉淫欲，最讲清静无为，可是万岁宫娥成群，餐餐不断酒肉……"

皇帝听到这些，脸色由黄变白，由白变红，红又变紫，紫又变黑，两眼射出阴冷的凶光。

李海进不慌不忙改口道："万岁啊！办法也是有的。"

"快快讲来！"

"万岁和行宫诸色人等，通通斋戒，三日之内，不吃人间烟火，方能应验！"

糊涂的皇帝，马上传旨斋戒三日，如有违犯，斩首示众。

开斋那天早上，李海进把一担黄白紫三色玉米做成的馍馍，挑到宫中。饿了三天的皇帝、大臣和宫娥、卫士，一窝蜂拥上去，抓的抓，抢的抢，大吃大嚼，狼吞虎咽。

皇帝从来没有见过这些圆如珍珠的吃物，觉得比起先前吃过的九里香粳、雪花大糯、鼠牙油粘要好得千万倍。不料他吃得多了一点，当晚就胀死了。

为了子孙后代不忘记这件事，毛南人就把玉米叫做"皇帝米"。

草汉荣讲述　蒋志雨翻译整理

皇帝请酒

皇帝请李海进赴宴，故意把桌子架得高高的，让身材矮小的李海进伸长脖子也看不见盘里的菜肴，使他丢脸。

李海进入席以后，不慌不忙地拿了筷条，在桌子底下用小刀慢慢地修。皇帝见他坐着总不夹菜，就假惺惺地再三让客，话带取笑地说："李卿！请尽量吃菜，不必客气。饿着肚子回家，夜里就睡不着啦！"李海进有礼貌地回答："万岁这样说，臣下就大胆放肆了。"说完站到椅子上，用削尖了的筷条，向满盘肉菜一刺到底，一下子得了满满一串。同桌的大臣嘲讽道："相爷一下子要这么多肉，大概是饿坏了吧！"李海进笑嘻嘻地回答："我才用一根筷条就得这么多，你们用两根筷条的不晓得吃去几多啰！你们把桌子架得这样高，无非怕我看见你们的饿相罢了。"

一番话说得大臣和皇帝都脸上火辣辣的。李海进没管那么多，自顾坐下来有滋有味地大嚼他的肉串。结果皇帝输了一桌酒肉还受了一顿挖苦。

金　包　子

皇帝因为李海进处处比自己高明，多次想煞煞他的威风，每回都是自己吃亏。心想，这等能人一旦造反，何以对付！决心把他害死。

一天，皇帝命厨师用黄金做心，包成包子赐给李海进，要他当面吃下去。李海进咬到金子做的包子心，知道皇帝要他死了，但又不能不吞。吃完以后，他马上谢恩回家，嘱咐妈妈把书桌靠窗摆好，再用竹筒装两窝黄蜂放在桌下，然后自己坐到椅子上，扶着书桌死去。

过了一阵子，皇帝派人来打听李海进死了没有。妈妈告诉差官他在书房里读书。于是，差官走到窗外，听见屋里嗡嗡地响，又窥见李海进坐着读书的身影，向皇帝回奏说："他没有死，正在家里读书，读得很流利，快得都听不清字音呢！"

皇帝心想："原来人吃了黄金不会死，还比以前更聪明！"他为了要强过李海进，就拿出许多金子来吞，结果很快死了。

李海进临死还为自己报了仇。

以上二则谭炳托爸讲述　汪骏记录整理

隆姆桥的故事

（毛南族）

‧‧‧‧‧‧‧‧‧‧‧‧‧‧‧‧‧‧‧‧‧‧‧

隆姆桥是毛南族的一个劳动者型机智人物，出自艺术虚构。他一生孤苦，无妻无子，无田无地，仅有的一间草房还无门无窗，靠养种公猪游村糊口。他性格开朗，诙谐善谑，经常调侃富人，与穷朋友逗乐，借以打发苦日子。其故事在广西环江县一带的毛南山乡流布，不胫而走。

‧‧‧‧‧‧‧‧‧‧‧‧‧‧‧‧‧‧‧‧‧‧‧

"这里怎么找得到他?"

南丹县有个姓何的大财主，带几个人骑马来赶毛南六圩。走到一个悬崖边，那匹马突然受惊狂奔起来，把财主甩下山崖。这山崖下面是条深涧，荆棘丛丛，怪石横生。财主的家人找了三天，影踪不见，急得叫来上百个人，要挥斧拿刀把崖下藤藤树树一扫光。

隆姆桥路过崖畔，看了半天热闹，冷笑道："真笨！在这里怎么找得到他?"财主家的人连忙问道："请指点个地方。如果找到了家主，一定重重赏你！"

隆姆桥眨眨眼睛说："你们这些人啊！还不快去访查访查，看毛南哪个村屯现在最穷，就到那里去找他，一定见，一定见。"

说罢，见财主的家人站着不动，便大声说："你们这帮人呀！哪个不晓得他的为人，他在世时最贪财，南丹的百姓给他刮得穷叮当，他来到毛南都四天了，能看着有油水不刮？毛南地方还少得了有个把村屯被他刮穷！他不在那里在哪里？"

指　　路

　　有两个走山串寨做生意的商人，迷了半天路，又渴又困，只好守在三岔路口等人问路。恰巧隆姆桥赶着猪郎走来，忙上前拱手笑问："喂！赶猪郎的大哥，前面的路好走不好走？"隆姆桥见商人指的是一条羊肠小路，头也不抬地答道："好哩！"自顾自走了。两个生意人挑起杂货担就往前走，越走路越荒，杂草刺藤钩的钩割的割，弄得他们双手双脚满是血痕，心知上当，急急转回头，追上隆姆桥，怒斥道："你怎么骗我们走荒野小路！"隆姆桥笑道："我指给你们的，正是你们想走的财神路哩！如果指引你们是平阳大道，进大村，赶大圩，你们拿三根针能换一斤棉花？两盒洋火能换一张虎皮、豹皮？三个铜毫子能买一个熊胆？"

想找点淡酒冲一冲

　　一个老相熟晓得隆姆桥很久没钱买酒喝了，恰逢隆姆桥到家里来玩，有意请他喝几盅，便故意撩他说："老伙计，你家里有酒吗？"

　　"有哩！"

　　"那今晚怎么不喝两杯？"

　　隆姆桥捋起手袖说："唉！我前几天熬了两坛小米酒，早上尝了三口，满身酒香。赶猪郎游了四个村，那酒气还不散，前后熏醉了五帮人，醉得人家六天做不得工。今晚找你玩，哪里还敢贪杯！"

　　"我有点酒，今晚有意请你喝上两盅，敢不敢喝？"

　　"哪里话！不敢喝？我正想找点淡酒冲一冲，免得明天还熏醉人！"

　　　　　　　　　　　　以上三则覃远光　覃汉荣讲述　蒋志雨记录整理

计叔的故事

（京族）

····················

        计叔是京族的一个劳动者型机智人物。其故事植根于京族渔家的生活，内容较为丰富，爱憎分明，生动地展现了京家渔民的聪明、智慧和特有的民俗风情。它们流传在广西防城各族自治县京家三岛（即巫头岛、山心岛、沥尾岛）及其邻近的沿海村镇，深受京族人民喜爱。

····················

赶蟹与钓虾

        有个知县听说三岛盛产虾蟹，便想方设法加派蟹捐虾税，规定三岛百姓每户要按节令向县衙进缴螃蟹和虾仁虾皮。命令传下，渔民们发了愁，来找计叔想办法。计叔安慰大家说："不要忧愁，到时自有办法对付。"大家问他："有什么办法？"他说："县令派人来催缴，你们就叫他来找我。"

        知县急着要吃鲜蟹，日日派人上岛来找计叔，计叔悄悄躲开，一天拖过一天，一晃半年过去了。知县又派公差来追缴，计叔这回没有躲开。公差问他："足足半年了，这些时间你到哪里去了？"计叔笑着说："什么地方也没去，专为知县大人赶螃蟹啊！"公差问："现在螃蟹在哪里？"计叔说："都还在路上，你回去禀报大人，今天我要歇一下，明天一定把螃蟹赶到衙门去。"

那公差回禀去了。当晚，计叔叫大家每户交一只水蟹①，装满一担，连夜先挑进城去。

第二天，计叔在客栈里睡过午觉，才慢腾腾地把蟹挑到县衙附近僻静的小巷里。他把螃蟹倒在地上，把竹箩扔掉，手提竹竿，大声吆喝："嗨！嗨！不要乱跑，往衙门那边去！嗨！……"守门的士卒听到吆喝声，急忙走过来看，见计叔涨红着脸在赶螃蟹，马上禀报知县："有人赶螃蟹来了。"知县亲自走出来迎接，计叔装作没有看见，继续大声吆喝着。知县捋着胡子说："你就是计叔吧？嘿！好大的螃蟹呀，可为什么耽误了这么长时间呀？"

计叔一边赶蟹一边说："大人啊，我亲自去赶，只用半年时间，算是最快的了。别的人去，三两年也赶不到一趟哩！"

知县说："这里离海又不很远，为什么这么难啊？"

"海虽不远，这螃蟹不像养的牲口，难赶哪！"知县不信，计叔把竹竿递给了知县。知县接过竹竿来赶了两下，螃蟹四处乱跑，有的钻进路边的石洞里，有的窜到草丛里……一转眼，路上的螃蟹已经没剩几只了。知县搔搔头皮，把竹竿递还计叔，摇头长叹道："确实太难了！那好吧，把这螃蟹捐免了算啦！"

计叔返回三岛，把赶蟹的事情对众乡亲一说，大家捧腹大笑。

到了产虾的季节，计叔专门挑了一担虾蒙②送给知县，知县十分高兴，马上叫厨师煮了，还请计叔一道吃饭。知县一开筷就是一大夹，计叔笑着用手按着他的筷子说："大人请慢，吃虾不能这么大手大脚啊！"

"为什么？"知县瞪着眼睛问。

"大人啊，钓这些虾比赶蟹还难哩！这些小东西，都是用女人的头发钓的啊！为了给大人送这担虾，我们三岛女人的头发都拔光了。唉！拔头发也要很讲究，每根头发还要带上一点肉来，那些虾才来吃钓。一根头发只能钓一只虾哩！说真心话，这些虾来之不易啊！……所以请大人珍惜女人的头

---

① 水蟹：一种肉少的瘦蟹。
② 虾蒙：幼虾。

发，吃虾的时候要一只一只地吃才好哇！"

知县听罢，依照计叔说的，一只一只地夹着吃，还没有宴罢，他就对计叔说："钓虾也这么艰难，连这虾捐也免了算啦！"

苏锡权讲述　苏维光　符达升搜集整理

鸭　　仙

一年秋天，县衙传令，要三岛的百姓按人头算每人送一只鸭给县官做生日。如有不送者，不论老少，罚打一百大板。

岛上养鸭的人并不多，大家纷纷来找计叔诉苦。计叔想了一阵子，如此这般地跟大家耳语了一番，大家高兴地笑着走了。

这天天还没有亮，计叔就装扮成一个老态龙钟的老人，穿了一件长袍，戴了顶道士帽，手拿一把拂麈，来到了白龙滩边的林子里。天亮时，县里催鸭的衙役来到了村上，大家异口同声地对差役说："你们来要鸭，到白龙滩去找那个鸭仙吧！"

众差役来到白龙滩，果见有个"仙人"手执拂麈，嘴里念念有词。没等差役说话，他把拂麈一甩，便开口说道："县官要百家鸭祝寿，本仙人远道腾云到这里，特为三岛百姓献鸭。"众差役恭恭敬敬地问道："请问仙家，鸭在何处？""老仙人"把拂麈向远处滩边一指："都在对面滩上。"众差役往前一看，果然有一大群鸭在那里凫水嬉戏。差役头目问："够数吗？""仙人"道："三岛百姓男女老少有多少人，这群鸭就有多少只，半只不少。"众差役叫"老仙人"把鸭群赶来，"老仙人"合掌道："本仙专事养鸭，从不亲手赶鸭。如果要愚仙赶鸭，该交黄金三百两。"头目听了，只好命令众差役挽裤卷袖，下滩涉水，赶鸭去了。计叔暗笑，急急脱了长袍，挂在一棵树上，帽子就搁在树顶，悄悄地溜回家去了。

众差役不知道这些鸭都是野水鸭，他们还未走近，群鸭就都钻到海藻丛里，连半只鸭的影子都不见了。他们十分气恼，回过头来找那"老仙"，见

"老仙"仍然站在那里，边走边吵嚷："鸭仙啊鸭仙，你亲自去赶一趟吧，你的鸭怎么都跑光啦?"众差役见"老仙人"不言不语，气恼地冲上前去。他们冲到"老仙人"跟前，不禁吃了一惊，异口同声道："啊! 仙人变成棵树啦!"

众差役束手无策，进村里去找计叔。计叔躺在床上，故意问道："你们还没回去吗?"头目说："鸭仙变了棵树，他的鸭都跑光啦!"计叔惊问："什么? 你们一定惹怒了鸭仙啰，这怎么得了啊! 你们可知道这鸭仙是谁吗?"众差役茫然地摇了摇头，计叔煞有介事地说："这鸭仙是县官老爷的五代圣祖，因为怜悯我们三岛百姓太穷，有意下凡送鸭的。如今你们无礼赶跑了他的鸭，这怎么了得啊! 不成，我要亲自去禀告县官老爷，让他发落你们!"一边说着一边爬起来穿衣着鞋。众差役吓得跪下哀求。计叔说："事到如今，不去告也不成了，要不，我们三岛的男女老幼，都要白挨板子啦!"众差役见计叔一定要告他们的状，怕挨板子，吓得不敢回县衙，各自逃了。

苏锡权讲述　苏世强　符达升搜集整理

买　鱼

江平街上有个贪得无厌的鱼贩子，他大秤入，小秤出，低价进，高价沽，榨取了三岛渔民的许多血汗。渔民非常恨他，要计叔整治他一下。

一次，这鱼贩子又到三岛低价收买一批鱿鱼干，担到街上叫卖。计叔换了一身崭新的衣服，戴上一顶乌绒帽，风流潇洒地来到街上。他在糖食铺里买了一些龙珠糖，唤来一个正在玩弄泥沙的三岁小孩子，说："小弟弟呀，过来，叔叔给你龙珠糖吃!"孩子吃了糖，高兴起来。计叔抱起孩子，一面逗他玩，一面来到了那鱼贩子的鱼摊前。计叔对那鱼贩子说："喂! 老板，你记得我吗? 我就是县衙里的听差哩!"鱼贩子望望他，并不相识，但听说是县衙里的人，便装着记起的样子说道："嘿嘿! 差点忘啦! 有空吗? 到我家吃顿便饭吧!"计叔说，"如今公事在身，不得空闲。县大人明天办喜事，要我亲自下来办点海味，你老兄这鱿鱼是卖的吗?"鱼贩子听了十分高兴，说："卖的，卖的，谢谢老友帮衬啰!"计叔让他称过鱿鱼，算好银两，也不还价，就把孩子从怀里放到地上，说："乖乖，你在这里等一等，我先把这鱿鱼挑上船去，顺便把银子拿来给老板，再抱你回去，啊?"说着，又从袋里抓了一把龙珠糖塞给孩子。孩子拿了糖，便听话地点着头，坐在地上高高兴兴地吃糖。计叔又对鱼贩子说："我跟着把银子送来，麻烦你给照看一下孩子。"鱼贩子说："放心，放心! 你只管去。"计叔就这样大大方方地把鱿鱼挑走了。

一连等了几个时辰，天快黑了，还不见买鱿鱼的人来，鱼贩子着急了，问那孩子，"你爸爸怎么还不来呀? 快带我去找他!"孩子说："他不是我爸爸。"鱼贩子说："那他是你的什么人?"孩子摇头说："我不知道。"鱼贩子这才知道上当了。

计叔回到三岛，叫渔民拿鱿鱼进城卖掉，把钱分给了穷苦人。

苏锡权讲述　苏维光　归苑　符达升搜集整理

塘　角　鱼

一天，村里的张成老满脸愁容，上门来找计叔，说："你是知道的，我家那个鱼塘每年产鱼成千斤，一家大小都靠它啊，可是地头蛇硬逼我卖给他，你说可怎么办?"

计叔笑着说，"地头蛇是个难对付的财主，卖就卖吧!"成老见计叔把这事不当一回事，着急得跪了下来，哭着说："不成啊，计叔，求求你给我想个办法吧，那鱼塘是我的命根哩!"计叔笑着把他扶起来道："计叔说话从来不错，你哭什么啊?"他咬着成老的耳朵如此这般地说了几句，成老破涕为笑，连声道谢，匆匆走了。

成老回到家里，见地头蛇已在家里坐着等他。地头蛇见成老笑眯眯的，就问："怎么，你考虑好了吧?"

成老说："考虑好了，财主哟，鱼塘是可以卖的，不过有个条件。"

"什么条件？"

成老搔着头说："在写契纸的时候，要注明塘角鱼①不卖。"

地头蛇呵呵大笑道："可以！塘角鱼我决不要你的。"这样，他们找计叔做中人，立了契纸交了钱，各拿一张契纸，鱼塘就成交了。

地头蛇得了鱼塘，天天叫长工细心照料，把鱼养得又肥又大，心里十分高兴。

转眼到了年底，是干塘打鱼的时候了。这天，地头蛇走到塘边，见成老和计叔已把塘水戽干，捉了几大竹箩的大鱼，不禁怒火万丈，要冲过来打他们。计叔迎上前一步，大声喝道："你想干什么哩？"

地头蛇说："莫装疯，我的鱼塘是能随便让你们打鱼的吗？要命的就乖乖地把鱼抬到我家去！"

计叔说："这鱼是成老的，怎么给你哩？"

地头蛇吼道："谁说是他的？"

计叔说："卖塘契纸上写明的嘛！"

"放屁！契纸上写的是不卖塘角鱼，你现在抓的是塘角鱼么？"

"都是塘角鱼，塘中间的我们一条也不抓！"……原来这鱼塘中间浅，四角深，塘水干了，鱼都逃到四个塘角里来了。确实计叔和成老捉的都是四个塘角里的鱼啊。这时，地头蛇气坏了，举棍要打计叔。塘基上看热闹的众乡亲蜂拥上来拉开了。地头蛇无奈，咬牙切齿地叫道："好，好，我到县衙里告你们，看你得意！"

计叔知道他要打官司，就叫成老扛了一箩大鱼先送到衙里去，其余的都卖掉了。

这天，地头蛇怒气冲冲来到县衙，见计叔和成老早已站在那里，更是火上浇油，双方在衙堂上吵了起来。其实这卖塘契纸计叔送鱼时早已拿给县官看过。县官把惊堂木一拍，说："你们都不要吵，本官自会明断！"接着对地

---

① 塘角鱼：一种无鳞野色，肉细嫩，味鲜美，两广人视为滋补珍品。

头蛇说:"你告人家捉你的鱼,有什么凭据?"

地头蛇说声:"有!"就把自己保存的这份契纸交上去道:"张成老的鱼塘已卖归我了,这就是证据,大家盖了指模的。"

县官捋着胡子,笑着说:"你们双方都有道理。契纸上写着,买方同意不买卖方的塘角鱼。如今张成老捉的是塘角鱼,是在这些塘角里捉的鱼。这在契纸上面双方都是签过字的啊!"

地头蛇一听,知道上当了,一时气得哑口无言。这时县官把契纸掷下地,喝道:"为了今后不再有争吵,你们这张契纸需要修改另立!不然,本官今后不再受理。"成老打赢了官司,又得了鱼。地头蛇打输了官司,气得足足病倒了半年多。

阮成珍讲述　苏维光　陈麒　符达升搜集整理

鱼 头 宴

计叔烧得一手好菜。岛上的人家,凡有办喜事的,都要请他来做厨师。

这年,岛上有个吝啬的财主,为儿子娶亲,照例请计叔来当厨师。近山吃野味,近海吃鱼虾,这里每餐都少不了鱼。每天吃饭,财主总把吃剩的鱼头留给计叔。计叔非常恼火,但他却不露声色,只是若无其事地问财主道:"财主爷啊,怎么总是给我留鱼头啊?"

财主笑笑说,"因为你辛苦啊,所以把鱼头留给你哩。嗨!你不知道,鱼头是上等补品啊!"

计叔说:"原来如此,多谢东家的赐教啰!"

第二天是正宴,财主又买了许多新鲜的大鱼,准备请贵宾大宴一场。计叔同众伙计动手把所有的鱼头都切下来,做成了各式菜肴。剩出来的鱼身和鱼尾用竹箩装着,叫众伙计搬回家分给穷乡亲们,只留少部分倒进茅坑去。

到了摆宴的时候,宾客都入席了。计叔就把烹煮好的各式鱼头,叫众伙计一盘盘捧到宴桌上。这时,满座宾客面面相觑,个个摇头。有的说:"早知如此，就不该来了。嘻！送封包来吃鱼头！"有的说："封来的利币太多了，哼！一分钱也不值得啊！"有的甚至罢席走开了。看着眼前这番光景，财主又惊愕又羞惭，怒气冲冲地去找计叔责问道："计叔啊，你怎么做的都是鱼头呢？你把我的脸丢尽啦！"

计叔从容不迫地笑着说："老爷呀，你忘了吗？鱼头是上等补品咧！我用鱼头来招待贵客，正是为了给老爷增光哩！"

财主一时面红耳赤，无话可说。过了片刻，他忽然顿脚道："啊！那些鱼肉你都拿到什么地方去啦？快去重新给我做过。"计叔指指外面，毫不在乎地说："还有什么鱼肉啊，我都把它倒到屎坑里了。"

"什么！"财主大惊，他跑到厕所，眯缝着鼠眼一看，见屎坑里果然装满红红白白的鱼肉，心痛得他目瞪口呆，好像一只木鸡一样，再也说不出一句话来。

吃粽犁田

计叔在劳动上是一个能手，同是一亩水田，别人要犁一天半，他只消半天就犁完啦，犁得又深、又匀、又好。因此，每年冬至季节，财主都喜欢请他做短工，犁田翻地。

这年冬至季节，他在一个财主家帮工。在吃大粽的时候，吝啬的东家总是把香喷喷的粽馅挖吃个干干净净，才把剩下的粽边留给计叔吃。计叔全不在意，埋头吃得津津有味，什么话也不说，吃饱了把筷子一放，就又扛着犁赶牛犁田去了。天天如是，财主满意极了。

等到把田犁完，计叔告辞走了。这时财主欢欢喜喜地来到自己的田地上。他看见每块田都是犁中间的部分，田的四周都原封没动。他不禁大发雷霆，跑去责问计叔，计叔笑着说："这不是很明白吗？你吃粽怎么个吃法，我犁田也是怎么个犁法啊，这是天公地道的哪！"

财主像哑巴吃黄连，再也做声不得了。

苏维光讲述　符达升搜集整理

特昂格列的故事

（鄂伦春族）

········○········

特昂格列是鄂伦春族的一位猎手型机智人物。他机智过人，武艺超群，力大无比，敢作敢为，猎户们遇到难事，遭到灾祸，都找他想办法、出主意，寻求帮助。他的故事脍炙人口，在黑龙江省逊克县一带的鄂伦春族聚居区广为流布。

········○········

火烧波妄

一天，特昂格列骑金鬃猎马，手牵银鬃猎马，哼着小调儿，正要穿过林子，迎面碰见一个慌慌张张、跌跌撞撞逃来的猎人。只见他面如土色，浑身哆嗦，身穿的皮袍子已经刮得一条条的直扇乎。他一见特昂格列，像落水的人抓住一根木头似的，一把拽住特昂格列，气喘吁吁地说："特昂格列兄弟，别往前去了，前面危险！"

原来树林里有个林妖波妄，这一带的猎户早就搬的搬、走的走了。这位猎人祭神路过这里，夜里来了一个黄毛黄眼睛的波妄。用箭射它不死，用刀捅它不伤，猎人只好骑马逃走，却又被波妄拽下马来。猎马为保护主人与波妄搏斗，猎人才逃了出来。

特昂格列听罢，揭开桦皮酒壶盖儿，一仰脖揪了几大口，对那猎人说："你骑这匹马走吧，我去看看。"

特昂格列把银鬃马给了那个猎人，打马便行。他来到树林里一看，血淋淋的马皮、马头、马骨，果然摊在草地上。他把金鬃马拴在一旁，支起吊锅子，煮起肉来，边吃边喝，直到星斗满天。他有些醉了，歪倒在地。刚闭上眼睛，就听见"哗啦哗啦"的声音。他昏昏悠悠地坐起来，看见一个黄毛黄眼珠的林妖波妄朝他走来。他满不在乎地打招呼："喂，过来，喝两口都柿酒！啧啧，好香的酒啊。"这下可把老妖波妄给闹蒙了，它还没碰见过这么胆大的猎人。它几步窜过来，两眼直勾勾地盯着特昂格列，一下子坐在篝火对面。特昂格列举起酒壶一仰脖，又是一大口。他一手抹抹嘴巴，一手将酒壶递给对面的波妄。波妄小心地接过桦皮酒壶，凑到鼻子跟前闻了闻，也学着特昂格列的样子，喝了一大口，也抹抹嘴巴，还品味似的咂摸着，咧开大嘴笑了，把壶还给特昂格列。特昂格列往火堆里添干枝，它也抓起一把扔进篝火堆里。它看特昂格列接过酒壶不往嘴里倒，却倒在手心上，一把把地往头上、脖子上、身上、胳臂上涂抹。它伸出毛茸茸的巴掌，把酒壶要了过去，也模仿特昂格列的样子，把酒倒出来，从头到尾抹个够，直到壶底朝天了才还给特昂格列。特昂格列把酒壶一扔，抓起一根松木棍点着了，它也照样抓起一根松木棍点着了。特昂格列站起身，它也站起来。特昂格列跳起舞来，它也学着样子一蹦、一蹲、一摆、一摇地跳起来。特昂格列转过身背靠篝火，好像在吃着快要燃尽的松木棍。它也转过去，把松木火棍朝嘴边这么一凑，哧啦一声，烧着了它的一脸黄毛。它吓了一跳，一脚跳在篝火的火炭上，火苗子呼地一下烧着了它的后背。它还闹不清是怎么回事呢，只顾扑打头上、身上燃起的火，越扑打烧得越旺，浑身上下烧成了火团。波妄痛得嗷嗷叫，一看特昂格列笑得前仰后合，才知道上当啦。它拼命冲到特昂格列面前，却吃了一刀。风助火，酒助威，烈火把它的毛全烧光了，烧得油吱吱响。它顾不上反扑，慌忙没命地朝来路逃去。

打那以后，林妖波妄就再也没敢露面，搬走的猎户们又都搬了回来。

水淹犸猊

凡是打猎的都知道魔鬼犸猊的厉害。万一被它抓去，九有九死，没一个能活着回来的。一天，有两个猎人从大老远的拉沁河口赶来，说犸猊在拉沁河口专门等待来往过河的猎人，是个吃人的劫道鬼，不少人被它捉住吞吃了。特昂格列听罢，打发二人先走，自己拾掇拾掇东西，连夜向拉沁河口赶去。

到了拉沁河口，特昂格列刚刚饮好猎马，就觉得身后一阵旋风刮来，接着就是一阵像熊瞎子一样的呼呼喘息声。金鬃猎马不安地甩动长尾，高声嘶鸣，四蹄不停地刨动，直打转转。他回头一瞅，嚯，原来是魔鬼犸猊张开血盆大口，已经逼到跟前！按说这是够吓人的，特昂格列却嘿嘿一笑，拔出腰刀，迈出一大步，反倒更挨近了高过几头的犸猊。犸猊见景，吃了一惊：好家伙，真有不怕死的猎人哪！就在它一愣神的瞬间，特昂格列一眼看见河边的石头旁边有几只桦皮船。他不慌不忙，一手挥刀，一手拍拍马屁股，一个箭步落在靠边的一只船头上。他扔掉缰绳，抓起撑杆，用力一撑，船刷的一声离开岸边，几杆子就到了河中间。

金鬃猎马见主人离去，立刻扑腾腾地朝深水窝子游去，紧跟着撑船的主人。犸猊想要捕捉猎手，已经来不及了。它也扑通下水，河水刚没到它的胯骨，它就不敢再往前走了，只好眼巴巴地看着已到嘴边的美味溜到河心。它够不上，抓不着，气得鼓鼓的。原来它不怕箭，不怕刀，就怕深水没过腰。它那肚脐眼和鼻孔是一个气眼儿。特昂格列把船划到河中间就停下来，在那里等它。

本性难改的犸猊不死心，回身拽出一条桦皮船，想要划船追上去。不想一脚踩上去，船就被它踩翻了。它怒气冲天，狠狠地抖抖身上的水，又拽过来一条船。把两个桦皮船并在一块儿，两腿一弯，跪立在两只船上，两只巴掌当船桨使，拼命向看热闹的特昂格列划去。特昂格列见犸猊上钩子，撑船靠近犸猊，用撑杆顶住犸猊的一只船，使劲一推，用力一压，哗的一声，两只船一下子进了半船水，吓得犸猊斜歪着身子，紧紧抓住船帮，不敢动弹。特昂格列像小孩儿玩船一样，又捅，又顶，又撞，直闹得犸猊紧夹两只船，一会儿朝前，一会儿退后，一会儿错帮儿，再一压就要底朝上啦。犸猊吓得只顾划水，哪知越划越往深水里去。它有气没法出，有劲没法使，眼看船要翻个儿了，只好向特昂格列哀求："好猎手，好汉子放了我吧，我再也不吃人了。"

"你这个凶恶的魔王，坑害了多少猎手，使多少猎户家破人亡，放了你？没门！"特昂格列说罢，用力一掀船，"哇！"犸猊掉进河里，水深得够不着底儿，只见它扑通扑通、扑哧扑哧地在水里紧扑腾，咕嘟、咕嘟，鼻孔肚脐眼直往里灌水。河水浪推浪，波浪直翻花；水越搅越浑，浪越掀越大。特昂格列却稳住船身，举起桦皮酒壶一口接一口地喝个足，哈哈哈哈地笑个不停。他看犸猊折腾得差不多了，一声呼哨，金鬃猎马冲过来，嘣，嘣，嘣！专门踢犸猊的头盖。不一会儿，犸猊就断了气，顺河水漂走了。

石碾魔王

有一天，特昂格列去一远房亲戚家喝喜酒。走到半路上，听见一阵悲切的哭声，从一个仙人柱里传出来。他下马进屋里一看，只见白发苍苍的老两口哭得死去活来，满口痰憋在口中，半天才喘出一口气儿。他一打听，原来是老犸猊刚刚把他们的独生女儿抓走了。特昂格列立刻翻身上马，朝老两口说的方向追去。

要说这匹金鬃猎马，真是个卷云蹄儿草上飞的宝马，它是特昂格列的臂膀，你看它四蹄不沾地儿，卷起一溜烟，嗖嗖地比流星还快。不一会儿，果然看见一团黑乎乎的影子，正向一座灰蒙蒙的大山顶奔去。特昂格列料定那个黑影子就是老犸猊，就加鞭疾驰，大声喝道："站住，快放下姑娘。"

那团黑乎乎的家伙果然是老犸猊。它听见喊声，回头一看，是一个穿红杠子猎袍的猎人，驾着金鬃猎马逼近前来。它丢开吓昏过去的姑娘，哈哈大笑，伸直大巴掌说："小小的猎人，敢和我魔王较量，来吧！是比武，还是斗智？"

特昂格列翻身下马，照样从皮口袋里掏出桦皮酒壶，慢悠悠地打开壶盖，咕嘟咕嘟地灌了几大口，又从口袋里掏出桦皮酒壶盖儿盖上，又慢悠悠地塞进皮口袋里，这才大声说："比武斗智都行！"

看特昂格列那股满不在乎的傲气劲儿，气杀了老犸貀。它一步跨到一棵大树旁，站直立稳，抓住树干，猛地一拔，那棵大树连根拽出来了。它又攥紧枝干，抢上几圈，朝特昂格列甩来。一甩，分量可不小，若被打中，不变成肉泥才怪呢。特昂格列心中有数，在犸貀转圈抢起大树的刹那间，他噌地跳上马背，一声呼哨，只见猎马四蹄紧收，猛地腾起，从横飞过来的大树上面跃了过去，倒把老犸貀冷不防撞了个趔趄，险些撞趴下。老犸貀恼羞成怒，牙根咬得"格嘣格嘣"直响，恨不得一口吞掉特昂格列。

特昂格列把马闪在一旁，收缰立定，仍骑在马背上，顺手嗨的一声，拔起一棵更高更粗的大树，随便朝犸貀扔去。只听轰的一声，树头正好砸中老犸貀的天灵盖。它"哇呀"一声嚎叫，在草地上打了几个滚，然后坐在地上，口吐白沫，呼哧带喘，内心在琢磨：这个猎人不简单，是个少见难斗的对手，我加小心为妙，看来比武不行，还是和他斗智吧。它想到这儿便对特昂格列说："这样吧，看看这块草地，你数数共有多少根草，说准了我就放了姑娘。"

特昂格列二话没说，举起鞭子，刷刷刷，把草贴根截断，又用树枝把截下来的草堆扫成一个大堆，笑眯眯地坐下来，一边数草一边说："老魔王，我说还是这样吧。我在这里数数这些草到底有多少根，你在那里数数你的毛到底有多少根。你看，我已经数了一千根了，你要是查不出来你长了多少根毛，或者查得不准，趁早给我滚到大海那边的老窝去！"

这下老犸貀可傻眼了。它直勾勾地瞪着眼珠子想了足有一袋烟的工夫，又伸出爪子，在前胸、胯骨处摸摸翻翻，不得不认输。它闷声闷气地说："好，好，好，算了！不数草也不数毛，咱们还是比武吧。就抬那块坡顶上的石头，举过头才算。你抬不动的话，趁早打猎去，少管闲事。"

特昂格列紧了紧腰带，走近巨石旁，撸胳膊挽袖子，运足气力，把巨石搬到坡顶边上。他想了想，从坡上推动巨石，巨石立刻顺坡滚动下去。他又像轻燕似的跳到那一头，用肩膀顶住滚下来的巨石，用双手接住，就势将巨石举过头顶，还放下了一只手。好一会儿功夫，才用双手举石，扔到犸貌身旁，把老犸貌吓酥了筋骨，半天才回过味来。老犸貌心想：抬这么大的石头不在话下，便也学特昂格列，把石头抱到坡顶放下，刚想抻抻臂动动腿，没想到不等它推动，巨石轰隆隆地滚下来，撞倒了老犸貌，压过它的身子，砸过它的头，一直滚到坡底老远才停住。

特昂格列哈哈大笑："滚吧，滚你老窝去吧！"他也不管老犸貌是死是活，朝已经苏醒过来的姑娘走去。后来，也不知道老犸貌是死了还是回老窝去了，反正再没见着。特昂格列呢，不是去喝喜酒，而是和那个被救的姑娘成了亲，给自己办喜事去啦！

以上三则孟兴全　莫玉生讲述

孟淑珍采录

采录于逊克县新鄂乡

阿比勒保的故事

（门巴族）

○·····················○

阿比勒保是门巴族的一位劳动者型机智人物，出自艺术虚构。其故事内容健康、幽默风趣，流传于西藏门隅地区。

○·····················○

菩萨偷米

从前，洛渝地区有一个名叫古鲁的商人，他笑里藏刀，可会坑人了，往往用一木碗土盐就能换走二十碗大米，同时用二十碗土盐又能换走一大背"麻崔"[①]。门巴人都很恨他，但生活用品还得找他换，所以都不敢惹他。这样，古鲁的心越来越黑，手腕也越来越毒，门巴人背地里都叫他咋培[②]。

咋培虽这般狠毒，但他见着阿比勒保可得让着三分。一则因为阿比勒保整过他多次，他多少有点怕；二则阿比勒保的力气大，背东西，一个可以顶两个人，对他有用。

这次，阿比勒保又被古鲁雇来背大米到工布去做生意。阿比勒保他们一行二十个人，为了糊口，只得背起沉重的米包。他们爬高山，过溜索，汗水湿透了衣裳，米袋压弯了腰，古鲁就是不让他们歇口气。阿比勒保决心再整

---

① 麻崔：一种草，是染氇氌最好的染料。
② 咋培：即水蚂蟥，也叫水蛭。

治一下这个可恨的古鲁，便暗暗想着办法。

他们艰难地行走了十五天，终于来到雅鲁藏布江边的鲁夏村，住在了村头的一座小寺庙里。庙里许多各式各样的菩萨引起了阿比勒保的注意。他仔细想了一阵儿，便暗暗打定了主意。

劳累了一天，大家都睡得很香，有的咬牙，有的打呼噜。古鲁的呼噜打得最响，唯独阿比勒保没有入睡。等到月亮绕过山头的时候，他悄悄地穿好衣服，轻轻地掀开一扇门，把二十包大米一包一包地搬到门外，又悄悄地把门关好，然后又把这些大米藏到寺庙后面一个干净的石洞里。当他干完了这些事时，鸡已经叫头遍了。阿比勒保赶紧给自己的衣袋里装了几把大米，接着又往衣袋里浸了些水，然后回到庙里。他休息了一会儿，看看周围无啥动静，便敏捷地在所有菩萨的手上、嘴上全部沾上米粒，还往菩萨的怀里也撒了些大米，这才放心地躺下睡了。

天一亮，大家都起来了，可是阿比勒保却鼾声如雷。不知是谁先发现大米不见了，说夜里来了盗贼。顿时，这个小庙像开了锅似的沸腾了起来，古鲁的吼声最大。

阿比勒保被闹醒了，他很不高兴地环视了一周，迷迷糊糊地问火伙发生了什么事。只见古鲁暴跳如雷："蠢猪，你们怎么把老爷的大米给弄丢了！"阿比勒保假装着急地到处查看着，忽然，他惊讶地把下巴向菩萨翘了翘。这下，几个门巴人立即指着菩萨齐声大叫起来："他，他！他就是盗贼，盗贼就是他！"其中一个门巴人似乎知道一些内情，他故意煽动说："唉！这些菩萨可吃了顿饱饭！"古鲁瞪着菩萨，又气又急，他拿起"刀马（手杖）"就劈头盖脑地向菩萨打去，一气打断了十根"刀马"还未解恨。满庙菩萨被他打得焦头烂额，缺胳膊断腿的。阿比勒保强忍住笑，心想：你这个狠毒的古鲁，今天可逃脱不了应得的惩罚。

这件事飞快地传开了。附近村子里的喇嘛和村民们手持大棒，杀气腾腾地赶到这里。古鲁像是受了很大委屈似的，向人们哭诉着，想求得人们的同情。人们根本不理他那一套。把他绑起来像抬死猪一样抬走了。阿比勒保高兴地将洞里的大米弄了出来，公平地分给了大家。

借　粮

一天，旁谷谿卡附近的珞巴、门巴人三三两两地凑在了一起。因为各家眼看着又没米下锅了，可恨的庄园主西堆又不肯借粮。大家商量来，商量去，还是没有办法．最后决定去找阿比勒保，想让他给大伙出个主意。

人们来到阿比勒保的家门口一看，却愣住了：阿比勒保的小女儿已经瘦得皮包骨头，只见她依偎在爸爸怀里，有气无力地说着："阿爸，我饿呀！"一向开朗的阿比勒保，看着可怜的女儿，只是使劲地皱着眉头。阿比勒保一家这么困难，大伙儿心情十分沉重，都不愿再给他增添麻烦，纷纷安慰了阿比勒保一阵后，正准备离开，却被阿比勒保叫住了。

阿比勒保知道，大伙一定是为了借粮的事来找他商量的。为这事，他也想过好些日子。只见他低头想了一会儿，然后在地上用脚画了个"丁"字形，接着，伸出指头向大家耳语了一阵。大伙听了阿比勒保的一番话，像是吃了定心丸似的，兴致勃勃地离去了。

第二天，阿比勒保带着二十个穷兄弟，翻过一座大山，来到了当地最大的庄园——旁固溪卡。

门卫知道了阿比勒保他们是来借粮的，急忙进去向主人西堆通告。西堆一听又是来借粮的，不禁恶狠狠地问道："来了多少贱人！"

"人不少！"

西堆一听来了这么多人，满脸的横肉都抖了起来："都带有什么东西来？"

"看上去好像连一条牛毛绳也没有带。他们一个个瘦得皮包骨头，紧锁着眉头，饿得连腰也直不起来。"

西堆听到这些，才松了口气。尔后，他不知道想出了什么鬼主意，竟哈哈大笑起来。

接着，西堆阴阳怪气地说道："有——请——阿比勒保！"说着便洋洋得意地斜躺在虎皮卡垫上，拍着老婆的手腕，盘算着新的鬼主意了。

"大人！贵体康健！"阿比勒保的话打断了西堆的美梦。

西堆一下子坐了起来，他斜眼看了看阿比勒保，果然瘦骨嶙峋，连说话也好像没有气力。"咯！贱民阿比勒保，你们祖辈欠下我的债还没有还清，今天又要借粮？"

阿比勒保向他鞠了个躬说："有修养的人把自己掩藏起来，他的名声还是在世上传扬；把桂花装在瓶子里，香气还是散往四方。尊贵的大人，您的名声在外，糌粑也香遍四方啊！"

西堆听得乐滋滋的，他想，你这个聪明的智囊，我今天可要让你上我的圈套。他奸笑地对众人说："看在阿比勒保的面子上，今天不但借给你们粮食，而且还要让你们把身上的口袋装满！"

众人异口同声地说："谢谢大人恩典！"

西堆随手把钥匙扔给他的老婆，叫她带他们去装粮。自己又开始打起如意算盘来了。他自言自语地说："阿比勒保，阿比勒保！让你那百灵般的嗓音也歌颂歌颂我西堆的恩情吧！嘿嘿……"

不大一会儿，西堆的老婆气急败坏地跑了回来说："老爷！不好了！"

西堆的眼睛瞪得像鸡蛋一样，忙问："出了什么事？"

婆娘上气不接下气地说："上当了，他们怀里都揣有一条绸子口袋，每个人装得足有 20 魁（每魁约合 28 斤）哪，我不让他们装那么多，他们还说，老爷说了，身上的口袋都可以装满哩。"

阴险狡诈的西堆早料到了这点，只见他眼珠子轱辘一转，说："哼！上当！我要叫他们高兴地背出，原封不动地背回！我要以威严压服他们，以妙计维护体统。走！"

阿比勒保他们刚刚装满门袋，西堆就奸笑着把他们叫住了："阿比勒保呀！你们的绸子口袋骗了我，把我心疼的粮食装走那么多。为人都讲信用，也该让我提个条件了！"

阿比勒保知道他要打鬼主意了，便装着很诚恳的样子说："好马一鞭，好人一言，大人请便。"

"背起粮袋不准落地休息，一直走到我眼睛看不到你们的地方为止。"

"大人的话可算数?"

"上等人的话,句句如佛经。"

阿比勒保他们吃力地背起了沉重的粮袋,齐声说道:"谢谢大人、夫人!再见了!"然后艰难地离去。

西堆老婆看着背走的粮食,心疼地落了泪。西堆拍拍她的肩膀,说:"这些贼人身上的肉还没有你那狗身上的肉多,要不了多久,他们又会自己送回来的;否则,这些下等人就会为粮食丧命!"

"再见了!"远远的地方,原来弯腰驼背的阿比勒保他们直着身子,在向西堆打着招呼。

西堆惊讶地瞪起了眼睛。

"再——见——了!"更远的地方响起了阿比勒保他们告别的呼声。

西堆夫妇的脸色,青一阵儿,白一阵儿。

"再——见——了!"群山都在呼应着。

西堆夫妇看不到阿比勒保他们的身影了,在"再见了"的声音中瘫了下来。

原来,那一天,人们根据阿比勒保在地上画的"丁"字形和所要求的数字,连夜赶制了许多"丁"字形的手杖,每隔一定距离栽一根,连续栽到了西堆庄园附近。这样,他们走到手杖跟前,可以腰不弯、粮袋不落地地靠在上面休息。阿比勒保他们走得很远了,西堆也没有发现。至今,门巴、珞巴人外出交换物品都少不了带一根手杖,传说就是阿比勒保留下来的。

以上两则冀文正　王协俊搜集整理